다시 그림이 그리고 싶어졌어

반지수 에세이

송송책방

나의
갈팡질팡
지망생 시절
이야기
평소 모습

좋아하는 일을 하며 먹고살 수 있을까요?

첫 그림 의뢰를 받은 것이 지금으로부터 꼭 11년 전이다. 지난 11년간 꾸준히 그림으로 돈을 벌어왔다.

그동안 월간지에 만화를 두 번 연재했고 애니메이션 스튜디오에서 배경 아티스트로 근무했다. 영화 포스터나 책 홍보 일러스트를 그렸다. 애니메이션 뮤직비디오를 만들었고 온라인 수업 플랫폼에서 아이패드 드로잉 수업도 했다. 책 표지 일러스트로 이름을 알렸고 그동안 그린 그림들을 모아 책을 내기도 했다. 하나하나 따져보면 일러스트레이터, 애니메이터, 강사 등등 여러 가지 일을 하고 있지만, 종합적으로 보자면 '그림 그리기'가 언제나 나의 대표적이고 핵심적인 직업인 셈이다.

이런 내가 일러스트레이터로 일하며 가장 많이 듣는 질문은 '전공이 아닌데 어떻게 그림을 그리게 되셨어요?'다. 인터뷰나 강연, 사람들을 처음 만나는 자리라면 거의 예외 없이 이 질문을 받는다.

나는 예술 고등학교나 미술 대학을 다니지 않았다. 인문계 고등학교를 나와 정치외교학과를 졸업했다. 미술학원도 다닌 적이 없다. 대학생 때 12주짜리 취미 드로잉 수업을 듣고 지망생 시절 여섯 시간짜리 유화 수업을 들은 게 다다.

전공과 다른 일을 하는 것에 대해 왜 다들 궁금해할까. 질문을 받을 때마다 의아했다. 대학교 전공 같은 것, 젊을 때 잠깐 머물렀던 것 그 이상도 이하도 아니지 않나. 경력 초반엔 나의 프로필이 내 작품이 아니라 특이한 경력으로 채워지는 것 같은 느낌이 들어 어린 마음에 거부감도 있었다.

그런데, 디지털 드로잉 온라인 수업을 하면서 사람들이 왜 그토록 '전공이 아닌데 그림을 그리게 된 사연'을 궁금해하는지 깨달았다. 어른이 되어서 다시 그림을 시작하고 싶거나, 자신의 전공과는 다른 꿈을 좇고 싶은 사람이 그만큼 많아서였다. 내 예상보다도 훨씬 많았다. 내 수업의 수강생은 주로 성인이었는데, 3년 남짓한 기간 동안 누적 수강생이 6,000명이 넘었고, 내 수업을 찜한 하트 수는 25,000개가 넘었다. 내 수업뿐만 아니라 다른 그림 수업을 듣는 사람들의 규모도 상당했다.

온라인 수업이라 수강생들을 직접 만나지 못하는 대신 게시글과 댓글을 통해 소통하곤 했는데, 다음과 같은 질문이 하루가 멀다 하고 올라왔다.

'저는 ○○살인데, 지금이라도 그림을 그리고 싶은데 가능할까요?'

'좋아하는 일을 하면서 정말 먹고살 수 있을까요?'

'독학으로 일러스트레이터를 준비하며 어떤 점이 가장 힘드셨고 어떻게 극복하셨나요?'

연령대 역시 10대부터 60대까지 다양했다. 스물셋, 넷즈음 그림을 다시 시작한 내 경우가 오히려 아주 어릴 때 시작한 편이었다. 수업이 아니어도 이메일이나 디엠을 통해서도 관련한 질문을 계속 받았다.

어릴 때는 그림 그리기를 좋아했는데 중간에 포기한 사람들, 지금이라도 좋아하는 일을 시작하고 싶은 사람들의 수는 생각보다 훨씬 많았다. 지금이라도 꿈을 펼치고 싶은 마음이 꿈틀대는 소리들이 끊임없이 여기저기서 들려온다. 그 사람들이 그림이 전공도 아니고 대학교 4학년에 그림을 그리기로 마음먹어 그림으로 직업을 삼게 된 나의 이야기를 궁금해하고, 내 경험에서 희망을 찾고 싶어하는 것이 이해가 갔다.

사람들의 열망을 하나둘 접하다 보니 과거의 내 모습도 저절로 떠올랐다. 돌이켜보니 정외과를 다니던 도중 그림 그리는 사람이 되고 싶었을 때 '과연 가능할까?' '전공이 아닌데 화가나 작가가 된 사람이 있을까?' 하고, 이 문제를 제일 궁금해했던 사람은 다른 누구도 아닌 바로 나 자신이었다. 내가 품은 꿈이 정말로 실현 가능할지 희망을 찾으려고 여기저기 책이며 인터뷰를 샅샅이 조사하곤 했었다.

공부를 잘하고 안정적인 직장에 들어가는 것이 가장 이상적인 삶의 답이고 행복이라고 믿는 한국 사회에서, 좋아하는 일을 뒤늦게 시작하여 성공한 사람의 사례가 흔치는 않았다. 거기다 예체능을 전공하면 먹고살기 힘들다는 믿음이 암암리에 팽배했다. 내 주변은 물론 나 스스로도 내 꿈에 대해 늘 불안해하고 의심했다. 하지만 여러 과정을 거쳐 지금은 온전히 그림 그리는 사람으로 살아가고 있다.

이런 내 얘기를 댓글이나 인터뷰 답변을 통해 한 적이 있지만 그런 기회는 긴 이야기와는 어울리지 않았고, 아직도 질문이 계속 내게 오는 걸 보면서 언제 한번 제대로 내 이야기를 풀어내면 좋겠다고 생각했다.

이 책은 **내가 어떻게 다시 그림을 그리기 시작해서 일러스트레이터로 살게 되었는지, 어떻게 전공이 아닌 좋아하는 일을 선택해 직업으로까지 발전시킬 수 있었는지,** 그 과정을 궁금해하는 분들에게 대답하는 마음으로 쓰고 그렸다.

좀 더 욕심을 내자면 꼭 그림이 아니더라도 좋아하는 일이나 하고 싶은 일에 도전하고자 하는 외로운 사람들에게 친구 같은 이야기가 되었으면 좋겠다는 마음으로 썼다. 내 이야기가 조금이라도 용기가 되었으면 한다. 나 또한 지망생 시절 새로운 도전을 버텨낸 이들의 이야기들을 가슴에 새기며 용기를 낼 수 있었기 때문이다.

우려스러운 것은, 시원하고 깔끔한 대답을 기대하신다면 실망하실지도 모르겠다는 것이다. '나는 어쩌다 여기까지 왔지?' 하며 예전 일을 자주 돌이켜보곤 한다. 이제는 어엿한 작가로 살고 있지만, 그 과정을 떠올려보면 꿈만 같고 아득하다. 나 자신의 경험이면서도 스스로의 이야기가 멀게 느껴지기만 한다. 여느 성공담처럼 하루아침에 각오하고 바로 실행으로 옮긴 것이 아니고 마음먹었다가도 헷갈리기를 오랜 시간 반복하며 갈팡질팡하는 시간을 겪었다. 무언가를 다짐하고 바로 실행에 옮기는 많은 부지런한 사람들을 부러워했다. 내 시도는 더디며 어려웠고 내 의도와는 전혀 다른 방향으로 이리저리 끌려 다녔다. 내게 벌어진 일들 중 아직도 해석되지 않고 엉킨 실처럼 남아 있는 부분들이 많다. 그런 기억들은 부러 섣불리 정리하진 않았으니, 혹시 이야기가 막연한 부분이 있더라도 이해해주셨으면 좋겠다.

만약 글에 담기지 않은 또 다른 이야기가 궁금하시다면 언제든 또 질문을 보내주시길 바란다. 언제 어딘가에서 또 답변을 드릴 수 있을 것이라 믿는다.

2024년 초여름

반지수

P.S.

나의 오랜 많은 기억들 중에는 내 머릿속이 아니라 메모와 일기장에 글자의 형태로 남아 있는 것들이 있다. 그림을 그리는 동안 유독 고민이 흘러넘쳐 수시로 이런저런 기록을 남겼는데, 그 글들을 '작업일지'라고 이름 붙여 따로 모아두었다. 대략 2012년부터 2020년까지 썼던 작업 일지들 중 사람들에게 보여줘도 될 만한 글들만을 모아 이 책에 그대로 옮겨 담았다.

이 글들을 그림과 함께 2020년 『산책길 위에서』라는 제목으로 독립 출판을 한 적이 있는데, 일러스트레이터 지망생이나 그림을 공부하는 사람들로부터 내 작업 일지에 공감하고 도움을 많이 받았다는 이야기를 자주 들었다. 다들 비슷한 고민을 하고 있었던 것이다. 자주 꺼내보며 마음을 다잡았다는 후기도 여럿 접했다. 나 역시 예전 작업 일지를 보면서 내 기억과는 또 다른 나의 모습에 힘을 얻고 격려를 얻기도 한다.

모든 일이 지난 후에 거리를 두고 돌이켜보며 쓴 글 속의 나와, 그 당시 생생한 감정으로 기록된 나는 조금 다른 것 같다. 내 기억에선 분명히 우울했던 것 같은데, 일지 속의 나는 한없이 용기를 낸다든가 하는 경우가 종종 있다. 너무 가까이에서 스스로를 보면 잘 파악이 안 될 때도 있지만, 오히려 가장 솔직하고 생생하게 순간순간의 마음들을 남길 수 있기도 하다. 어쩌면 이 기록들이 내 기억의 어두운 오류를 바로잡아주는 역할을 해줄 수 있을지도 모르겠다.

애초에 혼자 보려고 쓴 일기글이라 이리저리 튀고 친절하지 못한 부분이 있으니 다시 한번 더 양해 부탁드린다. 크게 보면 시간 순이지만 에세이 글과 호응되도록 재배치한 부분들도 있다. 독립 출판물엔 넣지 않았던 작업일지도 몇 개 더 추가했다.

중간 중간 단편 만화나 아주 짧은 만화들도 함께 엮었다.

여러모로 감안하고 편하게 읽어주시길 바랍니다.

차례

꿈 이야기

어릴 때부터
어릴 때는 검은형체의 유령이 나오는 꿈을 많이 꿨다
…
단 하루도 꿈을 꾸지 않은 날이 없었다.
난 꿈을 맨날 꿔
차림표
꿈을 맨날 꾼다고?
응
그것도 항상 총천연 색으로… 생생해서 옛날에 꾼 꿈들이 아직도 생각나
신기하다 일어나면 꿈 다 잊어버리지 않아?
…
그치 애초에 꿈을 꾸나?
너넨 맨날 꿈 안 꿔?
안 꾸는 날이 더 많지~
꾸긴 해도 잘 기억이 안 나는 느낌?
꿈은 깊은 잠을 못 자는 동안 꾸는 거라던데
매일은 아니라도 난 그래도 자주 꾸는 것 같아
…
모두가 그렇지는 않다는 걸 알았다.

나만 그런 거였어? 난 낮잠 잘 때도 꾸는데…? 나 조금은 특별한 사람 일지도…!
그거 알아?
?
•프•로•이•트 의
•정•신•분•석•학
한 학번 위의 똑똑한 남자선배였다.
갓 스무 살이 된 내가
아… 아뇨
알고 있을 리가 없었다.
그것이 뭐냐면 말이여 어쩌구 저쩌구
설명 한번 기네
그 선배는 멋있는 척을 하려던 것 같았지만
그러니까 꿈을 많이 꾸면 정신분석에
뭔가 짜증나는데 재미있어
나는 그 이야기에 충분히 흥미가 있었고
때로는 아는 척하고 싶은 사람의 허풍이
학교 도서관
프로이트…
새로운 세계로 한 걸음 데려가 주기도 한단 말이지.

덕분에 나는
프로이트
프로이트
…
꿈의 해석
지그문트 프로이트
정신분석학으로의 초대
평생을 시달려온 '꿈' 이란 것에 대해
스무 살이 되어서야 처음으로
빌려 가야지!
진지하게 알아보게 되었다.

일단 제일 쉬워 보이는 해설서에서
오오…
프로이트의 정신분석학에 대해 쉽게 써놓은 커다란 그 책을 읽고 알게 된 건

꿈은 '욕망(소원)' 이구나!
탁
책에서 가장 흥미로웠던 내용은 꿈에선
내가 무의식적으로 욕망하는 것이 나온다는 것이다.
또 시험이야
시험 다시 치는 꿈 많이 꿈
공부 하나도 안 했는데…
어떻게 나한테 그럴 수 있냐!
평소에 불만있는사람
현실에선 못할 말을 한다든가
우리 사귀는 겁니까?
호호
좋아하는 사람과 연애를 하기도 하고…
와 집 넓고 깔끔 허다~
자취방이 싫을 땐 이사가는 꿈도 많이 꿨다.
무슨 말인지 알 것도 같았다.
어디까지가 내 가면인지,
어디까지가 드러나지 않는 내 욕망인지
처음으로 스스로 구분해보았다.
오호라-
프로이트의 〈꿈의해석〉은 더욱 흥미진진
꿈의 해석

그로부터
1~2년 후
21~22살이
되었을 무렵.
그때 알게 된, 어떤 선배의 블로그.
그는 옆 학교의 영화학과 학생이었다.
어…!
blog.com
일에 꾼 꿈
5 일에 꾼 꿈
8 일에 꾼 꿈
10 일에 꾼 꿈
1 2 3
12월 13일에 꾼 꿈
블로그
꿈
그의 블로그에는 그가 꾼 꿈에 대한
상세한 기록들이 잔뜩 있었다.
이렇게 기록해 볼 수도
있는거구나…!
재미있군
흥미로워서 단숨에 다 읽었다.
그리고
직감적으로
알았다.
이건
나한테 필요한 일이다!

스물한 살 무렵부터
나는 내 꿈을 기록하기
시작했고
하면 할수록
빠져들었다.
생생하게 기록하기 위해 침대맡에 노트를 두고
일어나자마자 썼다.
어릴 때 살던 마을에서 전쟁이 일어났는데…
총을 피해 버스를 타고 옆 마을에... 어쩌고 저쩌고
단숨에 써내려간 기록은 다시 읽고 곱씹을 때
그 의미가 드러났다.
왜 이런 꿈을 꿨지?
꿈 속의 나는
내가 알던 나와는
또 다른
모습이었다.
소리치고, 욕하고, 기분 나쁜 감정들 뿐이었어.
꿈 속 내 감정을 들여다봄으로써,
훨씬 적나라하고,
솔직한 감정을
읽을 수 있었다.
그 일이 내 자존심을 긁었던 거야. 사실 나는 화를 내고 싶었던 거야

다음은, 2012년 11월 13일, 그림과 예술을 동경하던 시절에 꿨던 꿈.
아르바이트를 하러 왔다.
꽉
카페를 열기 전 벽화를 그리는 것이 우리의 임무.
나는 아주 커다란 벽 앞에
페인트와 물감을 늘어놓고
그림을 그리기 시작했다.
붓을 썼다가
손을 썼다가 했다.

나는
아주 자유롭고
즐거웠다.

한 여자를 그렸고
배경은 노랗고도 파란
수천 개의 빛나는 나무들이
가득 찬 어느 들판이었다.

여자를 그릴 때는 마티스처럼
검은 테두리를 이용했다.
완성된 벽화는
빛을 마구 휘갈기는 인상주의 풍이었다.
나는 마무리로 여자의 얼굴에
검은 붓으로 치켜 뜬 두 눈을 쿡쿡 찍었다.
이목구비 없이 눈 알 두 개뿐이지만
표정이 참 잘 드러난 것 같아 흐뭇했다.
내가 그림을 그리는 동안 직원 언니가 청소기를 돌리는 소리가 들린다.
테이블도 닦아야 하고 이것저것 할 일이 많은데 벌써 오픈 10분 전이다.
카페 오픈이 늦어질까 걱정이다.

이 꿈을 꾸었던 2012년 11월 13일에 기록한 내용에 따르면,
이 꿈을 꾸기 전 나는 몇 분 정도 마티스, 모네, 르누아르, 세잔, 피카소, 프리다 칼로의 그림들을 웹서핑해 봤다고 한다.
갈증
모두와 함께하는 페미니즘 세미나
동아리 모임 포스터에 쓸 그림을 찾기 위해서였다.
그 당시 스스로에게도, 이 꿈은 적잖이 충격이었던 모양이다.
고작 '그 몇 분간의 시각적 자극'으로 이런 꿈을 꾼다고?
그것이 내 그림일까? 내 '뇌'가 만든 것이지만 내가 그렸다고 할 수 있을까?
단지 상상한 것에 불과한 것일까?
노력하면…? 나는 현실에서도 그런 실력을 가질 수 있을까?
혹시…
나 정말 그림을 그리고 싶은 건가?
!
그때의 나는 그림을 그리겠다고 마음먹기 전이었다.

꿈 속 나를 탐험하다 알게 된,
꿈 속에서 그림을 그리던 나.
나의 감각.
손가락을 움직일 때의 신선함.
자유로움, 즐거움,기쁨.
자연스러운 행복감.
꿈 속 숨겨진 내 욕망
거기에는 그림을 그리는 내가 있었다.
'그림을 그리고 싶다'
그게 내 '꿈'이었던 거야.
예술코너
어렴풋이,
느꼈던 걸까.
이 꿈을 꾸고 2개월 2주 후,
나는 자신에게 주는 생일선물로
난생처음 그림 그리는 법에 관한
책들을 산다.

꿈을 기록하지 않았다면,
그림을 그리고 싶은 내 마음을
끝내 못 알아봐주었을지도 모른다.
아직도 꿈은 매일 꾼다.
하지만 이제는,
예전처럼 꿈을
파고들려고 하지는 않는다.
기록도 성실히 하지 않는다.
와 여보 나 방금 블록버스터 꿈 꿨다
아으… 나도 꿈 엄청 꿈
뭔 꿈 꿨어?
그르릉
헤헤 근데 일어나니까 다 까먹었당
냐옹
오늘도 열심히 마감해보자!
끼익
이제는 굳이 꿈을 기록하지 않아도 되는,
꿈을 조금이나마 이룬 삶이 되어서
그런 것인지도 모른다.

1

끝없는 시작들

그림을 전공하지 않고 독학을 했다고 하면 이런 질문을 자주 받는다.

"어떻게 그림을 시작하게 되셨어요?"

"몇 살에 시작하신 거예요?"

곰곰이 과거를 되짚어보다가 내가 가장 흔하게 하는 대답은 '스물세 살즈음 좋아하는 일을 해야겠다고 마음먹고 시작했다.'고 답한다. 왜냐하면 그때 진정으로 그림을 '업'으로 삼겠다고 다짐하고, 취미 미술 수업에 등록하고, 작법서나 스케치북, 미술 도구를 사는 등 정말로 진로를 바꾸기 위한 본격적인 행동들을 시작했기 때문이다.

짧은 대화를 하다보면 어쩔 수 없이 많은 부분이 생략되어서, 어떤 사람들은 정말로 스물세 살 전에는 그림을 아예 그리지 않았던 줄로 아는 사람도 있는 모양이다. 하지만 엄밀하게 말하자면 스물세 살에 시작했다는 건 그림을 '다시' 시작했다는 뜻에 가깝다. 첫 시작은 언제였냐면, 태어났을 때부터다. 손에서 그림을 오래 놓았던 건 사실이지만 나는 아주 어릴 때부터 그림 그리기를 좋아했다.

부모님 말씀에 따르면 나는 걸음마를 떼기 전부터 다른 놀이들보다 색종이를 자르고 붙이는 걸 가장 좋아했다고 한다. 종이, 커튼, 머리카락 등 모든 것을 다 가위로 잘라서 애를 먹으셨단다. 나 역시 어린 시절을 떠올려보면 늘 그림과 관련된 순간들이 가장 먼저 떠오른다. 의식이란 게 있을까 싶은, 기저귀를 차고 걸음마를 뗀 지 얼마 안 된 무렵으로 추측되는 기억 속에서도, 노란 마룻바닥 위에 놓인 스케치북과 크레파스, 색종이가 널브러진 장면이 보인다.

그림책이나 사진도감 보는 걸 좋아했고 어린 시절엔 만화책이나 만화영화를 보는 데 모든 시간을 쏟았다. 두 살 터울의 오빠와 함께 동네 만화대여점에 자주 갔다. 매달 소녀만화 월간지를 사서 보았고 스프링 연습장을 사서 만화를 베껴 그리는 것이 유일한 낙이었다. 책 속 삽화를 보는 것이 좋아서 초등학교 5학년이 될 때까지 그림이 없는 책은 본 적이 없다. 매학기 첫날 교과서를 받으면, 가장 먼저 모든 교과서에 있는 그림들을 확인했다. 물론 미술 교과서를 제일 먼저 봤다. 하도 많이 봐서 어디에 무슨 그림이 있는지 달달 외울 정도였다.

그림을 잘 그리셨던 엄마의 스케치북을 그림책 보듯 즐겨봤다. 오빠와 동생도 그림을 꽤 잘 그리고 지금도 관련 직종에 종사하고 있는 걸 보면, 아마 그런 피를 물려받은 것 같기도 하다.

사람들이 나에게 커서 무엇이 될 거냐고 물으면 늘 "화가가 될 거예요!"라고 답했다. 혹은 만화가가 되고 싶었다. 초등학생 때 시골에 살았는데, 아주 가끔 서울에 있는 친척집에 놀러갈 때가 있었다. 어른들이 나에게 서울에서 뭘 하고 싶으냐고 물어보면 스크린톤을 사러 가고 싶다고 답했다. 자주 보던 만화책에서 만화가들이 어디에서 잉크와 펜촉, 만화지와 스크린톤을 사는지 본 기억이 났다. 종이에 그 주소를 적어 그곳에 꼭 가고 싶다고 했다. 내가 직접 갔는지, 나의 바람을 듣고 친척 어른이 사다 주었는지는 기억 나지 않지만 어쨌든 펜촉과 잉크, 스크린톤을 손에 넣게 된 나는 혼자 만화를 만들며 놀곤 했다. 수업 시간에는 그림을 잘 그리던 친구와 서로의 캐릭터를 만화로 그려 선생님 몰래 쪽지를 주고받았다. (그때 그린 캐릭터가 지금 이 책에 그린 내 캐릭터와도 닮았다.)

학교 다닐 땐 늘 미화부에 속했고, 미술 시간이 가장 즐거웠고, 학교에서 하는 적성 검사에서도 늘 '화가'가 나왔다. 공부는 못했다. 부모님도 딱히 공부를 열심히 해야 한다고 말씀하신 적이 없었다. 그래도 개의치 않았다. 나는 그림이라는 특기가 있었으니까. 난 어차피 화가가 될 거니까, 공부를 못해도 부끄러워하지 않았다. 내가 유일하게 칭찬받는 것이 그림 그리기였고, 그림이나 미술, 만화는 언제나 어린 시절 나를 대표할 수 있는 '정체성'이었다.

♣♣♣

그런 데 비해서 그 꿈을 이루기 위한 준비는 매우 빈약했다. 일단 미술학원에 다닌 적이 없다. 사생대회에 나가서 장려상 정도를 받았다. 금은동상은 미술학원에 다니는 아이들이 싹쓸이해갔다. 뭔가 어떤 비법이 미술학원이라는 곳에 있는가보다, 싶었지만 딱히 부모님께 학원에 보내달라고 하지도 않았고 별다른 생각이 없었다.

중학생 때까지만 해도 애니메이션 고등학교에 진학하고 싶었지만 여러 이유로 좌절되었다. 경북 예천이라는 시골에서, 애니메이션 고등학교가 있는 경기도의 고등학교에 가는 것은 내겐 너무 막연했다. 부모님 입장에서도 경제적으로 부담스러우셨던 것 같다. 부모님이 보내준다고 하셨더라도 과연 입학할 수 있었을지는 모르겠다. 나는 입시 미술을 배우지 않았고, 학원을 다니지 않아서인지, 애니메이션 고등학교 진학을 위해 뭘 해야 하는지 아무것도 아는 게 없었다. 정보를 알아볼 노력도 하지 못했다. 왜 그랬을까 나도 스스로 의아하지만 추측건대, 그즈음 우리 가족은 부모님이 이혼 후 복잡한 재혼 가정을 이루고 있었는데, 내게 쏟아지는 변화들을 따라가고 이해하는 것만으로도 마음이 바빴던 게 아닐까. 입시 같은 걸 진득하게 알아볼 만큼의 여유는 나뿐만 아니라 우리 가족 모두에게 없었을 것이다.

중학교에서 고등학교로 올라갈 무렵, 부모님은 나에게 '공무원이 되는 것이 어떠냐'고 은근슬쩍 제안하시곤 했다. 어차피 아무런 준비도 되어 있지 않았던 데다가 부모님과 갈등을 일으키고 싶지 않았던 나는 어영부영 지역에 있는 인문계 고등학교로 진학했다. 그림이야 어디서든 그릴 수 있는 것이니까, 고등학교를 다니면서 혼자서 꾸준히 그려볼까, 대학이라도 미대를 도전해볼까, 하는 생각을 하면서.

그런데 잘 될 리가 없었다. 아침 8시에 0교시를 시작해서 밤 12시까지 야간자율학습을 했다. 그런 환경에서 미술에 대해서 알아보는 일은 계속 미룰 수밖에 없었고, 그 사이 점점 공부에 욕심이 나기 시작했다. 어릴 때에는 탱자탱자 만화책이나 보며 항상 놀기만 했는데, 불현듯 공부를 못하는 나 자신이 부끄럽게 느껴졌고 공부를 잘하는 아이가 되고 싶었다. 중학생 때부터 차근차근 열심히 하다보니 고등학생 때에는 반에서 2~3등 정도 하게 되었다. 학교 공부뿐만 아니라 신문을 읽고 책을 읽으면서 세상에 대해 흥미가 생겼다.

점점 세상 전체에 대한 관심이 커져갔다. 이 세상에 존재하는 여러 문제에 대해서도 점점 눈을 뜨게 되었다. 부정부패로 가득한 정치 상황, 한이 서린 우리나라 역사, 교육 문제, 환경 문제들을 알게 될 때마다 안에서 무언가가 끓어올랐다. 공부를 하면 할수록 나에게 반골 기질이 있다는 걸 느꼈다. 세상을 바꾸는 사람이 되고 싶었다. 어느덧 내 꿈은 장관이나 외교관, 국회의원이 되어 있었다.

♣♣♣

인문계 고등학교를 다니고, 공부를 열심히 하다보니 그림을 그리는 시간은 점점 사라졌다. 만화책도, 만화영화도 더 이상 보지 않았다. 세상에는 그림을 잘 그리는 사람들이 나 말고도 많았다. 내가 모르는 세상에서 이미 그들은 미술을 시작했고, 자신의 미래를 결정지었고, 탄탄대로 아름다운 미래를 손에 거머쥐었을 거라 짐작했다. '하지만 나는 아니다. 이미 늦었다.'고 생각했다.

고작 열여섯, 열일곱이었지만, 당시로서는 자연스럽게 진로와 학업은 매우 긴밀하게 연결되어 있다고 믿었다. 모두가 그렇게 믿었다. 입시를 하지 않는다면 이미 끝, 자격 박탈인 것이다. 모든 게 고등학생 때 결정되는 줄로만 알았다. 미술 관련 학교를 가지 않고 전공을 하지 않는다면 이미 내 것이 아니라고 생각했다. 나는 인문계 고등학생이므로 기회를 놓쳤다고, 입장권을 놓쳤다고 단순하게 생각했다. 거기다 한참이나 그림을 그리지 않았으니 이제 와서 화가나 만화가를 꿈꾸기엔 염치 없는 것 아닌가. 그렇게 체념할 뿐이었다.

그렇게 정치외교학과로 대학에 진학했다. 1, 2, 3지망 모두 정치외교학과, 정치대학이었고 모두 붙었다. 어느덧 하고 싶은 것 1순위가 사회, 정치와 관련된 직종이 되어 있었다. 이제 와서 생각해보면, 내가 꿈을 그렇게 설정한 데는 나의 기질도 한몫했겠지만 아마 여러 주변 상황과 분위기의 영향도 없지 않았을 것이다. 일단 부모님께 그림 그리고 싶다는 말을 못 했다. 부모님이 내가 공무원이 되길 바랐던 것처럼, 왠지 어른들은 안정적이고 사회적으로 성공한 것처럼 보이는 직업을 지망해야 좋아하실 거라 믿었다. 내가 고등학생일 때 반기문 전 장관이 UN총장이 되어, 반씨 가문이 난리가 났던 적이 있다. '저 정도는 되어야 칭찬을 받고 인정을 받는구나.' 하고 느꼈다. 이왕 공직생활을 한다면 커다란 자리 하나 차지하는 것에 더 흥미를 느끼는 기질이기도 했다.

하지만 마음 한편에서는 그림에 대한 꿈이 완전히 사라지진 않았다. 화가가 되고 싶은 꿈이라는 마음의 방이 정치인이 되고 싶은 마음의 방으로 대체된 것이 아니라, 마음에 두 개의 방이 생긴 느낌이었다. 정치방과 그림방. 그중 항상 정치방에 들락날락거리다가도 한 번씩 그림방이 눈에 밟혔다.

'맞다. 난 그림 그리기를 가장 좋아했었지…….'

예쁜 그림을 보거나 좋아하는 화가나 작가를 보면 그림방이 쿵쾅쿵쾅 반응을 보였다. '나는 항상 네 마음속에 있다고!'라며 나에게 소리치는 듯했다. '왜 나는 그림을 포기했지?'라며 자책하는 일기를 쓰기도 했다.

하지만 이미 늦었다고 생각했기 때문에, 취미로 그리거나, 다른 일을 하다가 정년퇴직을 하고 그리거나, 아니면 다른 일을 하면서 몰래몰래 실력을 가꾸어 화가가 되는 일을 상상하곤 했다. 본격적인 직업으로 그림을 그릴 수 있다고는 전혀 생각하지 못했다. 그건 상상이거나 손에 잡히지 않는 꿈일 뿐 실행으로 옮길 수 있는 문제가 아닌 줄로만 알았다.

650
회화
660
사진
여기가
제일 좋아!
대학생 때 학교 도서관에 갈 때마다
꼭 미술 관련 서가에 들렀다.
다시 그림 그릴 수 있다면… 하고
자주 상상했다.

♣♣♣

그림을 본격적으로 그리진 않았지만 종종 드로잉이나 낙서를 했다. 혹은 예술이나 창작 비슷한 무언가는 꾸준히 곁에 두었다. 고등학생 때에는 친구와 사진부 동아리를 만들어 운영했다. 필름 카메라를 늘 들고 다녔고 축제 기간 사진 전시회를 하면 포스터나 전시회장을 모두 내가 주도해서 꾸몄다. 커다란 카메라를 물감으로 그려 전시회장 전체를 뒤덮었다.

대학생 때에도 대자보를 쓸 일이 있거나, 행사 포스터를 만들 때 모두 내가 포토샵으로 디자인하고 그림을 그려 넣어 만들곤 했다. 내가 과 학생회장을 했을 때는, 신입생에게 나눠주는 학과 생활 안내 책자에 내 그림을 넣어 만화로 꾸미기도 했다.

대학생 때는 봉제 인형을 만들던 취미를 살려 홍대 플리마켓에 나가 인형을 팔기도 했다. 학교 교양 수업도 모두 미술과 관련된 수업만 골라 듣고, 공강 시간엔 도서관에서 미술 서적이 있는 칸에 가서 혼자만의 시간을 보내기를 즐겼고 화가들에 대한 책을 잔뜩 빌려 보곤 했다.

사진 찍기도 이미지를 만드는 일의 일환이고 인형 만들기도 디자인도 모두 내 미술적 재능과 관련된 취미였던 것 같다. 주변 사람들도 다 내가 그림에 소질이 있다는 걸 알고 있었다.

그래도 그림을 업으로 하는 것만은 늦었다고 생각했다. 이 생각이 깨진 건 대학교 3학년을 마치고 1년 휴학을 하면서부터였는데, 이 얘기는 나중에 차차 해보도록 하자.

♣♣♣

돌이켜보면 그림을 곁에 두었던 그 모든 순간이 나의 시작이었을지도 모른다. 어린 시절 종이 위에 마음껏 만화를 베껴 그리던 그때, 애니메이션 고등학교에 가고 싶었던 그때, 고등학교를 다니면서도 계속 낙서를 하고, 사진을 찍고, 대학교를 다니면서도 늘 미술 교양 수업을 듣고 혼자 미술관에 다니던 그때, 좋아하는 그림을 볼 때마다 설레고 화가들의 책을 찾아다니던 모든 순간들. 진득하게 그림을 배우거나 그린 적은 없지만, 그림을 사랑하지 않은 적은 단 한 번도 없었다.

그 모든 순간에 이미 나는 늘 그림에 대해서 염원하고, 꿈꾸고, 시작하고 있었을지도 모른다. 또 다른 관심 있는 세계가 하나 더 생기는 바람에 그것을 선택했고, 그림을 전문적으로 배우지 않았을 뿐이지 '화가가 될 거예요!'라고 답하던 어린아이는 언제나 내 안에 살아서 또 다른 내 시작을 기다리고 있었을지도 모른다. 한 번도 내 마음에서 사라지지 않았던 '그림방'에 살면서 그 문이 열리기를 기다렸을지도, 아니 혹은 그 아이가 기다리다 지쳐 스스로 그 문을 열고 나온 것인지도 모른다.

내 시작은 엄밀히 말하면 내가 세상에 태어나 처음 크레파스와 가위를 잡았던, 만 0살의 그때였을지도 모른다. 정치외교학과를 다니던 그때가 오히려 '잠깐의 딴 짓'이었을지도 모른다. 그러니까, 나는 스물세 살에 그림을 시작한 것이 아니라, '다시' 시작했다고 말하는 것이 더 정확한 표현이 되는 것이다.

P.S.

'저도 전공이 아닌데 그림을 그려도 될까요?' 라는 질문은 정말 자주 듣는데 학업과 진로를 반드시 동일시할 필요는 없다고 생각한다. 의사나 선생님 같은 직업처럼 진로를 바꾸기 위해 학업을 반드시 변경해야만 하는 케이스도 있지만, 미술 분야는 꼭 그렇지만은 않은 것 같다. 꼭 미술뿐만 아니라 학업과는 무관한 일을 하는 사람들도 이제는 흔치 않게 주변에서 찾아볼 수 있다. 학업과 전혀 다른 길을 가고 싶다면 언제든 갈 수 있는 게 요즘 세상인 것 같다. 앞으로도 점점 그런 시대가 될 것이라 생각한다.

어릴 때 아빠가 이런 질문을 한 적이 있다.
지수는 나중에 뭐가 되고 싶노
삽화가 할 거야
곰곰이 생각하시더니 하신 말씀.
음… 그럼 그림만 잘 그려서 될 게 아니고 매일 매일 나라가 돌아가는 상황, 역사, 정치나 사회도 많이 알아야 돼.
…
나는 타샤 튜터 같은 동화나 문학 삽화가가 되고 싶었던 건데… 아빠는 신문 만평 같은 걸 그리는 삽화가라고 이해하신 것이다.
공부도 잘해야 돼.
아무나 되는게 아니야
넹
?
삽화가를 하려면 공부도 잘해야 하는 거였구나
정치? 사회? 하나도 모르는데…
그래 그런 일을 하게 될 수도 있지. 하면서 도서관에서 관련 책을 빌려서 봤던 기억이 난다.
역사소설
결국 정치외교학과를 가게 된 것은 일러스트레이터가 되기 위한 준비라는 마음 때문이 아니었을까.
종종 생각할 때가 있다.
그러고 보니…?

Q. 일러스트레이터, 공무원
두 가지 일을 할 수 있을까요?
중2 반지수

아가 지수야 넌 결국
애니메이터 일러스트레이터 둘 다 하게 된단다
?
누구신데요
푸흡
기특도
하여라

"제가 장래희망이 일러스트레이터거든요.
그런데 부모님은 자꾸 저보고 공무원 하라고 말씀하세요.
공무원이 워낙 안정된 직업이고 혜택도 많다고
절대로 절대로 공무원 하라고 그러시고……
또 제가 장래희망이 일러스트레이터라 애니메이션 고등학교를 희망하고 있는데 공무원 하라면서 애니고는 꼭~ 가래요.
저는 일러스트레이터라는 직업을 절대로 포기할 수 없고
부모님도 공무원이라는 직업을 절대 포기 못 하신다고 그러시네요.
그래서 그런데 공무원은 일찍 퇴근하지 않나요?
낮에는 공무원 일을 하다가 밤에는 그림을 그리는;;
두 가지 일을 한꺼번에 할 수는 없나요?
진짜 맘 같아선 그냥 일러스트레이터 일에만 집중하고 싶어요.
공무원만 아니면 일러스트레이터랑 애니메이터
이 두 가지 일을 할려고 그랬는데 ㅠ_ㅜ

공무원, 일러스트레이터 한꺼번에 할 수 있나요?
또, 일러스트레이터가 되기 위한 어떤 절차가 있는 건지……"

당시 네이버 지식인에 올렸던 질문 내용이다. 이런 질문을 올렸는지 잊고 있었는데 몇 년 전 발견하고 웃기기도 하고 소름이 돋았다. 18년 전의 나는 이미 일러스트레이터와 애니메이터가 되고 싶었구나. 어릴 때부터 내가 무엇이 되고 싶은지 진작 알고 있었다는 것이 신기했고 은근 일편단심 민들레 같은 구석이 있다는 것이 기특했다.

2

정치가 아닌 예술을 하고 싶어

대학교 3학년 때까지는 인권변호사나 사회활동가가 되고 싶었다. 처음 정치외교학과에 입학할 때만 해도 세상을 바꾸려면 행정부나 입법부에서 권력을 가진 일을 해야 한다고 생각했는데, 이런저런 경험을 하며 어쩌면 현실 정치판에서는 내가 원하는 것을 할 수 없을지도 모른다는 것을 깨달았다. 대신 나는 가장 낮은 곳에서 싸우는 사람들을 만났다. 당시 대학교 곳곳에서 대학 청소노동자들의 투쟁이 있었다. 내가 다니던 학교의 주변 학교들도 시끌시끌했다. 우리 곁에서 일하는 청소노동자들이 얼마나 열악한 대우를 받는지 처음 알게 되었다. 청소노동자뿐만 아니라 이 세상에는 숨겨진 진실들이 가득하다는 걸 책과 현실, 선배들을 통해 배웠다. 나는 점점 위에서 세상을 바꾸는 사람이 아니라, 아래에서부터 세상을 바꾸는 사람이 되고 싶어졌다. 내가 생각하는 이 세상에서 제일 멋지고 똑똑한 선배들이 모두 사회활동가를 꿈꾸거나, 사회활동가로 살아가고 있었다. 사회활동가라는 것에 대해 계속 관심이 갔다. 만약 활동가가 되는 것이 무리라면, 법을 배워 인권변호사가 되어 힘이 없는 사람들을 대변하고 싶었다.

학점 관리나 취업 준비보다는 뜻이 맞는 사람들끼리 모여 공부, 토론을 하거나 동에 번쩍 서에 번쩍하며 사람들에게 무언가를 주장하면서 젊음을 불태웠다. 등록금 문제나 사회 문제가 있으면 불철주야 목소리를 내고 행동했다. 거침이 없었다. 스펙 쌓기와는 거리가 먼 80년대 대학생같이 살았다. 회사에 들어가거나 자격증 준비를 해야겠다는 생각을 한 번도 하지 않았다. 그보다는 더 근본적이고 거대하고 이상적인 것에 관심을 가졌다. 이때가 아니면 할 수 없을 일들을 전부 다 경험해보고 싶었다. 학생회와 학회, 온갖 동아리로 월화수목금을 꽉 채웠다. 3학년 때는 정치외교학과의 학생회장도 했다.

3학년까지 쉴 틈 없이 경험을 채우고 나서 휴학을 하기로 했다. 이번에는 학교가 아닌 곳—사회운동이나 사회활동가의 삶과 바깥세상에 대해 알고 싶었다. 또, 당시 사법고시 폐지 문제가 연일 이슈여서, 다음 스텝을 밟으려면 인권변호사를 할 것인지 활동가를 할 것인지 결정해야 했다. 머릿속이 복잡해 휴학을 하고 고민에 종지부를 찍으려 했다. 용돈을 넉넉히 받을 수 있는 형편이 아니어서 아르바이트도 해야 했다.

그런데 휴학 기간 동안 사람들을 만나고 세상을 둘러보며 내 가치관은 계속 변했다. 결과적으로 활동가가 될지 말지에 대해서는 마음을 반쪽만 열어두기로 했다. 변호사가 되겠다는 생각은 아예 접었다. 오히려 처음 휴학을 결정할 때에는 전혀 예상치 못했던 마음이 생겨났다. 내 안의 다른 반쪽에서는, '예술가가 되고 싶다'는 마음이 싹트기 시작했다.

♣♣♣

휴학을 결심한 즈음부터 다른 학교에서 활동하는 친구들을 많이 만났다. 그중 한국예술종합학교(이하 한예종) 학생들이 있었다. 그들을 만나게 된 건 단순히 한예종이 내가 다니던 학교와 도보 10분 거리에 있었기 때문이었다. 그 당시 한예종에서도 청소노동자 투쟁이 있어서 근처에 있는 학생들끼리 만나서 같이 공부해보고 이 문제를 알려보자, 하는 생각이었다. 이 만남이 나로 하여금 새로운 꿈을 품게 할 도화선이 되어줄 줄 그때는 짐작도 하지 못했다.

그들을 만나기 전까지만 해도 한예종이라는 학교가 있는지도 몰랐고 관심도 없었다. 내가 다니던 학교 근처에 뭔가가 있다는 것은 어렴풋이 알았지만 '대학교'라는 이름이 아니어서 '학원 같은 건가?' 생각하고 말았다. 그런데 막상 한예종 학생들을 만나보니 그들은 '영화과', '애니메이션과', '방송영상과', '조형예술과' 등 이름만 들어도 가슴이 뛸 만한 전공들을 공부하고 있었다. 매우 흥미로웠다. 알고 보니 예술 분야의 수재들이 모여 있는 학교였다. 내가 활동할 때 만났던 선배들은 대부분 영화과나 영상이론과, 조형예술과를 다니고 있었다. 특히 내가 관심 있는 분야였다.

처음 만나 자기 소개를 할 때였다. 한 선배가 07학번이라며 소개하자, 동안인 것 같아서 어려 보이신다고 말했더니 주변에서 피식 웃는 소리가 났다. 왜 그런가 갸우뚱하고 있으니 누군가 재밌다는 듯 말했다. "원래는 03학번이었어요."

07학번이 원래 03학번? 어리둥절해 있는데, 보통의 대학생들처럼 고3을 마치고 20살에 대학교를 입학한 것이 아니라, 다른 대학교 경영학과를 다니다가 한예종에 새로 입학을 했다는 것이다. 심지어 그런 선배들이 몇 명 더 있었다. 전혀 다른 분야의 대학을 다니던 선배도 있고 비슷한 공부를 하다가 온 선배도 있었다. 학번이 나보다 아래인데도 나이가 많은 분도 있었다.

이럴 수가. 다른 학교를 다니다가 자퇴를 하고 예술 공부를 한다니? 이걸 정말 실행하는 사람이 있다니?! 그 얘기를 처음

들은 나는 적잖이 당황했다. 내 신체 중에서 거기에 있는 줄도 몰랐던 부분에 혈류가 도는 느낌이었다. 멋있다고 생각했달까 부끄러웠달까. 이런 선택을 하는 사람이 정말 있었다니, 심지어 여러 명이라니. 가슴이 후끈 달아오르고 두근거려 나는 오래도록 마음을 주체할 수 없었다.

정치외교학과에도 비슷한 경우가 있긴 있었다. 정치외교학과를 다니다가, '우리나라의 교육 문제를 바꾸려면 먼저 교육자가 되어야 한다.'면서 자퇴를 하고 사범대에 다시 입학한 선배가 있었다. 이과 관련 전공을 하다가 20대 후반의 나이에 사회 문제에 관심을 갖고 정외과에 다시 입학한 어떤 언니, 같은 학교 법대를 다니다가 우리 과에 다시 입학한 어떤 동기 오빠도 있었다.

그런데 한예종의 케이스는 다르게 느껴졌다. 한예종 선배들이 선택한 건 예술이었기 때문이다. 나는 이미 중학생 때 나 스스로 늦었다고 생각하고 그림을 포기했다. 고등학생 때에도 대학생 때에도 생각하면 설레고 행복하지만 이미 '늦었으니 안 되지 않을까.'라고만 생각했다. 그런데 그들은 늦어도 시작하고, 선택하고, 공부하고 있었다.

내게는 뒤늦게 예술대를 선택한 그들의 존재가 내가 환상처럼 여기던 『달과 6펜스』의 주인공처럼 느껴졌다. 비극을 맞지 않은 〈죽은 시인의 사회〉 같았다.

'소설 속 이야기인 줄로만 알았는데, 정말로 이런 선택을 하는 사람들이 있구나. 스물셋, 넷이나 되었으면서, (지금 생각해보면 참 어린 나이인데, 그때는 대단한 어른인 줄로만 알았다.) 그 나이에 진로를 바꾸고 예술가가 되려고 하는 사람들이 있구나. 그런 사람이 있다면, 그리고 이토록 태연하게 잘 지내고 있다면, 과연 나란들 못 할까? 어쩌면 나도, 그들처럼 새로운 선택을 할 수 있지 않을까?'

희망이나 가망이란 것이 저 멀리 막연한 것이 아니라, 손에 잡힐 수도 있다는 것을 느꼈다. 자신이 하고 싶은 것을 깨닫고 실행으로 옮기는 사람들, 그리고 그것에 확신을 가진 사람들의 존재를 바라보며 그런 확신이 혹시 내 안에도 있는 것 아닐까, 어렴풋이 짐작했다.

심지어 그때 내가 만난 한예종 선배들은 모두 멋졌다. 하나같이 똑똑했고, 자신이 하고자 하는 분야에 대해서 잘 알고 있었다. 그때는 나도 영화를 정말 좋아해서 영화감독이나 다큐멘터리 감독을 하고 싶다는 생각을 하곤 했는데, 한예종 선배들이 하고 있는 게 그런 일들이었다. 대화를 많이 나누지는 못했지만 선배들이 추천하는 영화나 책 같은 걸 읽으면서 새롭게 알게 된 것들도 많았다.

그 후 한예종이나 예술대학, 미술대학에 더 많은 관심을 갖게 됐고, 틈만 나면 한예종으로 산책을 갔다. 내가 자취하던 방에서 한예종 후문까지는 고작 350m 남짓한 거리. 걸어서 5분도 걸리지 않았다. 이렇게 가까이에 예술학교가 있다는 걸 3년 동안 모르고 살았다니……. 당시 한예종에서는 매주 예술영화를 상영하는 '수요 영화관'이라는 행사를 해서 영화도 자주 보러 갔다. 한예종에서 하는 강연이나 행사, 재학생이 만든 다큐멘터리 상영회도 보러 갔다. 비슷한 맥락으로 홍대에 들락거리는 일도 많아졌다.

예술학교, 미술대학을 거닐면서 불이 켜진 강의실을 멀리서 바라보곤 했다. 그 빛을 보면서 내가 할 수 있는 것을 상상했다. 여기에서 공부하는 것은 어떨까. 내가 이런 곳에 다닌다면 어떨까. 내 인생은 어떻게 될까. 나도 그들처럼 '예술을 공부하는 학생'이 될 수 있을까.

♣♣♣

그해부터 정치외교학과 법학에 완전히 마음이 식어버렸다. 휴학하기 전에는 그 정도까지는 아니었다. 오히려 적성에 잘 맞았고 공부를 즐거워했다. 그런데 이제는, 정치외교학과를 계속 다니고 싶지 않았다. 복학하지 말고 그만두어야겠다고 결심했다.

진로 변경에 있어 내가 가장 처음 맞닥뜨린 문제가 자퇴의 문제가 될 줄은 이전에는 전혀 예상하지 못했다. 하지만 나도 한예종 선배들처럼 '당장' 움직이고 실행하고 싶었다. 하고 싶은 것을 하기 위해 모든 걸 다 던지고 새롭고 과감한 선택을 할 수 있을 것 같았다. '내가 하고 싶은 것은 무언가를 만드는 일이야. 이미지를 만들고 싶어. 그림도 그리고 싶고 영화도 만들고 싶고 사회에 대해서 이야기하고 싶어. 미대를 가고 싶고 예술을 공부하고 싶어. 그게 원래 내가 하고 싶었던 거야.'라는 생각이 불끈불끈 솟아올랐다.

그림을 그리고 싶다기보다 무언가를 만들고 싶었다. 그림은 내가 만들고 싶은 많은 것들 중 하나였다. 그런데 이 시기까지만 해도 고등학생 때처럼 미래를 학업과 동일시하고 있었다. 진로를 바꾸려면 학업의 경로를 바꾸는 것이 우선인 줄 알았다. 그러니까 일단 예술대학에 들어가서, 대학을 다니며 뭐가 될지 생각해보면 어떨까? 하는 느낌이었다. 다니다 보면 뭐가 되고 싶은지 알게 되겠지, 라는 생각. 서양화여도 되고 미학이어도 되고 영화여도 됐다. 한예종이 아니라도 됐다. 그냥 어디서든 미술이나 예술을 공부하고 싶어서 발을 동동 굴렀다. '지금 당장' 그래도 된다는 것을 처음으로 느꼈기 때문이었다.

이런 내 고민을 주변 사람들에게 상담하면 모두가 의아해했다. 나는 당장 자퇴를 저질러버리고 싶었지만, 백이면 백, '두 학기만 더 다니면 졸업인데 그 후에 생각해도 되지 않아? 지금까지 학교 다닌 게 너무 아깝다.'라는 반응이 대다수였다. 처음에는 그런 대답들에 반발심이 일었지만, '두 학기만 더 다니면 졸업'이라는 말을 수십 번 듣고 나자 나 역시 '아무래도 그런가?' 하는 생각이 들었다. 지금까지 다닌 게 아깝다는 것도 일리가 있었다. 거기다, 이미 미대나 예술대학을 다니고 있던 사람들은 하나같이 나에게 '꼭 미대를 안 가도 된다. 그냥 혼자 해라'라는 말을 해주곤 했다. '막상 다녀보면 별로'라는 말과 함께.

하나만 하고 싶으면 다행일 텐데 나는 사회활동가가 되고 싶은 마음도 있었기 때문에 꽤 머리가 아팠다. 다만 사회활동가와 예술가라는 일은 대충 어림짐작 해보아도 꼭 둘 중 하나만 택해야 한다기보다 병행도 가능할 것 같았다. 한예종 선배들도 예술을 공부하면서 여러 사회 문제에 관심을 갖고 있었고, 조안 바에즈 같은 가수도 싱어송라이터이면서 인권운동가이기도 했으니까…….

게다가 이미 정치외교학과를 다니며 벌려놓은 일들도 있었고 동아리 활동도 약속해놓은 터였다. 정치와 법을 잘 배워놓으면 어디에든 써먹을 수 있지 않겠나, 그래 딱 두 학기만 더 다니고 빨리 졸업하자는 마음으로 복학했다. 그런데, 두 학기는커녕 복학 후 나는 무려 6학기나 더 다니고 7년 반을 채운 뒤에야 졸업하고 말았다. 똑 부러지게 빨리 졸업하고 종지부를 찍고 나서 그림을 그렸으면 됐을 텐데, 내게 벌어지는 변화들을 수습하지 못해 과정이 순탄치 못했다. 주변에서 나를 한심하게 바라보는 시선들도 많았다. 지금이야 정치외교학과를 졸업했다고 하면 '오우 대단해요!' 같은 말을 듣지만, 아마 그 당시 내 모습을 직접 보셨다면 여러분들도 '재는 왜 저러고 있을까…….' 하고 생각했을지도 모른다.

P.S.

내가 한예종에 가고 싶어 두근두근 밤 지새우던 그때, 같이 활동하던 사람 중 한 명이 우리 학교를 다니다가 한예종 사람들을 만난 후 한예종 영화과에 입학했다. 지금 생각해봐도 정말 대단한 결단력. 따로 연락할 만큼 친하지 않아서 이름만 기억하고 있었는데, 방금 검색해보니 영화 조감독으로 다양한 작품에 참여하고 계신 듯하다. 늦게나마 자신이 진짜로 하고 싶은 일에 눈뜬 사람들이 그 선택을 충실히 이어나가는 경우가 왕왕 보인다. 멋지다.

내가 만났던 한예종 선배들과는 아직도 연이 이어지고 있다. 만화 작업을 같이 하기도 했고, 다큐멘터리 영화도 함께 만들 뻔했다. (내 사정으로 중간에 참여하지 않게 됐다.) 나는 아직도 그들을 좋아하고, 존경한다.

휴학 기간 동안 학교 근처 카페에서 아르바이트를 했다. 손님이 적어 여유 있는 오전이나 방학 기간에는 카페 구석 휴식 공간에서 사장님과 함께 책을 읽었다. 사장님의 작은 서재에서 만난 책들 중 가장 충격적이었던 두 권, 『다만 이것은 누구나의 삶』과 『모래의 여자』.

지금은 절판됐지만, 『다만 이것은 누구나의 삶』은 포토그래퍼, 디자이너, 연극배우, 화가, 영화감독, 만화가, 뮤지션 등 용기 있게 '자신만의 길'을 선택한 사람들의 인터뷰를 담은 책이다. 이 시기에 그 어느 때보다도 책을 많이 읽었는데 온갖 명작들을 제치고 이 책이 당시 나에게 가장 인상적이었다. 관심은 있지만 주변에서 흔히 만날 수는 없는 '현실 예술인'들의 이야기라서 그랬던 것 같다. 모든 에피소드가 내게 삶의 힌트가 되어주기도 하고 용기가 되어주기도 했다. 흠뻑 빠져 읽은 후 책을 덮을 때쯤엔, 나도 이 책에 나오는 사람들처럼 되고 싶다는 생각으로 마음이 꽉 찼다. 그중에는 전공이 아닌 걸 선택한 사례들도 있어서 더 와 닿았던 것일지도.

『모래의 여자』라는 책도 충격적이었다. 어른의 세계는 순수한 꿈만으로 이루어져 있지 않고 바닥이 푹푹 꺼지는 모래사장 같은 곳이겠구나 하며 이 소설이 은유하는 현실에

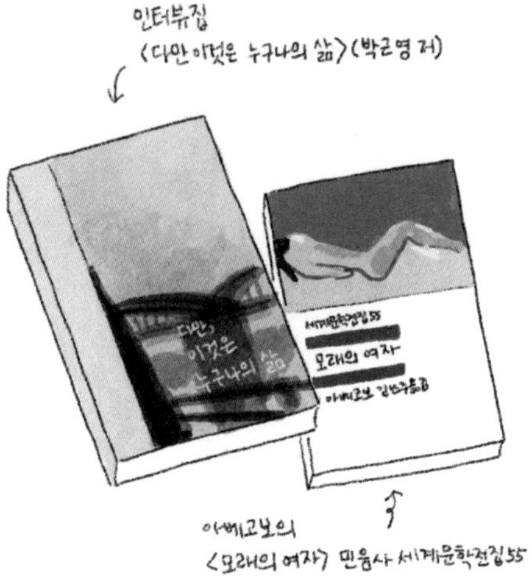

전율이 돋았던 기억이 난다. 현실에 미끄러지듯 빠져들어 살 것인가, 내게 닥쳐온 현실에 순응을 거부하고 끊임없이 저항해낼 것인가에 대해 생각하게 한다. 아직도 내가 처한 상황이 의심스러울 때면 이 책을 자주 떠올리곤 한다.

두 책 모두 내가 그림을 그리기로 결정하는 데에 굉장한 영향을 주었다. 특히 『다만 이것은 누구나의 삶』을 휴학한 시기에 읽은 것이 정말 절묘했다.

처음엔 LEET나 사법고시를 보려고 했었다. 그런데 나는, 무엇이 되기 위한 시험을 앞둔 사람의 첫 단계는, 치밀한 시험 계획이 아니라 그것이 될 만한 사람이 되는 것이 우선이라 생각했다. 나는 과연 변호사가 될 만한 사람인가.

그래서 휴학을 하고 느긋하게 내가 하고 싶던 경험과 활동과 대화와 여행을 시작했고 가장 불태워야 한다고 여긴 것이 공부보단, 독서였다. 그리고 더 중요한 것은 생각을 계속 써두는 일.

그런데 그것들을 계속하다 보니 나의 가치관이 아주 많이 변해버렸다. 변호사라는 직업부터, 법의 존재에 대해 다시 생각하게 됐고, 내가 가고 싶은 또 다른 곳들을 발견하게 되었다. 더 활동적이고 열악한 곳으로 가고 싶어졌고, 사람이 생에서 단 하나의 직업만 가질 거라고는 결코 생각하지 않게 되었고, 나의 무지를 깨달았다. 세상은 너무나 넓고 다채로웠다.

아이디어나 돌파구를 찾고 싶었고, 명예나 흔히 말하는 출세, 경쟁의식은 내게 필요 없어졌다는 것을 알았다. 부모님과의 갈등을 통해 하루하루 사랑하는 것이 더 가치 있음을 깨달았고 행복은 피 튀기는 싸움으로 얻는 것이 아니라는 걸 다시 알게 되었다.

무엇보다 철없는 나의 장점과 단점에 대해 새로 깨달은 것이

고등학교 때는 유명한 사람, 높은 사람, 대단한 사람이
되어야만 행복한 줄 알았다.

대학에 와서야 모든 관념을 깨부수는 선배, 친구, 책과 세상을 만나
그런 꿈이 내 안에서가 아니라 바깥에서 온 것일 수도 있겠다는 것을 깨달았다.

너무 많다. 나는 아직 더 많은 경험과 공부와 지혜가 필요한 어린 아이이다. 흔들리고 흔들린다.

무엇이 될지에 대해서는 모든 것이 어그러졌지만, 어떻게 살지에 대해서는 강한 확신이 생겼다. 그거라면 무엇이 되든, 나는 나의 길을 갈 수 있다. 나는 내가 하고 싶은 일을 할 것이다.

3

메멘토 모리(죽음을 기억하라)

학교를 쉬었던 그해에 유독 내 곁에 죽음이 많았다.

내가 가장 사랑했던 사람의 친척 동생이, 공무원이 되라는 부모님의 압박을 못 견뎌 스스로 목숨을 끊었다. 표면적으로는 그런 문제였지만 아마 더 오래된 깊은 사정이 있었던 것 같다. 내가 사랑했던 사람은 괴로워하며 일그러진 표정으로 이야기했다. 공무원 그게 뭐라고 목숨까지 끊어야 하는 거냐고, 이렇게 삶이 끝나는 게 정상인 거냐고……. 이어지는 목소리에서 그의 충격과 슬픔은 영영 사라지지 않을 듯했다.

학교 선배가 사고로 세상을 떠났다. 그에 대해서라면 아무도 불쾌한 기억을 갖고 있지 않은, 산뜻한 인물이었다고 모두가 입 모아 이야기했다. 별로 친하진 않았지만 나 역시 그를 처음 봤던 날을 기억하고 있었다. 남자였는데 머리가 길었고 술자리에서 온화한 표정으로 후배들의 투정을 받아주는 사람이었다. 내가 기억하는 마지막 그의 얼굴은 웃고 있었는데, 어느 날 갑자기 이 세상에서 사라져버렸다는 게 의아하고 믿을 수 없었다.

신문을 펼치면 코디네이터가 되고 싶은데 부모님이 반대하고 학원에 너무 많이 가는 것이 힘들다며 10대 소녀가 스스로 목숨을 끊었다는 소식이 적혀 있었다. 너무도 앳된, 초등학생즈음의 나이였다. 스스로 목숨을 끊은 10대들의 이야기는 흔한 기삿거리였다. 학교에서도, 아파트에서도 많은 아이들이 떨어져 죽었다. 잇단 자살에 모 지역 교육청은 자살을 방지하겠다며 학교 창문을 20~25cm만 열리게 하는 장치를 설치하자고 했다. 숨이 턱턱 막혔다. 이런 소식을 왜 밥 먹듯이 들어야만 할까. 뉴스나 신문이 본디 평화보단 전쟁을 나르기 위한 것이라지만, 아이들의 죽음에 관한 소식이 믿을 수 없을 정도로 잦아 매일 아침 날아오는 신문을 펼치는 일이 겁이 났다. 종이를 들치면 또 어떤 가슴 아픈 죽음이 적혀 있을까, 미리 마음의 준비를 해야 할 정도였다. 이름도 얼굴도 모르지만 그들의 소식은 모두 내 안에 딱지가 되어 여기저기 달라붙는 듯했다.

우리가 웃는 얼굴로 찾아갔던 비정규직 노조원이 스스로 목숨을 끊었다. 『의자놀이』라는 책에서 어느 정신분석가가 이런 말을 했다. 사람들이 자살을 한다는 것은, 일종의 사회에 대한 외침과도 같다고. 목매 죽거나, 약을 먹는 등 죽는 데 오랜 시간이 걸리는 자살 방법은 그래도 마지막까지 '자신이 구원받을 가능성'을 기대하고 있는 것이라고 한다. 반면, '떨어져 죽는 일'은, 그저 살기 싫어 냅다 죽겠다는 판단뿐이라고. 그런데 비정규직 투쟁을 하던 사람들의 자살에서 그런 경우가 많더란다. 그들이 세상으로부터 버림받은 상처, 앞으로의 삶에 대한 불안감은 우리가 상상할 수 없을 정도로 절망적이라고 한다. 심지어 '유서'가 없단다. 이는 이제 더 이상 '사회에 기대하는 것이 없기 때문'이라고 했다. 죽으면서까지 무슨 말을 해봐야 소용이 없는, 자신은 이미 사회에서 버림받은 존재라고 생각하기 때문이라고 했다.

그해 여름엔 또, 항상 밝은 표정으로 모두의 사랑을 받던 새내기 후배가 갑작스런 사고로 우리 곁을 먼저 떠났다. 충격이 가시지 않고 며칠이 지나도록 마음을 앓았다. 나를 주체할 수 없어 도시를 배회했다. 한여름의 무더위에 정리되지 않는 생각마저 녹아버릴 듯해 어느 극장에 들어간 날, 태어나서 처음으로 혼자 영화를 봤다. 불안감으로 가슴이 쿵덕거려 영상에 집중할 자신이 없었지만 허전함을 달랠 길이 없어 뭐라도 좇아야만 했다. 마침 상영하고 있던 영화는 〈미드나잇 인 파리〉였다. 각본가에서 소설가로 전향하려는 꿈을 가진 남자가 파리에서 시대를 초월하며 온갖 예술가들을 만나는 이야기였다.

나는 한 번도 이런 날들을 겪어보지도 예상하지도 못했는데, 너무 많은 죽음이 가까이에 있었다. 죽음이 가까이 있다는 것은 특별하지도 강렬하지도 않았다. 그저 자연스러웠다. 원래부터 늘 거기에 있었다는 듯이, 아주 자연스레 내 곁으로 불쑥불쑥 다가왔다. 원하는 삶을 살 수 없어서, 사회가 내몬 부당한 상황으로, 혹은 터무니없을 정도로 예기치 못한 사고로 생은 여기저기서 끝을 맞을 수 있었다.

죽음을 기억하라는 뜻의 라틴어 경구 '메멘토 모리Memento mori'. 나는 그해에 처음으로, 죽음을 기억한다는 게 무슨 말인지, 내 안에 내려앉은 딱지들을 만지며 느껴보았다. 충격에 놀라서 두근대는지, 소식에 아파서 두근대는지, 혹은 가까워진 가능성에 대한 두려움인지, 언제 무뎌지고 가라앉아 진정할지 모를 심장을 잡고서 느껴보았다. 여기 저기 쌓인 묵직하고 생소한

웅어리를 만져보았다. 타인의 죽음들 앞에 나의 죽음을 기억하지 않을 수 없었다. 나도 언젠가 죽는다는 사실이 바로 내 눈앞에 우뚝 서 선명하게 다가오는 듯했다.

'언젠가 나도 사라진다. 그리고 그게 언제가 될지는 아무도 모른다. 그렇다면 더 이상 미룰 수 없어. 살아 있는 동안 만큼만이라도 살고 싶은 삶을 살고 싶어.'

우리는 삶의 많은 문제들을 미루고 또 미룬다. 앞으로 살아갈 날이 많다고 믿기 때문이다. 하지만 내가 목격한 죽음은 불시에 불특정 다수에게 찾아왔다. 흔한 사건처럼 존재했다. 죽음이 가까이에 있다는 걸 깨달은 후 생각했다. 하루라도 빨리 내가 원하는 것으로 내 인생을 채우고 싶다고. 언젠가 내게도 죽음은 불현듯 찾아올 테니까. 그렇게 나는 내 죽음을 처음 기억했다.

자유, 별, 용기

요즘 학교를 지나쳐 집에 들어갈 때 앞을 보지 않고 하늘을 보며 가는 일이 많아졌다. 서울 하늘엔 별이 거의 없지만 그 얼마 되지 않는 별빛들이라도 늘 보고 싶다. 가장 밝은 여름철 대삼각형을 확인하고 여기저기 오늘 새로 뜬 것이 있나 눈알을 굴리며, 미미하게 빛나는 그것들을 목이 아프도록 본다. 매일 똑같지만 매일 새로운 순간이다.

어젯밤 하늘은 유난히 깨끗했다. 한참을 올려다보고 있자니 집에 다시 들어가기가 아쉬워 학교를 맴돌다가 시청각실 앞 벤치에 누워보았다. 누우니 요란한 가로등들은 시야에서 사라지고 눈앞이 하늘로만 가득 찼다. 별을 보기가 수월했다. 예천에선 집 앞 마루에 곧잘 눕기도 했는데 서울에선 누워서 별을 보는 게 처음이었다.

밝은 달이 별빛을 가로막아 한 손으로 달을 가렸다. 다른 한 손으로는 옆에서 걸리적거리는 가로등을 가리고 청색 하늘과 별을 보았다. 사람들이 지나가며 나를 보는 듯했지만 개의치 않았다. 웬 미친년이 저러고 있나 싶었겠다. 그러나 그때 나는 웬일인지

쓸데없을지도 모르는 용기들로 가득 차 있었고, 그 순간에 다른 사람들은 중요하지 않았다.

하염없이 하늘에만 몰입하는 내 순간이 아주 좋았다. 잠깐 잠이 들기도 했다. 벌레가 자꾸 물어 결국 일어나야 했지만 행복했다. 나에게 별을 보는 것은 별이 내는 빛의 아름다움에 대한 감탄—그 이상의 의미가 있다.

별을 보고 있으면 '나'라는 사람이 미물이 된다. 먼지가 된다. 지구가 보이고 우주가 보이고 그러다 보면 나는 일순간 살았다 사라지는 미생물이 된다. **그런 생각은 나를 '자유롭게' 만든다.** 내가 살아오며 시달렸던 것들, 남들에게 보여지는 것에 대한 강박, 실은 중요하지 않을 수 있는 시험 성적들, 체면과 거짓과 연기, 나를 쓸데없이 걱정하게만 하는 무수한 것이 실은 중요하지 않다는 것을 알게 된다. 삶은, 지금 주어진 이 순간이 전부인데, 도대체 그것들이 다 무엇이란 말인가? 우주를 보는 순간에는 더 자유로워도 된다는 확신을 챙겨간다. 내 삶이 나의 의지나 선택이나 여행이나 운동으로 지금보다 더 행복해져도 '된다'는 홀가분함을 경험한다.

그 순간에 두려움이나 억압이란 없다. 내가 지금 살아 있다는 용기가 꽉 채워진다. 그래서 별은 소중하다. 그들은 내 삶을 생각하게 해준다. 사회가 부과하는 틀이나 의무에 익숙해진 분주함이 아니라 '무엇이 사랑인가, 아니 매 순간 사랑하고 싶다'는 것을 생각하게 한다. 그렇게 용기를 가지고, 자유로운 선택을 실제로도 해낼 수 있기를. 스스로에게 바라고 또 기대한다.

작업일지 3 2014. 2. 1.

나의 생일. 그림을 제대로 시작하고 싶어서 내가 나에게 책을 선물했다. <지금 시작하는 드로잉>이라는 책이다.

작업일지 4 2013. 2. 10.

이번 설날에 집에 내려와서 '나는 내가 하고 싶은 일을 할 것이다, 원하지 않는 것은 절대 할 수 없다, 내가 행복하고 엄마 아빠가 행복해야 우리가 행복하다.' 라고 말하려 했다. 그런데 평화로운 명절의 분위기 속에 굳이 그런 말을 할 계기도 만들어지지 않았을 뿐더러 부모님들은 이미 자신들의 삶과 행복을 만들어가고 있다는 것이 느껴졌다. 굳이 내가 '저에게 기대하지 말고 부모님의 삶을 찾으세요!'라고 외치지 않아도 말이다. 그동안 엄마 아빠와 내가 얼마나 대화를 하지 않았는지 느껴져 혼자 머쓱했다. 나는 건방지게도, 부모님에겐 우리 자녀들의 성공이 없으면 행복이 없을지도 모른다고 생각했었나보다. 난 아무 말도 하지 않았지만, 왠지 결국(?)엔 부모님께서 나의 선택을 존중할 거란 믿음이 생긴다. 아무런 근거가 없는 생각이지만 그냥. 그냥 그런 생각이 들었다. 이유 있는 확신도 아니고 이유 없는 망상도 아니다. 부모님은 아무 말 하지 않으셔도 이미 나에 대해 모든 걸 다 알고 계신다는 느낌이다.

작업일지 5 2013 4. 23.

한예종 걷기.
산책을 하는 법을 몰랐다면
일찍이 미쳐버렸을 거야.

남의 학교

4

꿈 앞에서 좌충우돌 지지부진

마음 같아선 당장 자퇴를 한 뒤 알바를 하며 학비와 생활비를 벌면서 다시 입시 준비를 하고, 미대에 재입학. 모든 것을 처음부터 다시 시작하고 싶었다. 하지만 그동안 다닌 게 아깝다는 이유로 2013년, 4학년 1학기에 복학했다.

막상 복학하고 나니 학교를 다니면서 알바를 병행하고 동시에 학생운동까지 하느라 그림을 그릴 수 없었다. 주중엔 아침 7시부터 오후 3시까지 카페 아르바이트, 오후 3시부터 6시까지 수업, 저녁 7시부터 9시까지 모임을 하고 뒤풀이로 술자리도 자주 가졌다. 주말엔 다른 학교 학생들과 회의를 했다. 나는 동아리 리더였고 그래서 매주 교육 자료를 만들고 토론을 이끌고 진행해야 했다.

정말 말 그대로 나를 돌아볼 시간이 없어 꿈은 차츰차츰 미뤄졌다. 내가 정말 그림을 그려도 될까, 확신이 사라져 갔다. 나중에 뭘 해야 할지에 대해서도 정리를 못 했다. 왜 이러고 있는지 헷갈리고 분해서 밤이면 집에 돌아와 자주 울곤 했다.

목적을 잃어버리고 나니 학교생활에 더 이상 집중할 수 없었다. 적어도 다른 활동들을 하지 않았으면 덜 힘들었을 텐데, 여러 책임이 선후배들과 얽혀 있어 혼자만 도망쳐 나올 수 없었다. 그때는 내가 하고 싶은 일을 하는 것보다 다른 사람들과 약속한 것을 책임져야 한다는 생각이 더 컸다. 그림에 대한 마음이 불확실한 반면, 세상에 대해 알고 싶은 열정과 마음이 더 크고 분명했던 것도 사실이다.

결국 마음도 학점도 엉망인 채로 1년을 보냈다. 학점은 죄다 C에서 F사이였다. 예정대로라면 졸업을 해야 했는데 시험 점수가 너무 낮아 졸업 요건을 채우지 못했다. 결국 추가 학기를 다녀야 했다. 등록금은 등록금대로 더 나가고 시간은 시간대로 흘러가버리고 말았다. 이 시기를 똑 부러지게 처신하지 못한 것에 대해서 오랫동안 후회했다.

학교를 1년 더 다니게 됐을 때는 아주 조금씩 상황이 잘 풀리기 시작했다. 2013년에는 여러 군데 발이 묶여 아무것도 생각할 수 없었다면 2014년에는 점점 그림을 그려야겠다는 쪽으로 마음을 다잡았다. 아르바이트 대신 근로 장학생을 하면서 경제적, 시간적으로 여유가 생겼고 드로잉 수업도 들었다. 본격적이라고 말할 정도까지는 아니지만, 어쨌든 하나 둘 그림을 그리기 시작했다. 그림 그리기를 확신하게 되는 계기들도 생겼다.

학생운동은 그만두지 않았다. 예술과 병행할 수 있을 거란 믿음이 있었고 세상을 공부하는 것을 나는 정말 좋아했다. 매일 생각이 맞는 친구들과 모여 세상, 예술, 사회에 대해 공부하고 토론하고 행동했다. 그 어떤 것보다 나다운 모습이었고 아름다웠다고 생각한다.

그런데, 1년 더 학교를 다녔는데도 또 졸업을 하지 못했다. 지난해에 비해 나름대로 열심히 노력했다고 생각했는데 필수적으로 들어야 하는 수업을 빼먹었다. 졸업을 하려면 토익 시험도 봐야 하는데 까먹었다. 주변에서 아직도 졸업 안 했냐는 소리를 하기 시작했다. 부모님도 도대체 왜 졸업 소식이 없냐고 서울에서 뭘 하느냐며 전화로 호통 치시곤 했다.

나는 우물쭈물 아무 말도 하지 못했다. 학교를 졸업하는 문제에 있어서 왜 그렇게까지 한심했을까? 나는 정말 관심이 떨어지면 아무것도 하지 않고 쳐다보지도 않는다. 당연히 해야 하는 것에도 무관심해져버린다. 추가 학기를 다닐 때, 강의실에 앉아 있긴 했지만 몰래 그림과 관련된 책을 보거나 아예 다른 생각을 하곤 했다. 내 미래와 관련이 없다는 생각이 들어 시험공부도 손에 잡히지 않았다. 동태눈깔을 한 채 좀비가 되어 수업 시간을 버티듯 앉아 있었다. 정말 학교를 꾸.역.꾸.역. 다녔다. '나는 여기 있어야 할 사람이 아니야'라는 말만 노트에 주야장천 써댔다. 내가 관심 있는 것에만 열정을 바쳤다. 그런 사람이어서 그랬다고밖에 달리 설명할 방법이 없다.

그렇게 어영부영하다가 2016년 여름이 되어서야 졸업했다. 처음 자퇴를 하겠다고, 예술가가 되고 싶다고 마음먹은 게 2012년이었으니 4년이나 더 학교에 발이 묶여 있었던 셈이다. 졸업장 한 장 가지려고 대학교만 7년 6개월을 다녔다. 12학기를 채웠고 3학기를 휴학했다. 12학기 안에 졸업을 못 하면 학위를 받지 못하는 걸로 알고 있다. 간발의 차로 겨우겨우 졸업 요건을 채웠기에 망정이지 자칫하면 대졸 딱지를 영영 못 붙일 뻔했다. 최종 학점은 우리 과 꼴등이었다. 대학교를 졸업하지 못하는 악몽을 아직까지도 꿀 지경이니, 그때 얼마나 스스로가 싫증나고 그 상황이 공포스러웠을지 알 수 있을 것이다. 아무리 생각해봐도 좀 어리석었다는 생각이 든다.

이렇다 보니 미술대학에 새로 입학하겠다는 생각도 자연스레 계속 미뤄져 실행에 옮기지 못했다. '미대를 가지 않겠다' 이런 결심이 있었던 게 아니라 그냥 미대를 갈 수 있는 상황이 계속 만들어지지 않았다. 어쩌다 보니 그림으로 일을 시작하게 되고 정외과를 졸업하고 나서는 반년 만에 배경 아티스트로 애니메이션 회사에 들어가게 됐다. 일이 그렇게 이뤄지다 보니 어느 날 미대를 갈 필요가 없게 되었다. 사실은, 어쩌다 보니 미대 출신이 아닌 그림 그리는 사람이 되어버린 것이다. 내가 원한 시나리오는 이게 아니었는데.

억지로라도 대학교를 나와 좋은 게 있다면 정치외교학과를 졸업했다고 하면 사람들이 신기하다며 내 그림을 더 좋게 봐주는 것 정도다. 사람들은 고졸이 아니라 다행이지 않느냐고 하는데 사실 나는 그게 도대체 무슨 의미가 있는지 잘 모르겠다. 사람들은 왜 이렇게 학력에 의미 부여를 하는 것일까……. 4학년 이후 학교를 다닌 시간은 내겐 억지로 해야 했던 것 그 이상도 이하도 아니었다.

나의 모든 게 늦어버린 이유가 바로 그때의 어리석음 때문이라는 생각이 들 때면 가끔 다른 과거를 상상하기도 한다. 그때 내가 조금만 더 똑 부러졌다면, 1년 만에 학교를 졸업했다면. 하나에만 집중했다면, 학생운동을 하지 않고 그림만 그렸다면……. 다른 선택과 다른 행동을 했다면 그렇게까지 시간 낭비를 하지 않을 수 있었을까? 덜 미련했을까? 자주 상상했다.

혼자 곰곰이 돌이켜보며 스스로에게 그런 질문을 하지만, 이내 고개를 가로젓는다. 아니다. 나는 다시 돌아갔어도 똑같이 그렇게 살았을 것이다. 이런 가정이 무슨 소용이 있을까. 그때 그 모습이 그냥 나였다. 이미 과거는 지나갔다. 완벽한 과정은 아니었지만, 굳이 완벽할 필요가 있을까. 완벽할 수 없다. 완벽한 순서로 무언가를 이루어낸 사람은 이 세상에 존재하지 않는다. 구멍과 실수, 불안, 무지, 방황은 피해야 할 것이 아니라 반드시 거쳐야만 하는 삶의 과정일 뿐이라고, 이제는 생각한다. 생각해보면 성인으로 세상에 처음 발을 디딘 20대가 뭔가를 모르고 실수하고 남들보다 늦기도 하고 미련하기도 한 것은 당연하고 흔한 일이다.

새로운 꿈을 꾸는 사람들은 마음이 조급해지기 쉽다. 남들보다 늦었다는 생각 때문에 더욱 그럴 것이다. 하지만 이전의 모든 것을 단칼에 단절하거나 하루아침에 완전히 새로운 사람이 되기는 어려울지도 모른다. 더디고 느린 시간은 반드시 거쳐야 했을 것이다.

어쨌든 나는 이런 이유로 지지부진한 시간을 여러 해 보냈다. 새로운 꿈으로의 전환이 빨리 이뤄지진 못했다. 어떤 사람들은 내가 전공이 아닌데 일러스트레이터가 되었으니, 얼마나 많은 노력을 했는지, 지망생일 때 하루에 몇 시간씩 그림을 그렸는지 묻기도 하는데 미안하지만 그런 적이 없다. 벌려놓은 일들을 처리하느라 내가 정말 그림을 지망하는지 아닌지 자주 까먹으며 시간을 흘려보냈다. 그림은 생각날 때 틈틈이 그리면서, 자신에 대한 확신과 의심이 뒤엉킨 긴 시간을 보냈다.

자랑할 만한 이력은 아니지만, 나는 이런 과정을 거쳤다. 누구나 좋은 조건에서 탄탄하게 연습하고 현명하게 지망생 기간을 거쳐 작가가 되는 것은 아니다. 나 같은 문제적인 과거를 가진 사람도 있다. 아는 것보다 모르는 것이 많고, 제대로 처리하는 것보다 실수하는 것이 더 많았다.

어딘가에서 지금 과정이 너무 더디고 어렵고 힘든 어떤 지망생이, '반지수 작가도 학사경고 받고 남들한테 무시당하고 연습도 안 하고 엄청 지지부진했다고 했어!'라고 한 번쯤 떠올리며 위안을 받는다면 그걸로 의미가 있다. 그런데, 솔직한 마음을 말하자면 역시, 마음 한 편에선 마음먹었을 때 학교를 관두는 쪽이 나았다는 생각을 지울 수가 없다. 역시 이때 가능했다면 자퇴를 하는 쪽이 맞았다. 다른 사람들 말에 흔들리지 말고 줏대 있게 밀어붙였어야 했다.

우리는 종종 철들었다는 표현을 얼른 자신의 꿈을 접은 사람들을 묘사할 때 사용하기도 한다. 그런데도 철들었다는 말에는 긍정적인 뉘앙스가 있는 게 이 세상이다.

나는 철없다는 소릴 더 많이 들었는데 돌이켜보면 그냥 내가 하고 싶은 걸 하면서 살아와서 그런가보다. '철 좀 들어라'라는 말을 들을 때마다 기분이 오묘하다. 내 삶을 있는 그대로 인정하지 않는 말 같다. 그 말을 들으면 나는 나름 열심히 산 것 같은데 부모님 생각은 안 하는 매정한 딸이 된 것 같고 과연 내가 잘하고 있는 것인가? 하는 의문이 갑자기 쏟아진다.

아무리 이 세상이 철든 젊은이들을 칭송한다 한들 그들의 삶에 꿈과 자신의 욕망이 누락된 것이라면 나는 평생 철 안 들고 살련다. 철들지 않아도 잘 살 수 있고 칭찬 받을 수 있고 행복할 수 있다.

물론 따가운 시선을 많이 받겠지만 그런 행인들의 시선은 최대한 무시할 것이다. 그게 현명한 거고, 또 하고 싶은 일을 하며 사는 것이나 하기 싫은 일을 억지로 하는 것이나 힘든 것은 매한가지다. 하고 싶은 일만 해도 충분히 힘겨운 고민이 한가득인데(오히려 더 많을 수 도 있는데) 뭐 하러 하기 싫은 일을 하면서 힘들어

하고 또 내 열정을 소진해야 하나?

내가 십 년 후든 이십 년 후든, 성공은 못할지언정 내 삶으로 인한 행복으로 '반지수'의 가치를 통한 자신감으로 웃을 때, 사람들은 진심으로 나에게 박수를 쳐줄 것이다. 더 이상 망설이지 말고 다시 나의 삶에서 고군분투해야겠다, 철없이.

5

하고 싶은 것이 너무 많아

학교를 다니는 동안 여러 정체성에 발을 걸쳐놓느라 그림은 뒷전이었던 청춘에, 가장 많이 한 고민은 이것이었다.

'내가 하고 싶은 게 도대체 뭐지?'

정치나 관료는 이제 아니라는 것을 깨달은 나의 1지망은 언제나 '화가'였다. 하지만 불쑥불쑥 화가가 아닌 다른 하고 싶은 것들이 나타나 나는 정말로 내가 하고 싶은 것이 무엇인지 스스로 종잡을 수가 없었다.

스물한 살부터 스물네 살까지는 표면적으로는 학생운동에 전념하느라 무엇이 될지 정하는 게 뒷전이었고, 그림에 전념하기로 한 후에도 자꾸 다른 것들도 좋고 내가 잘할 것만 같았다. 그런 고민을 애니메이션 회사에 입사했던 스물여섯 살까지 했으니 지망생 기간 내내 시달렸던 셈이다. 아니, 많은 것을 하고 싶다는 생각은 아직도 현재 진행형이다. 그런데, 그때는 하나를 일단 선택해야 뭐라도 시작할 수 있다고 믿었기 때문에 마음이 힘들었다.

그림이 아닌 것 중에 가장 하고 싶었던 것은 영화감독이었다. 대학교 3학년, 내가 짝사랑했던 선배는 영화광이었다. 밥과 술을 함께 먹으며 내가 적극적으로 대시를 했지만, 선배는 마음을 받아주지 않았다. 그래도 일단은 선후배로 남아서 나름 가깝게 지냈는데, 그때마다 선배는 자기가 영화를 얼마나 좋아하는지에 대해서 신나게 이야기하곤 했다. 영화야 나도 좋아하지. 그런데 이렇게 '유별나게' 자신이 좋아하는 것을 드러내고 몰두하는 모습이 부럽기도 하고 좋아 보였다.

처음엔 그 선배랑 가까워지고 싶어서 혹은 그 선배의 영화에 대한 '유별난 애정'을 흉내 내고 싶어서 영화를 열심히 보기 시작했다. 계속 보다보니 그 선배와 멀어지고 나서도 영화를 좋아하는 마음만큼은 열렬히 남게 되었다. 영화에 대한 애정은 날이 갈수록 강해졌다. 내 나름대로 영화에 대한 취향을 가꿔나가기 시작했다.

나는 시골에서 자라서, 처음으로 극장에 간 것이 고등학교 2학년 때였다. 보통은 다운받아 보거나 TV에서 방영해주는 특집 영화를 보았다. 그렇다 보니 대학생이 되어 영화에 관심을 가지기 시작했을 때, 보면 볼수록 하나 둘 새롭게 열리는 세상들이 그렇게 자극적이고 매력적일 수 없었다.

덕질 초반엔 내 짝사랑 선배가 추천해준 영화들, 90년대 말부터 2000년대 초반의 할리우드, 한국, 일본의 로맨스 영화를 봤고, 시간이 지나면서 박찬욱, 봉준호, 허진호, 미셸 공드리, 이와이 슈운지 등 자기만의 색을 가진 감독들의 작품을 찾아보기 시작했다. 한예종 선배들을 만난 후로 켄 로치나 다르덴 형제, 지아장커의 영화를 보기 시작했고 영화 서적들을 읽은 후로는 오즈 야스지로나 구로사와 아키라, 장 뤽 고다르 같은 고전에까지 관심이 흘러갔다.

20대에 나는 모든 예술 중 영화를 가장 좋아하고 사랑했다. 드라마도 만화도 소설도 2순위였고 언제나 영화가 내 마음의 1순위였다. 그냥 좋아하기만 하기는 어려웠다. 이야기에 매료될수록 나도 이야기를 만드는 사람이 되고 싶었다. 영화가 아니었다면 내가 미술대학을 간다고 가정했을 때 당연히 서양화과를 택했을 것이다. 영화가 좋아지고 나서는 영화과도 가고 싶었다. 이렇게나 좋아하는데. 정말로 영화를 진지하게 공부해야 하는 건 아닌지 혼란스러웠다.

다큐멘터리 감독도 되고 싶었다. 사회나 개인사에 대해 이야기하면서도 영상이라는 형식을 이용한다는 것이 좋았다. 다큐멘터리는 어떤 장르, 어떤 주제라도 뭐든 보면 볼수록 좋았다.

예술가의 생, 보통의 삶을 사는 개인의 생, 거기에서 보이는 사회의 모습, 아름다움, 정치 문제를 고발하는 내용 등등……. 모든 다큐멘터리가 재미있었다. 어떻게 보면 메시지를 프레젠테이션 하는 것 같고 어떻게 보면 연출되지 않은 인생을 저렇게도 아름답게 보여줄 수 있구나, 하는 것이 늘 멋졌다. 내가 영상을 만든다면 극영화가 아니라 다큐멘터리일 수도 있겠다는 생각을 자주 했다. 아무래도 사회나 정치, 개인사에 관심이 많아서 더욱 그랬을 수도 있겠다.

때론 사진가가 되어도 괜찮겠다고 생각했다. 세상을 돌아다니다 보면 담고 싶은 장면들이 많았다. 그것을 놓치지 않고 순간순간 사진으로 담아낼 수 있다면 사진가가 될 수도 있는 거였다. 앙리 카르티에 브레송이나 최민식 작가를 동경했다.

여기서 끝이 아니다.

무언가 만들기를 좋아했던 나는 인형 작가나 공예가가 되어도 잘할 자신이 있었다. 아홉 살 때부터 인형을 만들었고, 대학생이 되어서는 내가 만든 봉제 인형을 가지고 홍대 플리마켓에 나가기도 했다. 바느질을 하고 있으면 집중이 잘 됐고, 도자기나 자수, 금속 공예도 해보고 싶었다. 손가락으로 원하는 물건을 만드는 감각이 좋았다. 어떤 전시회에 가거나 수공예품을 구경할 수 있는 날이면 나도 저런 것을 만들고 싶다는 충동이 강하게 들었다. 작은 브랜드를 만들어 판매하는 계획을 세워보기도 했다.

♣♣♣

그림이라는 장르 안에서도 내가 할 수 있는 게 많을 것 같았다. 궁극적으로는 회화 화가가 되고 싶었지만, 만화 같은 그림을 잘 그렸으니 만화도 해볼 수 있을 것 같았다. 웹툰 작가가 점점 유망 직업으로 떠오르던 시기였다. 생활툰도 많았고 취미로 그림을 그리다가 작가로 데뷔하는 경우도 왕왕 보였다. 내가 그림을 그린다고 했을 때 대부분 '웹툰 작가가 되고 싶은 것이냐'고 물어봤는데, 그런 사회적 분위기에서 완전히 분리되지 못했던 나는 물론 그런 직종에 솔깃했다. 그 외에도 일러스트레이터, 그림책 작가 등등 좋아하는 그림의 장르가 너무 많았다.

초상화를 팔아서 용돈을 벌 수 있겠다는 생각도 했다. 이건 정말로 실행으로 옮기려고 사업자 등록도 했었다. 정말 이 일을 하고 싶었다기보다 대중적이고 젊은 느낌의 초상화라면 시장이 아직 개척되지 않은 듯했고 젊은 감각을 살려 SNS를 만들어 잘만 운영한다면 쏠쏠한 돈벌이가 되겠다는 계산을 바탕으로 해낸 생각이었다.

영화감독이 될 수 없다면 영화 스태프라도 괜찮지 않을까. 스태프부터 차근차근 시작해보면 어떨까 하는 생각도 진지하게 했다. 영화 제작부 일을 하는 초등학교 동창이 영화미술 분야에 관심이 있으면 추천해주겠다고 했다. 취업 정보를 알아보다가 대부분 운전면허가 있어야 한다는 조건 때문에 관두었다. 미술 감독이나 미술 스태프가 아니라면 스토리보드 작가나 콘셉트 아트 작가도 괜찮아 보여 스토리보드 책을 사서 공부하기도 했다.

애니메이션영화 감독도 되고 싶었다. 미셸 오슬로 감독이나 지브리와 같은 애니메이션을 만들고 싶었다. 픽사도 좋았다. 그림으로 영화를 만든다는 사실이 너무나 매력적으로 느껴졌다. 모든 직업 중 하나만 택하라면 애니메이션을 만들지 않을까, 그런 생각도 했다.

일러스트레이터가 된다면 어떤 그림을 그려야 할까. 재료는 물감일까 색연필일까 파스텔일까 동양화풍일까……. 어떤 주제로 그림을 그려야 할까. 인물일까, 판타지일까, 커플일까, 풍경일까……. 하나의 직업 안에서도 어느 하나를 결정하지 못했다.

♣♣♣

아무것도 결정하지 못한 채로 이런 고민만 5년 정도 했던 것 같다. 경험은 부족한데 좋아하는 것이 너무 많았다.

그때는 그런 스스로가 신물이 났다. 다들 하나씩만 하는데 왜 나는 이렇게 하고 싶은 게 많을까. 그리고 그걸 다 왜 진심으로 하고 싶어할까. 고민은 그만하고 그중에서 뭐라도 하나를 최종 선택해서, 어서 준비를 해야 할 것 같은 압박감을 느꼈다. 그래야만 무언가가 정말로 시작될 것 같았다. 하지만 나는 그중에서 뭘 골라야 할지 알지 못했고 알지 못하는 만큼 방황을 거듭했다. 20대 초중반은 아직 가능성이 많이 열려 있는 어린 나이라는 것을 그때는 몰랐고 마음이 조급했다. 삶이 흘러가는 방식을 오해했다.

이런 내 고민은 갑작스런 계기로 일단락되었다. 늘 눈여겨보던 애니메이션 회사에 갑자기 입사하게 된 것이다. 연재하고 있던 만화를 관두고 애니메이션 영화를 만들고 싶다는 생각을 하고 있었는데 엉켜 있던 실이 술술 풀리듯 순식간에 애니메이션 회사에 들어가게 되었다.

생각해보면 '결국 애니메이션'이었다는 생각이 든다. '그림'으로 '영화'를 만드는 일이니, 내가 가장 하고 싶은 일 두 가지를 동시에 할 수 있지 않은가! 그림으로 된 영화라니. 최고다. 회사 생활은 생각했던 것보다도 더 즐겁고 잘 맞아서, 그 후로 '무엇이 될 것인가'에 대한 고민은 일단은 멈추었다.

1년 동안 회사에서 일하다가 모종의 이유로 그만두게 되었을 때, 참 신기하게도 자연스레 여기저기서 일러스트 의뢰 메일이 오기 시작했다. 그렇게 자연스레 프리랜서 일러스트레이터가 됐는데, 자유의 몸이 되고 나니 하고 싶은 많은 것 중 뭘 해야 하는지에 대한 고민이 다시 시작되었다. 그래도 지망생일 때만큼 혼란스러운 정도는 아니었다.

지망생 기간에는 몰랐지만 회사에도 다녀보고 프리랜서 일러스트레이터로 일하면서 점차 깨닫게 된 것이 있다.

꼭 하나만 선택할 필요는 없다는 것이다.

애니메이션 회사를 다닐 때 어떤 글을 읽은 적이 있다. 카일 T 웹스터라는 유명한 일러스트레이터의 칼럼이었다. 그는 여러 가지 그림체를 모두 그릴 줄 아는 예술가들에게 이렇게 조언했다. 요약하자면, "젊은 아티스트들에게 성공하고 싶다면 '한 가지 스타일을 고수해라'라는 격언이 존재한다. 하지만 나는 다양한 방식으로 여러 가지 그림체로 그릴 때 행복하다. 나 말고 다른 사람들도 그럴 것이다. 나는 내 홈페이지에 여러 가지 그림체를 잘 '목록화' 해놓았다. 그랬더니 새로운 클라이언트들에게서 새로운 일이 들어왔다. 기존의 조언들과는 달리 클라이언트들이 나를 의심하거나 가볍게 보지 않았다. 중요한 것은 퀄리티다." 라고 말한다. (구글에 'The Style Problem for Artists By Kyle T Webster'를 검색하면 그의 글이 나온다. 그림체에 대해 고민하는 분이 있다면 도움이 될 테니 꼭 찾아보시길!)

'한 가지 그림체를 밀고 나가야 한다.'는 조언은 나도 늘 듣던 이야기였다. 여러 가지를 다 그리고 싶던 나에게는 이 조언이 늘 나를 제약하는 것 같고 거슬렸는데, 오히려 카일 T 웹스터는 자신의 포트폴리오까지 보여주며 '꼭 그러지 않아도 된다.'고 단언한다. 이 글을 읽고 얼마나 해방감이 느껴지던지. 내 욕구는 이상한 게 아니라 자연스러운 것이었다는 걸 깨달았다. 왜 하나만 해야 올바른 것이라 믿었을까. 여러 가지를 해도 괜찮다는 말은 참 심플하지만, 넓고도 묵직하게 위로가 되었다. 나는 그의 칼럼을 프린트해서 항상 내 책상과 가장 가까운 곳에 붙여놓았다. 2017년에 프린트한 이 종이를 나는 아직도 가지고 있다.

그림체뿐만이 아니라 여러 가지 직업을 갖고 있는 예술가들도 많았다. 만화가를 하다가 드라마 시나리오를 쓰는 김보통 작가님, 픽사에서 애니메이션 영화의 미술 스태프로 일하면서 자기만의 그림책을 꾸준히 창작하는 숀 탠. 데이비드 호크니도 그림을 그리며 무대미술을 했고 판화, 색연필화, 유화, 초상화, 풍경화 가리지 않고 그렸다. 팀 버튼도 시작은 애니메이터였고 그림책도 그렸고 나중엔 영화감독이 되었다. 일본의 배우로 잘 알려진 릴리 프랭키는 음악을 하면서 일러스트레이터, 소설가도 겸업한다. 타샤 튜더도 그림책을 쓰고 일러스트레이터로 일하지만 인형도 만들고 천을 직접 짜 옷을 만들고 정원을 가꾸었다. 피카소도 주로 그림을 그렸지만 60대가 되어 도자기에 빠져 도예 마을에 살면서 도자기만 굽기도 했다. 배우나 가수가 그림을 그린다거나 하는 경우도 요즘은 흔하게 볼 수 있다. 회화와 영상작업, 애니메이션을 병행하는 사람들도 정말 많다.

나 역시 어쩌다보니 결국엔 이것저것 하는 사람이 되었다. 제1직업은 일러스트레이터지만, 애니메이션도 만화도 꾸준히 만들고 있고 그림책과 회화작업도 준비 중이다. 인형도 종종 만들고 전혀 예상치도 못했던 에세이도 쓰고 있다. 지금은 하지 않지만 온라인에서 그림도 가르쳤다. 강의는 생각한 적도 없는데 내가 했던 그 어떤 일보다 가장 많은 인기를 얻고 성과가 좋았으니 인생이 어느 방향으로 흘러가 결실을 맺을지는 알다가도 모를 일이다.

영화, 다큐멘터리, 애니메이션에 대한 꿈들은 아직 사라지지 않아 종종 나를 헷갈리게 하지만, 20대 때만큼 혼란스럽지는 않다. 어느 하나만 선택해야 한다는 강박은 사라졌다. 그림체를 어떻게 할 것인가에 대한 고민도 그땐 정말 어려웠는데, 지금은 '해볼 수 있는 데까지 다 해보자.'고 결론지었다.

지금에야 이것저것 하다보면 그것이 이리로 뻗고 저리로 뻗어 새로운 길이 열린다는 것을 몸으로 느껴 알게 됐지만, 지망생일 때에는 무언가를 선택하고 나서 시작해야 한다는 강박 때문에 힘들어했다. 그런데 그때 무엇 하나를 '인생의 종착지'로 선택하고 계획을 세워 실천했다 해도, 아마 뜻대로 안 되었을 것이다. 분명 중간에 다른 일로 빠졌을 것이다. 혹은 바깥에서 다른 기회들이 와서 하나에만 집중하기는 어려웠을 수도 있다. 현실은 한 번도 내가 계획한 대로 된 적이 없었다.

결국 '하고 싶은 것이 너무 많아.'에 대한 현재의 내 답변은, 조금씩 다 해보자! 로 마무리. 아무리 생각해도 나는 하나만 선택할 자신이 없다. 그래도 언제나 그 중심에는 '그림'이 있을 것 같지만.

P.S.

나중에 알게 된 것이지만, 그림 그리는 사람들 중 '뭘 선택해야 할지 모르겠다.'고 고민하는 사람들이 종종 보였다. 특히 그림은 유화, 수채화, 동양화 등 장르가 무수히 많고 만화, 일러스트, 애니메이션, 방송, 디자인, 웹툰, 인스타툰 등 활동 범위가 매우 넓어서 미적 재능이 있는 사람들이 '나는 그중에서 어떤 걸 하는 사람이 되어야 하지?' 하고 고민하는 경우가 꽤 있는 것 같다. 단박에 자기 꿈을 찾아내는 사람들도 많지만 갈팡질팡하는 것은 많은 이들이 거치는 미술 분야의 특징인지도 모르겠다.

하고 싶은 것들

① 탑골공원, 지하철 등에서 노인 스케치. 크로키.

② 이문동에서 장사하시는 분, 주변 사람들 어떻게 살아왔는지 인터뷰

③ 서울 헌책방 가이드, 맵 만들기

④ 서울 유적지 탐방

⑤ 리플릿이란 리플릿은 모조리 모으기. 리플릿, 브로슈어 수집

⑥ 각 구마다 무작정 가서 구경하고 산책하기

⑦ 다큐사진

⑧ 영어, 불어

⑨ 끈.질.기.게 서평, 리뷰쓰기.

⑩ 허브티 모으기

⑪ 도배 새로하기

6

내게 필요했던 응원

무언가를 하고 싶다는 뜨거운 열망에 사로잡혀 흥분상태였을 때, 나는 자퇴 소동을 벌이기 시작했다. 내 기분을 주변 사람들에게 열심히 알렸다.

"나 그림을 그리고 싶어! 학교도 그만둘 거야!"

돌아오는 대답은 늘 같았다.

"왜 학교를 그만둬? 그래도 대학 졸업장은 있어야지."

"그림으로 먹고살기 힘들지 않아?"

"그림은 취미로도 얼마든지 할 수 있지 않아?"

나의 고민을 진지하게 지지해주는 사람은 찾기 힘들었다. 당연한 반응이었다. 사람들은 나에게 그림을 잘 그린다고 칭찬해주긴 했지만, 예술을 직업이나 밥벌이로 선택하는 것은 또 다른 문제로 보였을 것이다. 주변 친구들은 이미 취업 준비나 고시, 시험 준비로 바쁜 날들을 보내고 있었다. 그런 와중에 졸업을 앞두고 뚱딴지처럼 그림을 그린다니, 걱정스러운 마음이 드는 것이 정상이다. 일반인보다 아주 약간 더 재능 있어 보일 뿐, 아무런 경력도 실력도 증명할 수 없는 사람에게 쉬이 열렬한 응원을 보낼 수 있는 사람은 드물다. 만약 지금 당장 내 주변에서도, 갑자기 댄서가 된다거나 연기를 하겠다는 사람이 있다면 나 역시 의아한 반응을 보일 수밖에 없다. 그런 선택에는 리스크가 따르고 이는 충분히 걱정스러운 문제다.

하지만 그때 나는 고작 20대 초반이었고 그런 반응들에 일일이 상처를 받곤 했다. 나는 확실한데, 왜 아무도 내 말을 지지해주지 않는 걸까. 나는 인생의 방향을 바꾸고 싶은데 왜 그들은 취미 따위를 운운하는 걸까. 나는 이미 현실을 밟고 있지 않은데, 당장 자퇴서를 낼 수 있는데, 왜 그들은 현실적이고 안전한 이야기뿐인 걸까. 그렇게 쉽게 남들의 말을 미워하고 힘들어했다. 그리고 흔들렸다.

생각보다 나를 응원해주는 사람이 없다는 것에 흔들렸다. 내가 이상한 꿈을 꾸는 걸까. 내가 말도 안 되는 소릴 하고 있는 것일까. 어떻게 단 한 명도 나와 같은 생각을 하는 사람이 없을까. 그 사실이 외로웠고 믿을 수가 없었다.

하지만 다른 사람의 목소리가 사라진 뒤 오직 나 혼자만 남을 때에는 내 마음이 분명하게 느껴졌다. 아무리 생각해도 내 내면에서는 '하고 싶은 것을 해야 한다.'라는 강한 끌림이 있었다. 하지만 남들만 만나면, 세상만 만나면 내 끌림은 비정상적인 선택이 되고 내가 철없는 꿈과 낭만에 부푼 사람이 된 것 같은 기분이 들었다.

정말 내가 세상 물정을 모르는 걸까.

아니다. 분명 어딘가에는 나와 비슷한 과정을 겪는 사람이 있을 것이다. 확인해보고 싶었다. 자취방에서 혼자 노트북을 켜고 네이버나 구글에 '내면의 목소리', '혼자 확신', '하고 싶은 일 확신' 같은 키워드를 검색했다. 지금은 이런 단어들을 입력하면 어떻게 나올지 모르겠지만 그 당시엔 결과물이 영 시원찮았다. 유튜브도 없었다. 내가 가장 얻고 싶은 이야기는 '내면의 목소리를 믿어도 된다.'는 내용이었다. 소설이든 영화든 어떤 사람이 직접 경험한 이야기든 다 괜찮았다. 하지만 내가 원하는 만큼 충분히 내용이 나오진 않았다. 어떻게든 희망을 찾고 싶어 테드 강연이나 삶의 철학을 다룬 영화들을 열심히 찾아다녔다. 응원의 말이 필요했다. 주변 사람들의 만류와 걱정을 이기고 잘된 사람의 사례가, 그들이 가진 용기가 필요했다.

기존 예술가들은 어떠했는지 습관적으로 찾아다녔다. 그들의 이야기에서 많은 힌트를 얻곤 했다. 좋아하는 화가나 작가, 영화감독이 있으면 항상 그들이 어떤 경로로 예술가가 되었는지,

몇 살에 데뷔했는지를 확인했다. 대부분의 화가들은 어릴 적부터 재능을 보여 미대를 나왔고 이미 20대 초반에 무언가를 이룬 사람들이 많았다. 그런 사례를 보면 주눅이 들고 자신감이 없어졌지만, 잘 찾아보면 엘리트 코스를 벗어나 성공한 케이스도 있었다.

가장 좋아하는 화가였던 반 고흐는 그림을 판매하는 일을 하다가 20대 후반에 그림을 그리기 시작했고, 앙리 루소는 세관원으로 일하다가 41세에 작품을 발표하기 시작해 49세에 세관원을 그만두었다. 그는 당시엔 주변으로부터 많은 비웃음을 받았지만 말년부터 좋은 평가를 얻었다. 고흐와 앙리 루소의 그림은 누구보다 아름답고 독창적이라는 사실이 나에게 위로가 되었다. 미국에서 국민적인 사랑을 받은 모지스 할머니는 무려 76세에 그림을 그리기 시작해 106세까지 작품 활동을 계속 했으며 93세에 〈타임〉지 표지를 장식하기도 했다. 전공이 아닌 영화감독이나 작가도 꽤 많았다. 나는 그들과 내가 어디부터 어디까지 닮았는지를 재보곤 했다. 미야자키 하야오는 나처럼 정치대학을 나왔고 박찬욱 감독은 철학을 공부했다. 이런 것을 하나둘 아이템 모으듯 찾아다녔다. '늦은 나이에 예술', '늦은 나이에 그림', '전공이 아닌데 그림 그리는 사람', '전공이 아닌 일로 성공한 사람', '일러스트레이터 다른 전공' 같은 키워드를 열심히 검색했다. 수도 없이 검색했다.

이렇게 할 수밖에 없었다. 아무리 내 마음이 자기 확신으로 가득 차 있었다 하더라도 온전히 나 혼자만의 힘으로, 100% 꽉꽉 채운 에너지로 무너지지 않을 확신을 하기란 불가능했다. '내 주변에서 아무도 내 방향을 긍정하지 않는다면, 인터넷으로라도 찾고야 말겠다.' 나만의 증거와 친구들을 찾아다닌 것이다. 다른 나라 사람이어도 좋았고 다른 시대 사람이어도 괜찮았다. 그와 만날 수 없고 실제로 대화를 하지 못해도 괜찮았다. 다만, 내가 용기를 얻을 수 있는 에피소드가 하나라도 있다면, 내가 내 꿈을 스스로 끌고 가기에 의지할 만한 존재가 조금이라도 있다면, 난 그들을 읽고 그들을 믿고 그들에게 의지해야 했다. 검색 결과들 중 마음에 드는 것은 모두 블로그에 복사 붙여넣기 해서 들춰보고 또 들춰보았다. 계속해서 그 글들을 읽었다. 인터뷰도 있었고 대담도 있었고 기사와 책도 있었다. 나는 그 이야기들을 믿어야 했다. 실제로 내가 수집한 이야기들이 있어 다른 사람들의 말에 덜 흔들릴 수 있었다. 먼저 삶을 살았던 예술가들에게서 힌트를 얻고 힘을 얻을 수 있어 다행이었다. 아낌없이 자신의 이야기를 남겨준 그들에게 고마웠다.

♣♣♣

그런데 내게 처음으로 그림을 그려보라고 말해주는 사람을 **현실에서** 만나게 되었다. 다른 사람의 부정적인 반응에 자신감을 점점 잃고 다음부터는 사람들에게 함부로 내 꿈을 말하지 말아야지, 라고 생각하던 때였다. 좋아하는 카페에서 알바를 하게 되었는데 거기서 주희를 처음 만났다.

주희는 긴 파마머리를 한, 나보다 세 살 아래의 똑똑한 동생이었다. 가식 없이 사람을 대하는 말투와, 도도하면서 예쁘장한 얼굴이 매력적이라고 생각했다. 나보다 먼저 카페에서 일을 했기 때문에 이런 저런 아르바이트 요령이나 단골손님들의 특색들에 대해서 나에게 알려주곤 했다. 손님이 없을 때면 늘 같이 이야기를 나누었다. 주희는 건축을 공부하고 있었고 학교도 우리 학교와 가까웠다. 여러 이야기를 나누던 도중 주희가 물었다.

'언니는 나중에 뭘 하고 싶어요?'

정치외교학과를 다닌다고 하면 보통 정치인이나 외교관이 될 거냐는 질문을 많이 받지만, 주희는 내게 정확히 '뭘 하고 싶냐'고 물어보았다. 나는 그림을 그리고 싶다고 했던가, 다큐멘터리 감독이 되고 싶다고 했던가, 하고 싶은 게 많은데 정하지 못했다고 했던가. 그런 이야기를 했다. 그러자 주희가 눈을 반짝이며 말했다.

“언니 그림 잘 그려요? 언니 그림 보여주세요!” 했다.

엉거주춤 페이스북에 있는 그림들을 보여주었더니 주희가 카페 여기 저기 뒹구는 메모지 더미 속에서 영수증 하나를 꺼내 들어 하얀 뒷면을 펼쳐 보였다. 여기에 그림 하나를 그려줄 수 없겠느냐고 했다. 그림을 그려달라는 말을 좋아하지 않았는데, 내가 그림을 그린다는 사실에 흥미를 보이는 주희의 순수한 눈빛을 보자 왠지 그날만큼은 나도 신이 났다. 영수증 뒷면에 하울의 움직이는 성인가 올라프인가를 그렸다. 그림을 보더니 주희는 고개를 들어 눈을 반짝이며 내게 말했다.

“언니! 정말로 그림 그려보세요!”

만약 만화 속 상황이었다면 그 말을 들은 내 얼굴은 발그레해진 채 머리를 긁적이는 모습으로 묘사되었을 것이다. 주희의 말을 들은 그 순간 내 가슴이 콩닥, 하고 움직였다. “정말 그래볼까?” 하고 답변하는 순간, 내 마음 안에선 ‘정말 그래야겠다.’ 불현듯 결심이 섰다.

내 기억이 맞다면 내 꿈에 이렇게나 긍정적인 반응을 보인 사람은 주희가 처음이었다. 나는 아직도 이 순간을 잊지 못하고 있다. 어차피 사람들은 이해해주지 못할 거니까, 앞에서는 갈팡질팡하는 척하고, 뒤에서만 확신하고 갈망하는 게 익숙했었다. 대외적으로 갈팡질팡 하다보면 속으로도 결국 흔들리고 헷갈리게 마련이다. 그런데 '이제는 앞에서도 당당하게 말해볼까, 그래도 되지 않을까, 어디에서든 확실해져도 괜찮지 않을까.' 그런 마음이 처음 생겨난 순간이었다.

누군가 무언가를 하겠다고 했을 때 그걸 늘 응원해줄 필요도 늘 의심할 필요도 없다. 나 역시 남들에게 쉽게 그런 말을 하지 못하고 차라리 입을 다무는 쪽을 택한다. 하지만 주희가 보였던 그 순수한 반응이 그 어떤 응원보다도, 내가 찾았던 수많은 증언과 증거들보다도 **나에게 실제로** 힘이 됐다. 주희의 말을 듣기 전에 가졌던 모든 의심, 불안이 갑자기 날아간 것 같았다.

그냥 나는 그 한마디가 너무나 듣고 싶었던 거였다. 살아 있는 사람에게서, 내 그림을 본 사람에게서, 나를 아는 사람에게서. 동시대를 살고 있는 아주 일반적인 또래에게서. 어렵지 않게 툭 튀어나오는 그 말을 너무나 듣고 싶었던 것이다. 내가 엉뚱한 소리를 하는 게 아니라는 걸 확인하고 싶었던 것이다. 주희와의 대화 이후 얼마 지나지 않아 나는 있는 돈 없는 돈 모두 끌어 모아 12주짜리 취미 드로잉 수업에 등록했고 본격적으로 독학을 시작할 수 있었다.

♣♣♣

내가 본격적으로 그림을 시작했던 시기에, 주희가 나에게 그림 과외를 해달라고 해서 주기적으로 만나 같이 그림을 그리는 시간을 보내기도 했다. 우리는 그림으로 얽힌 사이가 됐다. 주희는 좋은 연필이나 스케치북을 발견하면 나에게 선물하기 위해 밥을 먹자고 한다. 나의 신간이 나오면 누구보다 먼저 구매 인증을 하고, 내 그림을 폰 배경 화면으로 해놓거나 항상 굿즈를 만들어달라고 요청하곤 한다. 내가 가볼 만한 전시회나 좋은 책에 대한 정보가 있으면 아직도 늘 나에게 카톡을 보낸다. 내 생각에, 주희는 나의 1호 팬인 것 같다.

주희는 건축학도였는데, 나중에 알게 된 사실이지만 주희도 사실은 그림을 그리고 싶은 꿈이 있었다고 한다. 과외를 하며 느낀 것인데 실은 주희도 그림을 잘 그린다. 그리고 예술가를 좇고, 사랑하는 법을 안다. 어쩌면 자신도 그런 꿈을 꿔보았기에 나에게도 그런 말을 해줄 수 있었겠지? 나 또한 주희에게 그림을 계속 꾸준히 그려보라고 그리고 예술가를 사랑하고 지지하는 에너지를 가진 것이 부럽고 멋지다고 말하고 싶다.

P.S.

우리나라는 나이에 걸맞은 무언가를 해야 한다는 사회적인 강박이 너무 심하다. 나도 이런 강박에서 자유롭지 못하다. 아직도 그렇다. 별로 좋은 문화라고는 생각하지 않는다. 나이는 아무것도 아니라고 계속해서 되뇌려고 한다. 다른 사례를 찾으려고 다양한 생을 찾으려고 노력한다.

예술가들의 생을 읽고 알게 되며 가장 좋았던 점은 100명의 예술가가 있다면, 100가지의 예술가가 되는 방법, 100가지의 삶이 있다는 것이다. 적기에 맞는 엘리트 코스를 밟은 예술가도 있지만, 그렇지 않은 경우가 더 많다. 이를 알고 나서 내가 너무 늦지 않았는지 나에게 자격이 있는지 스스로에게 되묻거나 의심하기를 줄였다. 나도 나만의 인생의 길을 만들면 되는 거였다.

제일 좋아하는 이야기는 고흐. 고흐가 동생 테오에게 보낸 편지 모음집 『세상에서 가장 아름다운 편지』는 읽을 때마다 좋다.

P.145
무엇이든 그렇지만 특히
소묘의 경우 '꾸준함이
행복보다는 낫다'고 생
각해.
나는 요즘들어 인물 소묘
가 특별히 가치 있다
생각이 자꾸들어.
성공의 비결을 말하는
이야기는 좋아하지 않지만,
예술가들이 버텨온
이야기는 좋아한다.
빈센트 반 고흐의
편지글을 거의 모두 엮은
『세상에서 가장 아름다운 편지』
라는 책
이
이야기들은
나의
보물이야

응원

카페 아르바이트를 하다 보면 나이가 많아 보이는 아저씨들이 말을 건다.

아저씨 : 몇 살이야?

나 : 스물네 살이요.

아저씨 : 졸업반이네?

나 : 네

아저씨 : 취업하겠네?

나 : 아니요 저는……

아저씨 : 그럼 뭐 하게? 대학원?

나 : 아뇨 대학원은 아니고 저는……

아저씨 : 대학원도 아니야? 그래 가지고 되겠어? 뭐든 어서 시작해야지~!

나 : 어 저는 아직 하고 싶은 것들이 더 있는데 그게 뭐냐면……

아저씨 : 그럼 돈은 어디서 벌게?

나 : 그건 제가 생각하고 있는 게 있는데……

아저씨 : 그렇게 살아서 행복하겠어?

나 : 그럼요 제가 하고 싶고 자신 있는……

아저씨 : 그림? 아직 세상 물정을 모르는구나. 거기로 가는 게 얼마나 힘든 건데.

(……)

거의 매일 이런 대화가 오고간다. 거의 모든 사람이 나에게 이런 걸 물어본다. 대답을 하다보면 나는 머저리가 되는 느낌을 받는다. 아직까지 저런 대화는 나에게 중요하지 않은 사람들과의 대화였기 때문에 나도 이제는 적당히 요령을 섞어 둘러대며 대답을 하기도 한다. 내 대답을 흥미롭게 들어주는 사람을 만나면 반갑지만 그런 사람은 애초에 저런 식의 질문을 하지 않는다.

저런 질문에는 이미 강요 아닌 강요가 담겨 있지 않나? 그런 의도를 가지고 질문을 하면 내 대답은 틀릴 수밖에 없게 된다. 이미 듣고자 하는 정답을 가지고 물어보는 것들이잖아. 그러니까 저건 질문이나 안부가 아니고 '지금 네 나이 때에 해야 할 일을 네가 잘 하고 있는지' 점검하는 우리나라 고유의 문화가 아닌가?

독일에서 살다온 철학자가 나에게 해준 말이 있다. '대한민국은 처음 만난 사람에게 나이, 학력, 출신을 먼저 물어본다. 그리고 거기서 나온 대답으로 상대방을 규정지어버린다. 독일에서는 절대 이런 식으로 대화하지 않는다. 독일에선 서로에 대해 물어볼 뿐이다. 네가 어떤 생각을 가진 사람인지를 물어본다. 하지만 대한민국에서는 내가 어떤 공부를 했고 어떤 생각을 가졌는지 아무도 물어보지 않는다. ××대학 출신이라고 하면 이미 상대방은 나에 대해 모든 평가를 다 내려버린다.' 라고…… 요즘 그가 한 말이 자꾸 떠오른다.

나는 혼자 생각했다. 주변에서 보채지 말았으면 한다고.

나는 이제야 다시 그림을 그리기로 마음먹었고, 이제 막 시작했다. 오랜 시간 준비를 마친 후 시작한 것도 아니고, 나는 '준비'를 지금 시작한 걸지도 모른단 말이다. 이제 막 처음 연필을 들었다. 그런 나에게 '그래서 뭘 할 건데?', '너무 늦은 것 아니냐.', '거기서 뭘 하는지는 아니?' 같은 말은 하지 말았으면 한다. 그건 궁금해하는 게 아니라 '왜 그렇게 살아?'라는 판단과 다름없는 거니까. 그런 말 하지 말았으면 좋겠다. 짜증난다.

내가 확신할 수 있는 단 하나는 평생 이 길을 갈 거라는 것이다. 가다보면 길이 더 잘 보이겠지. 그 길을 걷는 법을 알게 되겠지. 나도 이제 하나하나 알아가고 있는 거니까. 그런 나를 지켜봐주면 좋겠다. 이제 시작한 사람에게 왜 결승점에 도착하지 않았냐고 묻지는 않았으면 좋겠어. 내가 나에 대해 조급해지지 않는 데에만 몇 년이 걸렸는데 이제는 다른 사람들이 나를 조급하게 하고 있다. 그러지 말았으면 좋겠어.

그리고, 내가 제일 좋아하는 말

"Everybody is a genius. But if you judge a fish by its ability to climb a tree, it will live its whole life believing that it is stupid." **_아인슈타인**

당신들 잣대로 날 평가하지 마!

7

큰 곡선의 변화는 천천히 온다

내가 그림을 그리기로 마음먹고 어엿한 그림쟁이가 되기까지는 대략 5~6년 정도의 시간이 걸렸다. 누군가는 '돈을 받고 일을 지속적으로 할 수 있으면 프로'라고 이야기하던데, 나는 이 일로 돈을 번 지 시간이 꽤 지났음에도 불구하고 스스로 진정으로 작가가 된 것 같은 느낌을 받은 지는 얼마 안 됐다. 이 글을 쓰는 지금도, 대외적으로는 멀쩡하고 안정적인 일러스트레이터인 척 행세해왔지만 내면에서는 작년까지만 해도 그냥 수습 기간, 지망생인 것 같은 기분이었다.

무라카미 하루키는 30세가 되던 해 야구장에서 불현듯 '소설을 써야겠다'고 결심했다고 한다. 그리고 첫 작품으로 소설가가 되었다. 그런데 나는 내가 그림을 그리기로 결정하는 데 있어서 그처럼 명확하게 대표적이라고 할 만한 순간은 떠오르지 않는다. '그림을 그리겠다!'라고 정확히 언제 결심했는지 기억이 잘

나지 않는다. 오히려, 내 기억이 맞다면 하루아침에 그런 결심을 한 게 아니고 여러 경험을 지나오면서 점점 게이지가 누적된 느낌에 가깝다.

데뷔작이라고 부를 만한 것이 있는지도 잘 모르겠다. 그림이란 게 그렇다. 아주 작은 낙서나 보잘것없는 습작 같은 것도 누군가 좋게 봐주고 어딘가에 사용해주면 데뷔 비슷한 것을 할 수 있다. 아마추어와 프로의 중간 단계가 길고 모호하다.

20대 초반까지의 나는 미대에 가지 않았으니 당연히 미술을 할 수 없을 거라 생각했다. 대학 생활을 하면서 고정관념이 하나둘 깨졌다. 어떤 때는 책을 보고, 어떤 때는 내 주변의 삶과 죽음을 보고, 선후배들과 술을 마시며 꿈에 대해 이야기하다가, 밤하늘의 별을 보고, 그림이 너무 좋아 전시회에 갔다가도 그림이 그리고 싶다고, 내가 할 일은 이것이라고 아주 미미하게 깨닫고 또 깨달았다. 하지만 어느 날 내가 가슴에서 어떤 찌릿함을 느꼈다고 해도 어디서부터 어떻게 시작하는 줄도 몰랐고, 그걸 몰라서 헤매는 사이에 눈앞의 일들이 닥쳐왔다. 학생회 활동, 아르바이트, 사회 문제, 과제, 친구들과 인생에 대해 이야기하기, 연애 같은 것들…… 젊은 시절에 주어진 여러 의무들에 충실하다보면 또 시간이 흘러가 있었다. 열심히 그림을 그린 날은 가슴이 불타올랐고, 다음 날 학생 신분으로 돌아가면 그림에 대한 열망은 까맣게 잊었다. 집회에 나가서 잔인한 현실을 본 날엔 내 젊음은 또 다른 사건에 불타는 가슴을 내어주었다.

내가 그림을 본격적으로 시작했을 무렵에도 확신이 쉽게 서지 않았다. 지금처럼 일러스트레이터들을 인스타그램으로 흔하게 볼 수 있지도 않았고, 유튜브나 온라인 클래스도 흔치 않아서 정보를 찾는 것이 쉽지 않았다. 방법을 모르니 어영부영했다. 어떤 화가의 인터뷰를 만나면 심장이 끓고, 교보문고 아트 서적 코너에서 감격에 겨워 나도 명화를 그리는 화가가 되고 싶어 가슴이 뜨겁다가도 또 집에 돌아와선 눈앞의 일을 해결하다가 시간을 흘려보냈던 일이 셀 수 없이 떠오른다.

이런 상태가 몇 년 정도 지속되었다. 딱히 그림을 열심히 배우거나 그리는 것도 아니고 그렇다고 영화 공부를 열심히 한 것도 아니고 갑자기 사진가가 되고 싶기도 하고 갑자기 인형 작가가 되고 싶기도 했다. 온갖 생각들을 재보기만 하며 하나도 결정하지 못한 상태로 20대 중반을 통으로 보냈다.

그래서 나의 지난 기록이나 일기에는 '해야지', '하고 싶다'는 각오나 깨달음의 순간이 많다. 한번 깨달았다고 해서 바로 실행으로 옮기거나 삶이 바뀌지는 않았지만, 영감의 순간이 올 때마다 성실히 깨닫고 내가 가진 고정관념이나 가망 없다는 생각에 알을 깨고 나오려는 새처럼 균열을 내어갔다. 균열이 쌓이다가 하루아침에 알이 깨진 것도 아니었다. 언제 알이 깨지고 언제 아기 새가 나왔는지도 모르는 사이, 작은 균열마다 조금씩 그림을 그렸고 조금씩 그림을 그린 것이 쌓이다보니 어느 날 나는 그림을 그리는 사람이 되어 있었다.

♣♣♣

어쩌면 나의 변화는 너무나 완만한 곡선을 그리고 있었나 보다. 세상에는 이런 사람도 있다. 나는 아주 천천히 돌고 돌아 나의 길을 찾았다. 몇 년이 걸렸는지, 몇 번이나 깨달았는지, 얼마나 하고 싶다고 자주 생각했는지 그 수를 헤아릴 수 없다. 언제나 하고 싶었고 언제나 시작하고 싶었다.

구체적인 과거의 그 순간으로 들어가 보면, 과거의 나는 분명히 그 순간의 나 자신을 증오하고 미워했다. 남들만큼 눈앞에 쥘 만한 구체적인 성과가 없는 자신을 미워하고 자책했다. 왜 시작하지 않느냐. 왜 보여줄 것이 없느냐. 왜 오늘도 시간을 허투루 보냈느냐. 하고 나 자신을 믿지 못했다. 괴로워서 잠을 자고 울고 소리 질렀다.

하지만 어느 날 일기를 읽으며 깨달았다. 일기 속 쌓인 내 이야기를 보며 느꼈다. 사실 나는 무언가를 계속 조금씩 하고 있었다는 것을. 생각을 달리 하고 있었고 예술을 진심으로 사랑했고 무언가를 쓰고 만들었다. 단지 사람들이 '노력'하면 떠올리는, 매일매일 책상 앞에 앉아 열정적으로 무언가를 불태우는 듯한—그런 정답 같은 모습이 아니었을 뿐이다.

나는 긴 시간에 흩뿌려진 작은 순간들을 계속 모으고 모아 내 인생의 큰 운동 방향을 바꾸고 있었다. 아주 오랜 시간 동안 천천히 핸들 방향을 돌리고 내 주변 환경과 나의 생각을 바꾸고 있었다. 그 운동이 너무 느려서, 그 순간순간에는 눈앞의 환경이 바뀌지 않아 스스로 알아차리지 못했을 뿐이다.

그림을 그리고 싶지만 용기를 내지 못하는 사람들에게 내 이야기를 전하고 싶다. 하루아침에 변하지 않는다고 해서 끝이 아닐 수도 있다는 것을. 오늘 그림을 그리지 못했다고 해서 당신이 그림 그릴 자격이 없는 것은 아니라는 것을. 원래 하던 일과 이별하지 못해서 몇 년은 더 방황하고 고민스러울 수도 있다는 것을. 누군가는 변하기 위해 몇 년이 걸리기도 한다는 사실을.

빽! 하고 일순간 핸들을 돌려 유턴하지는 못하더라도, 아주 천천히 운동 방향을 틀다보면, 매우 큰 지름을 가진 곡선을 그리게 되고, 그 곡선을 따라 완곡한 주행을 하다 보면 결국엔 완전히 다른 세상으로 가고 있는 자신을 발견하게 될 것이다. 오래 걸리는 만큼 전면적이고 거대한 변화가 될 수도 있다는 사실을, 완전히 다른 삶을 살게 될 수도 있음을, 그림을 그리고 싶지만 주저하고 더딘 그들에게 이런 나의 이야기를 꼭 말해주고 싶었다.

한번에 모든 것을 뒤바꾸는 사람만 있는 것이 아니다. 세상에는 이토록 천천히 갈팡질팡 변하는 사람도 있다. 하지만 방향을 잃지 않는다면 그 변화는 오히려 누구보다 커다랗고 전방위적인 거대한 것이 될 수 있을지도 모른다.

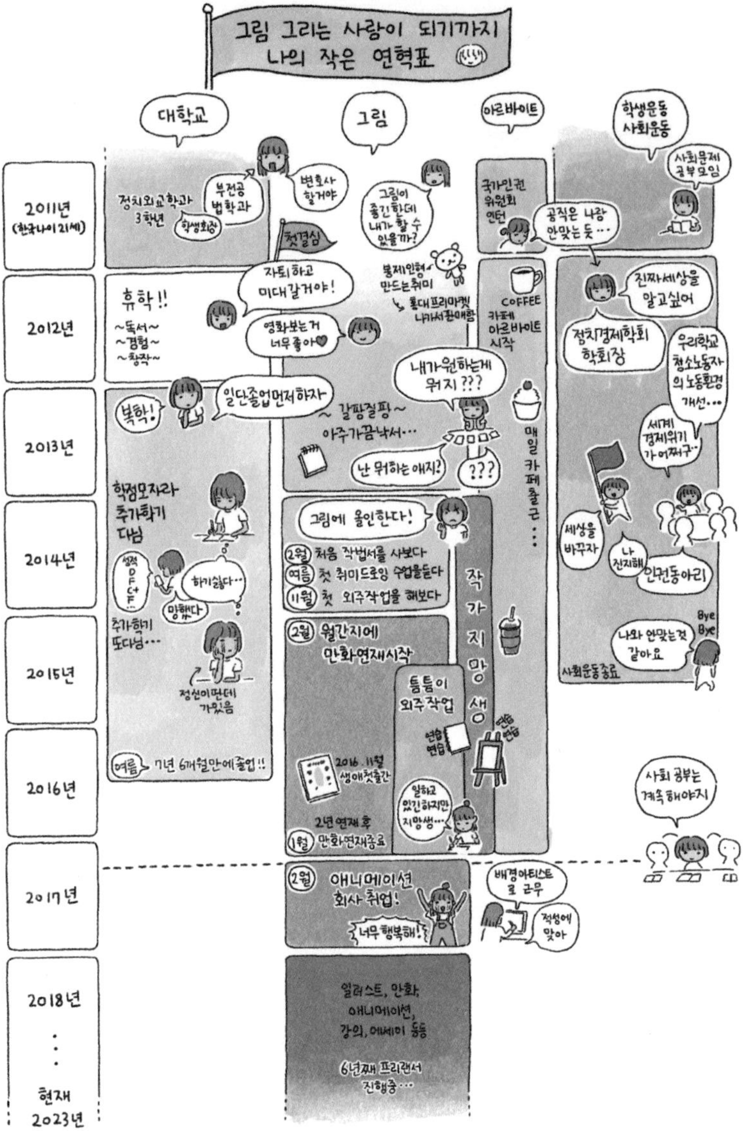

그림 그리는 사람이 되기까지
나의 작은 연혁표
대학교
그림
아르바이트
학생운동 사회운동
2011년 (한국나이 21세)
2012년
2013년
2014년
2015년
2016년
2017년
2018년
현재 2023년
정치외교학과 3학년
부전공 법학과
학생회장
변호사 할거야
그림이 좋긴한데 내가 할 수 있을까?
첫결심
자퇴하고 미대갈거야!
봉제인형 만드는취미
홍대프리마켓 나가서판매함
국가인권 위원회 인턴
공직은 나랑 안맞는 듯…
사회문제 공부모임
휴학!!
~독서~
~경험~
~창작~
영화보는거 너무좋아
COFFEE
카페 아르바이트 시작
진짜세상을 알고싶어
정치경제학회 학회장
우리학교 청소노동자의 노동환경 개선…
내가원하는게 뭐지???
복학!
일단졸업먼저하자
~갈팡질팡~ 아주가끔낙서…
난 뭐하는 애지?
???
매일 카페 출근…
세계 경제위기 가 어쩌구…
학점모자라 추가학기 다님
성적 D F C+ F
하기싫다…
망했다
추가학기 또다님…
정신이딴데 가있음
그림에 올인한다!
2월 처음 작법서를 사보다
여름 첫 취미드로잉 수업을듣다
11월 첫 외주작업을 해보다
작가 지망생
세상을 바꾸자
나 진지해
인권동아리
Bye Bye
나와 안맞는것 같아요
사회운동종료
2월 월간지에 만화연재시작
틈틈이 외주 작업
연습 연습
2016. 11월 생애첫출간
일하고 있긴하지만 지망생…
2년 연재 후
1월 만화연재종료
여름 7년 6개월만에졸업!!
사회 공부는 계속 해야지
2월 애니메이션 회사 취업!
너무 행복해!
배경아티스트로 근무
적성에 맞아
일러스트, 만화, 애니메이션, 강의, 에세이 등등
6년째 프리랜서 진행중…

내가 그리고 싶은 것

- 캘리그래피 말고 왼손으로 쓴 글씨. 핑크색 말고 빨간색.
- 꽃무늬 말고 꽃. 얇고 검은 선을 비껴나가지 않은 채색.
- 일관성 없으나 비슷한 분위기들을 지닌 것.
- 실물과 똑같지 않은 그림. 실물보다 화려하지 않은 그림.
- 실물이 지닌 '느낌'을 잡아내는 그림.
- 선명한 색감 : 빨강, 초록, 파랑, 노랑, 보라.
- 덜 선명한 색감 : 모든 색감에 '때'가 묻은 것.
- 마카, 색연필, 그리고 수채화 물감에 흰색을 섞어 탁하게 만드는 것.
- 예쁘지 않은 것. 예쁘장하지 않은 것.
- 뻔하고 유치한 귀여움이 아니라 소박하고 숨겨진 귀여움. 유행과 똑같지 않은 것.
- 슬퍼도 행복할 수 있다는 것을 보여줄 수 있는 것.
- 단순하게 반복되는 패턴. 어디에도 없는 색의 조합.
- 우주, 자연, 가장 본연의 것.
- 내가 원하는 것이 나올 때까지 끊임없이 반복해보기.

-하얀 종이 위에 흩어진 색감은 반드시 단일한 색의 조명을 쬘 것.

-그것이 아니라면 여러 조명을 비춰줄 것.

8

SNS로 작가가 될 수 있구나

한때 나는 그림이라는 것이 피카소, 모네, 에드워드 호퍼, 바스키아의 것인 줄로만 알았다. 대학생이 되었을 땐 만화는 이미 안 본 지 한참이 지나 있어서 관심이 크지 않았고, 일러스트레이터라는 존재는 그 당시 내게는 잘 와 닿지가 않았다. 그때 나에겐 일러스트레이터란 귀여운 그림, 상품에 들어가는 그림만을 그리는 사람 같은 이미지였다. 당장 그릴 수 있는 그림 스타일은 만화나 일러스트에 가까웠으면서도, 마음은 이상적인 곳을 향해 있었다.

나는 명화를 볼 때 가장 설레고 좋으니까 언젠가는 명작을 그리는 사람이 되고 싶다고 생각했다. 아니면 클래식한 화풍의 일러스트나 그림체를 가지고 싶었다. 뭐가 됐든 누가 보아도 엄청 뛰어나고 잘 그린 그림을 그리고 싶었다.

그런 그림은 내게는 저 멀리 있는 것이었다. 미술관에 걸려 있는 것이었다. '그림을 그린다는 것은 대단한 일이다. 그러니까, 만약, 내가 그림을 그려서 무언가가 되기라도 한다면 그건 수십 년 후의 일일지도 모르겠다. 좋은 그림이란 너무 엄청난 것이니까.'라고 생각했다. 그래서 그림 그리기를 염원하면서도, 내가 다시 시작할 수 있을 거라고는 생각하지 못한 것일지도 모른다.

그런데 내가 스물 한두 살이던 무렵에 페이스북이라는 것이 등장했다. 페이스북을 사용하기 전에 우리는 싸이월드를 했고, 싸이월드는 '지인'들 위주의 공간이었다. 페이스북도 처음엔 그랬다. 모르는 사람이 아니라 지인들하고만 페이스북 친구를 맺었다. 스마트폰이 보급되고 싸이월드보다 페이스북이 더 커지고 재미있어지던 시절, 점점 내가 모르는 사람들도 내 피드에 뜨기 시작했다. 그 당시 표현으로 '페북 스타'가 등장했다.

자극적인 소재나 창의적인 콘텐츠로 관심을 끄는 사람들도 있는가 하면, 그중에는 그림을 그리는 사람들도 있었다. 그들은 하나 둘 자신의 그림을 SNS에 소개하기 시작했다. 어떤 사람은 연필 드로잉을, 어떤 사람은 커플 일러스트를 그려서 올렸다. 일상적인 모습에 따뜻한 공감을 불러일으키는 그림들에 수천 명의 사람이 감동을 느끼고 '좋아요'를 눌렀다.

그때 내게 가장 큰 존재감으로 다가왔던 작가는 재수 작가님이었다. 재수 작가님은 페이스북에서 처음 봤다. 당시 '재수의 연습장'이라는 페이지에 올라오는 그림마다 인기가 넘쳤던 기억이 난다. 재수 작가님의 그림은 카페에서 대화하는 커플, 자기 자신의 모습, 아이, 엄마 등 우리 주변의 일상적인 모습을 다루었고 연필로 슥슥 그렸지만 그 안에 삶에 대한 애정이 가득한 분위기가 정말 편안하고 사랑스러웠다.

그는 페이스북이라는 공간을 통해 수많은 사람들을 만나고 사랑을 받고 있었다. 어떠한 자격증이 필요한 곳, 홈페이지가 아니라, 미술관에서가 아니라, 웹툰처럼 데뷔해야 하는 것이 아니라, 그저 그가 노트에 그린 드로잉 하나하나가 즉시 사람들에게 다가가고 있었다.

지금에야 그림 그리는 사람의 SNS는 누구나 흔하게 즐기고 접할 수 있는 것이지만, 2010년대 초반, 그런 모습을 처음 봤다. 1990년대 말에서 2000년대 초중반 개인 홈페이지를 만드는 문화가 번성했을 무렵 자신의 홈페이지를 만들어 그림을 꾸준히 올리는 사람들은 많이 봤지만 그건 어렸을 적 기억이고, 내가 대학생이 된 후로는 그런 홈페이지들의 존재는 아예 잊었던 참이었다. 그리고 그런 홈페이지는 직접 주소를 입력하고 들어가서 그들의 개인적인 공간을 훔쳐본다는 느낌이 강했다. 오픈된 SNS와는 전혀 다른 느낌이었다.

재수 작가님뿐만 아니라 다른 작가님들도 자신의 SNS에 그림을 업로드하고 이름을 알리고 사랑받았다. 그들은 SNS를 통해 한 명의 '작가'로 존재를 증명하고 활동할 수 있었다. 그들의 모습을 보면서 느꼈다.

'이렇게도 할 수 있는 거구나.'

그림들이 업로드 된 즉시 사람들을 만난다. 명화나 상업 일러스트, 만화가 아니다. 한 장 한 장 그 자체로, 그림으로서 살아 있으면서 온전히 작가의 '작품 활동'이 된다. 따뜻하고 일상적인 그림으로도 자신의 세계를 만들어갈 수 있다는 것, 그림이라는 것이 저 멀리 있는 것이 아니라 이렇게 가까이에 있을 수 있다는 것을 느꼈다.

페이스북의 작가들을 보고 세 가지 인식의 변화가 있었다. 첫째, 화가나 작가 활동을 지금 당장 시작할 수도 있다는 것. 둘째, 드로잉으로도 작가가 될 수 있다는 것. 셋째, 즉각적인 반응과 사랑, 인기를 얻을 수 있다는 것이다. 그림 그리기를 더 이상 미루지 않고, 어렵게 생각하지 않고, 나도 내 그림으로 내 세계를 보이고 사랑받고 싶다는 순수한 마음이 생겨났다. 어쩌면 회화가 아니라 드로잉이나 일러스트 작가로 시작할 수 있지 않을까.

'나도 이렇게 그림을 그리고 싶다.'

여러 작가들을 부러워하고 선망했다. 만약 나도 작가가 된다면 이런 방식이겠구나, 하는 것을 어렴풋이 느꼈다.

작가들은 점점 인스타그램으로 옮겨갔고, 나도 스물네 살즈음에는 인스타그램 계정을 만들어 그림을 업로드하기 시작했다. 물론 당장 좋은 그림을 그릴 수는 없어 누가 봐도 취미나 낙서 수준이었지만 일단 시작했다. 본격적인 그림 계정이라고 하면 주변 사람들이 코웃음칠 것 같아 가명을 만들어야 하나, 몰래 해야 하나, 이런 저런 고민이 많았지만 가명을 짓는 게 쉽지 않아서 결국 반지수 실명으로. 어떤 특정 콘셉트가 있어야 할지, 스타일을 정해서 연재하듯 해야 할지도 고민했지만 내가 할 순서가 아닌 것 같았다. 내가 아직 지망생인 것을 티내기로 했다. #습작 #연습 #습작하는반지수 라고 해시태그를 덧붙이며 그림 스타일이 뒤죽박죽인 것에 대해 변명하듯 그림을 올렸다. 4~5년이 지나서야 점점 그럴듯한 그림 계정이 되었다.

나중에는 SNS 때문에 정신적으로 힘들기도 했지만 SNS가 없었다면 그림을 시작하는 일이 더 고독하고 어렵고 더뎠을지도 모른다. 페이스북이나 인스타그램이 없었다면 그림이란 것을 계속 어렵고 대단한 것으로 생각했을 것 같다. 먼저 SNS를 통해 활동한 작가님들을 만나지 못했다면 그림을 당장 시작할 수 있을 거라고 생각 못 했을 것이다. 하고 싶은 많은 일 중에 결국 그림을 택한 것은 그림을 가장 좋아해서이기도 하지만, 이

친구가 선물해준 이젤
페이스북에 올린 그림을 보고 친척이 보내준 미술도구들
작법서
sketch
고등학생때부터 쓰던 색연필
좋다, 지금 이 모습이.

런 배경도 한몫했다.

P.S.

나도 페이스북에 내 그림을 종종 올렸었는데, 어느 날 먼 친척으로부터 메시지를 받았다. 미술 도구를 보내줄 테니 주소를 알려달라는 거였다. 어렴풋이 얼굴만 기억나는 친척 아저씨였는데, 알고 보니 대학교에서 미술을 가르치는 분이셨다. 주소를 알려드리자 나무 화구함에 수채화 물감, 붓, 팔레트, 스케치북 등 한가득 재료를 보내주셨다. 마침 친구로부터 생일선물로 받은 나무 이젤도 있었다. 자취방이 점점 미술 도구들로 채워지는 모습에 어떤 감회에 휩싸였던 기억이 난다. 방의 변화에서 나 자신의 변화를 읽곤 했다. 선물 받은 도구들로 수채화도 곧잘 그렸다.

친척 아저씨가 본 그림은 아마 이 그림이었던 것 같다. <이렌 카앙 당베르의 초상>을 따라 그린 것이다. 붓이 없어 화장품 붓으로 그렸었다. 이런 얘길 페이스북에 올렸더니 그걸 보고 선물을 보내주신 모양이다. 이 그림을 페이스북에 올렸을 때 칭찬 댓글이 평소보다 많이 달려 우쭐해졌던 기억이 난다. 어쩌면 내가 생각하는 것보다 나는 더 재능이 있

을지도 모른다는 생각을 처음 했다. 휴학하고 자퇴하고 싶다고 생각하던 즈음의 일이다.

9

내겐 그림이 가장 효율적인 일

대학을 8학기 만에 졸업하지 못해 더 연장해서 학교를 다닐 때였다. 이미 학교생활에 마음은 떴고 나중에 뭘 해야 할지 스스로 갈팡질팡할 때, 수업 과제를 하는 것이 죽도록 싫어서 매일매일 괴로워했다. 과제를 써서 제출해야 하는데, 한 글자도 보기가 싫었다. 중국정치니 국제관계사니…… 꼴도 보기 싫었다.

마음이 다른 데 가 있지 않을 때는 나름 지적 호기심도 있고 욕심도 나서 공부를 했지만 이미 마음을 놓아버린 후엔 아무것도 알아보고 싶지 않았다. 하기 싫은 일, 관심이 가지 않는 일이면 무슨 일이 있어도 어떤 이가 와서 설득을 해도 마음이 동하지 않았다.

특히 리포트를 쓰는 것이 너무 싫어서 미루고 또 미루다 제출하지 않은 적도 있다. 뭐라도 해보려고 도서관에 앉아 노트북을 켜보지만, '왜 내가 여기서 이러고 있어야 하지? 내가 있을 곳은 여기가 아니야. 이건 내 미래와 아무 상관 없는 공부야!'라고 생각하며 좋아하는 화가를 찾아보는 등 딴짓을 했다. 스스로를 통제하지 못하고 졸고 분노하다 도서관을 박차고 나오기 일쑤였다. 공부를 하나도 하지 않아서 시험지에 일단 아는 것을 다 쓴 후 왜 이것밖에 모르는지에 대해 교수님에게 죄송하다며 사정을 밝힌 편지를 쓰고 나온 적도 있다.

철학 수업만 좋았다. 즐길 수 있는 수업에만 참여하고 싶은 마음이 가득한 불량 학생이었다. 대부분의 수업에서 나는 동태눈을 한 좀비이거나, 아예 수업 시간에 등장하지 않는 문제아였다.

살다보면 하기 싫은 일도 해야 한다. 공부나 과제는 어딜 가나 기본이 아닌가. 그런데 이런 기본적인 일조차 싫증을 내고 제대로 처리하지 못하다니, 이래서야 미래에 내가 무언가를 잘할 수 있을까? 왜 눈앞의 일을 재빨리 처리하지 못하고 괴로워하는가. 그런 자신에 대한 불신으로 머릿속이 꽉 차고 염증을 느꼈다. 출석이나 과제 같은 것조차 제대로 해내지 못하는 스스로가 한심했다. 빨리 시간이 흘러서 학교라는 공간을 벗어나서, 이 순간이 먼 과거의 일이 되기를 바랐다.

어느 날, 조별 과제는 나 혼자만의 일이 아니라 하지 않으면 민폐니까 동아리방에 혼자 남아서 조 발표 PPT를 만들고 있었다. 파워포인트 프로그램으로 만들어도 충분할 자료를, 나는 더 멋지게 만들고 싶어서 포토샵까지 동원하여, 최대한 세련된 폰트와 색감을 고르고 골라 편집했다. 마치 잡지를 만들 듯이 한 장 한 장 컬러 톤을 맞추고 참고 사진의 색 보정까지 해가며 디자인했다. 누가 시켜서 그렇게 한 것이 아니라, 예쁘게 만드는 쪽이 내 속이 더 편했다. 몇 시간이 지났을까, 한참을 만드는 데 열중하다가 불현듯 깨달았다.

'나, 전에도 이런 느낌 받은 적이 있어. 선거 홍보물을 디자인할 때. 그리고 인형 만들 때랑 그림 그릴 때. 나는 무언가를 만드는 동안은 주변에서 아무 소리가 들리지 않는구나. 나는 무언가를 만들 때 다른 어떤 것을 할 때보다 집중력이 높구나. 억지로가 아니라, 저절로.'

그렇다면, 만약 내가 미래에 무언가를 '직업'으로 해야 한다면, 이런 일을 해야 하지 않을까?

'만드는 것을 내 직업으로 해야 해.'

그게 내가 할 수 있는 모든 일들 중 가장 내 인생의 연비가 높을 것이다. 창작을 해야 나는 연비가 높은 인생, 또랑또랑한 인생, 집중력 높은 인생을 살 수 있다.

이런 생각이 연거푸 꼬리를 물고 깨달음으로 이어졌다. 낙서를 할 때면 집중력이 확 올라갔던 감각들이 기억났다. 정외과와 법학과 수업을 들을 때는 죽도록 하기 싫어서 늘어지고 한심해졌던 내 모습과는 정반대로, 무언가를 만드는 순간에 나는 온전히 몰입하게 되었다. 일단 시작하면 사방이 고요해진다.

집중이 잘 되는 이유는 즐거워서다. 나와 잘 맞아서다. 내가 마음먹은 대로 일이 착착 진행된다. 무슨 색을 써야 할지, 어떤 느낌으로 디자인해야 할지 생각하는 게 재미있고 막힘이 없다. 다른 일보다 아이디어도 더 잘 떠오르고, 그것을 실행시키는 에너지도 다른 일보다 강하다. 이건 내가 이 일에 소질이 있고 잘한다는 뜻이다. 일이 잘 풀리니까 집중도 저절로 잘 되는 것이다.

동아리방에서 혼자 내 안의 감각을 느끼며 나는 나 자신에 대해서 새로운 것을 알게 되었다. 얼마 후 드로잉 수업을 듣는데, 세 시간이 삼십 분처럼 빨리 흘렀다. 현대정치사상을 들을 땐 세 시간이 열 시간 같았는데 말이다.

'아, 이게 내 **업**이구나. 나는 창작하는 일을 해야 멀쩡한 인간으로 살 수 있겠구나.'

그걸 몸으로 깨달은 순간이었다. 이 깨달음은 다른 깨달음들과는 다른 결이었다고 생각한다. 이전에 나는 내가 그림을 좋아해서 하고 싶어하는 줄 알았다. 그런데 아니었다. 좋아하는 것은 물론, 잘 맞으니까 하고 싶어했던 거였다.

그렇게 생각하니 더 이상 고민되지 않았다. 아직 직업이란 걸 가져보지 않은 때였지만, 직업이란 일생 떼려야 뗄 수 없는, 지겹도록 곁에서 함께 하며 가져가야 하는 것이라는 것쯤은 알고 있었다. 나는 정치나 법에 관심을 가지긴 했지만 결국 마음이 뜬 후에는 제대로 견뎌내지 못했다. 하지만 무언가를 만드는 일은 어릴 때부터 단 한 번도 질린 적도, 집중이 안 된 적도 없었으니, 이것이 내가 앞으로 '평생' 할 수 있는 유일한 일이다. 혹시 나란 인간이 집중을 하지 못하는 인간이 아닐까 하며 나 자신을 한심하게 여기거나 불신하던 마음도 사그라졌다.

핵심은, 내가 남들보다 창작을 잘하느냐가 아니다. 내가 할 수 있는 모든 일 중에서 가장 잘하는 것인지가 중요하다. 내가 해본 다른 어떤 일보다 **가장 효율적으로 처리할 수 있는 일인지, 내 인생을 가장 밀도 높게 보낼 수 있는 일인지.** 상대적으로 다른 일을 하며 살 때보다 덜 고생하고 스트레스도 덜 받는 일인지.

동아리방에서 PPT를 만들던 이 날의 기억은, 그림을 그려야 할지 말지 오래도록 고민하다가, 내 마음을 분명하게 '결정'한 순간 중 하나다. 이 감각은 아무리 세상이 나에게 확신을 하지 못한다 하더라도, 나만큼은 나 자신에게 확신할 수 있는 근거가 되어주었다. 내가 나로 평생 살아봤기 때문에 알 수 있는 감각이었다. 나만 알 수 있는 내 몸이 느낀 것이었다. 무언가를 할 때에만 내 세포가 반응한다면 나는 그걸 해야 한다. 이런 얘기를 아무리 내가 멋들어진 말로 사람들에게 설명하고 설득한다 한들 그들은 내 세포 반응을 모를 것이다. 굳이 설명하고 설득할 필요도 없다. 남들이 몰라줘도 내가 느꼈던 사실은 변하지 않았다.

그래서 그림을 계속 시도하고 도전해볼 수 있었다. 의심과 확신을 끊임없이 오가는 와중에도, 이런 경험이, 몸의 감각이 있었기 때문에 결국 꾸준히 할 수 있었던 거라 생각한다. 하면 할수록 집중이 잘 되고 더욱 사랑에 빠졌기 때문에, 이대로 하다 보면 내가 더 높은 집중력을 갖고 성장하겠구나. 그렇다면 내가 사활을 걸 일은 이것뿐이다, 하고 나 자신에 대한 믿음을 꺾지 않을 수 있었다.

P.S.

그림을 그리며 몰입하는 사람은 나 말고도 많다. 대표적인 게 아이들이다. 지구상의 모든 아이들은 낙서를 하며 몰입한다. 성인들도 붓을 들면 곧잘 몰입에 빠져든다. 그러니까 위에 서술한 나의 몰입에 대한 경험이 직업을 결정할 정도로 특수한 경우라고 말하기는 힘들 수도 있다. 중요한 건 내가 겪은 몰입의 경험이 나만의 고유한 경험이라서 내게 의미 있었던 것이 아니라, 내가 어째선지 유독 그날 그 순간에 몰입을 한 후 이것을 내 직업으로 삼겠다고 '결정'했다는 사실이다. 어떻게 그런 결정이 하필 그날 이루어졌는지는 설명할 수 없다. 하필 그날 그런 결심이 섰다. 이전의 나의 무수했던 에피파니*들은 그림을 하고 싶다고만 말했는데, 이날의 에피파니는 오직 이것만을 평생 직업으로 해야 한다고 결정지었다. 이성적인 판단은 아니었을 것이다. 오히려 운명이나 하늘의 영역이었을지도 모른다고 생각한다. 인상적인 순간이었다.

* 갑작스레 깨달음을 얻는 순간

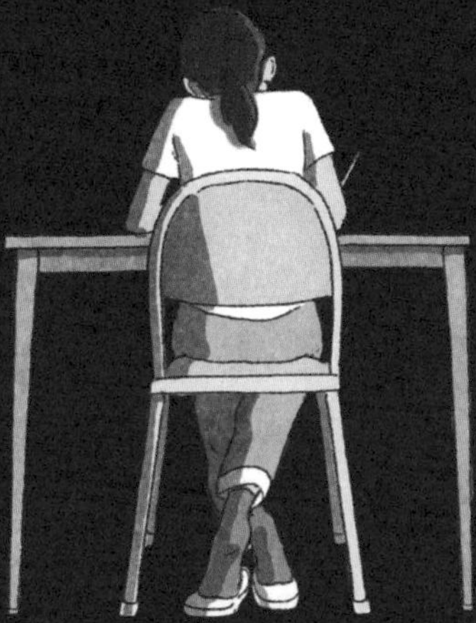

그림을 그리면 애쓰지 않아도 몰입이 된다.
몰입하는 동안 아무 소리도 들리지 않는다.

10

취미 드로잉 수업을 듣다

대학교 5학년 여름방학이었다. 그림이란 건 혼자 할 수 있는 것인지, 어디 가서 배워야만 하는지 늘 아리송했다. 검색 포털을 켜고 '드로잉 수업', '일러스트레이션 수업'을 검색해봤다.

그때가 지금으로부터 10년쯤 전인데, 지금에야 여러 온라인 클래스나 유튜브 강의 같은 것이 많지만 그때에는 내가 원하는 수업을 찾기가 어려웠다. 대부분 입시나 취업을 위한 학원이거나 특정 그림체를 알려주는 곳이 많았고, 아카데미에서 진행하는 수업도 나와 맞을지 확신이 서지 않았다.

그러다 발견한 것이 아방 선생님의 12주짜리 드로잉 수업이었다. 아방 선생님은 이미 활발하게 활동하고 있는 프리랜서 일러스트레이터였다. 그의 블로그에는 그동안 수업을 하며 찍었던 사진들과 12주 동안 어떤 과정으로 그림과 점점 친해지는지 대략적인 커리큘럼이 소개되어 있었다.

블로그 속 수업 소개 사진에서는 햇빛이 들어오는 홍대 골목에 자리한 카페의 모습이 보였다. 커다랗고 오래된 원목 책상을 가득 채운 스케치북, 색연필, 붓펜 들이 널브러져 있었다. 그림을 그리는 젊은 사람들의 손가락과 뒤통수들이 아름다워 보였다. 각자의 스케치북 위엔 입시 미술에서 할 법한 그림이 아닌, 귀엽고 통통 튀는 알록달록한 그림이 가득했다. 그렇다고 해서 기초를 다루지 않는 것도 아니었다. 인체 드로잉, 잡지 드로잉으로 시작해서 풍경도 그리고 나중에는 자유롭게 자신의 그림까지 그릴 수 있는 수업이었다. 수업 소개 글과 사진에서는 알차고 탄탄하면서도 자유로운 느낌이 물씬 났다.

'이 수업을 들어본다면 어떨까?'

그림과 다시 친해지기에 적절한 수업 같아 보였다. 그 전까지는 초등학교, 중학교 미술 시간에 배워본 것이 전부였다. 경험이 없다보니 누군가에게 그림을 배운다는 것이 어떨지 전혀 감이 잡히지 않아 결정하기가 망설여졌다. 미대를 다니고 있던 고향 친구에게 전화해서 고민 상담까지 했다.

'그림을 잘 그리고 싶은데 혹시 이런 수업이라도 들으면 도움이 될까?'

지금 생각해보면 어리석은 질문이었지만 고작 스물세네 살이었던 그때의 나를 생각해보면, 어렵고, 두렵고, 모르는 것 천지였으니까. 알 수 없는 경험에 대해 그런 고민도 했던 것이다. 수업을 듣는 게 좋을지 아닐지조차 스스로 판단하지 못할 정도로 모르는 게 많았다. 강의료도 당시 나에게는 큰돈이어서 이왕이면 실패 없는 선택을 하고 싶은 상황이기도 했다. 맘에 안 들면 언제든 다음 선택을 할 수 있는 여유는 나에게 없었다. 친구는 '안 하는 것보다야 어떻게든 도움은 되지 않을까?'라는 긍정적인 말을 남겨주었다. 미대생이 하는 말이니까 어느 정도 일리가 있겠지, 하며 마음이 냉큼 움직여 신청하기로 했다.

학교를 관둘지 말지 고민한 지 2년 만에 내린 선택이었다. 당장 정치외교학과를 그만둘 수 없다면, 미대에 갈 수 없다면, 내가 할 수 있는 방법으로라도 시작하려 했다.

수업을 일단 들어보는 것이 좋겠다고 마음은 먹었지만, 수업료가 모자랐다. 아방 선생님께 따로 연락했다. 너무너무 듣고 싶은데 지금은 얼마밖에 없으니, 수업료를 분할해서 드려도 괜찮겠냐고 여쭤봤다. 안 된다고 하실까봐 두근두근했지만 아방 선생님은 쿨하게 승낙해주어서 수업을 들을 수 있었다.

뜨거운 땡볕 아래 종이에 그린 약도를 보며 수업 장소를 찾았다. 카페, 술집, 옷가게가 즐비한 거리를 비집고 들어가 '히피왕'이라는 곳에 들어가니 가게 이름 그대로 히피스러운 온갖 소품과 카펫, 빈티지 가구가 가득했다. 마음을 들썩이게 하는 레게 음악이 흘러나오고 있었다.

정원은 10명 남짓. 거의 나와 비슷한 또래. 첫날 자기소개를 하면서 그림을 좋아하거나 취미로 그리고 싶어하는 사람이 참 많다는 걸 알았다. 아방 선생님은 예쁘고 명랑해서 괜히 부끄럽고 쑥스러웠다. 선생님이 직접 그린 드로잉 노트를 볼 수 있었는데 한 장 한 장 넘길 때마다 자유로움과 색감이 가득한 노트를 보며 부럽다는 생각으로 또 심장박동수가 올라갔다.

컨투어 드로잉부터 시작해서 얼굴, 손, 신체 전체 드로잉까지 매주 조금씩 배워나갔다. 이 수업을 들으며 나는 새로운 지식이나 접근법을 얻기도 했지만 무엇보다 자신감을 얻었다. 그림을 그리자마자 깨달았다.

'내 이럴 줄 알았다. 날개 돋은 듯한 느낌이 들어. 내가 즐길 수 있을 줄 알았어.'

무언가를 보고 그리는 드로잉은 내 손이 오래 쉬었다는 것이 스스로도 믿기지 않을 만큼 가볍게 느껴졌다. 나는 흡수력이 빨랐다. 종이에 그림을 그리는 순간이 내게 너무나 자연스럽고 어울린다는 감각을 매주 느꼈다. 당장 스타일이 좋은 그림을 그릴 수는 없었지만, 관찰하고 옮겨 그리는 동안 내가 이런 쪽에 재능이 있다는 걸 다시 느낄 수 있었다.

요리에 비유한다면 칼 잡는 법, 도마 쓰는 법, 불 조절하는 법,

재료 손질하는 법을 배운 느낌이었다. 언젠가 꼭 짚고 넘어갔어야 할 기초적이면서도 실용적인 내용이었다. 아방 선생님 수업을 어른이 되어 그림을 배우는 첫 기회로 선택한 것은 정말 잘한 일이라 생각한다. 나중에 어떤 그림을 그리게 되더라도 써먹을 수 있는, 입문으로 굉장히 재미있고 도움되는 수업이었다.

수업이 후반부로 진행될수록 자유롭게 드로잉하는 시간도 있었는데, 이 부분은 좀 어려웠지만 그래도 아방 선생님 수업에서는 특정 그림체를 제한하지 않았던 것이 좋았다. 요즘은 무턱대고 한 작가의 그림을 따라해보라는 수업이 많고, 나 또한 강사의 입장에서 그런 수업을 진행했었지만 내 개인적인 경험으로 입문자가 바로 누군가의 그림체를 따라하는 것은 오히려 독이 될 수도 있다고 생각한다. 자신의 모습을 찾는 시간이 생략되고 그림이 숙제처럼 느껴질 수 있기 때문이다. 아방 선생님 수업은 기초적인 것부터 시작해 개방적인 드로잉으로 나아가는 느낌이라, 입문하는 입장에서 부담 없이 들으면서도 스스로 성장을 모색해볼 수 있었다. 수업은 기대 이상으로 즐거웠다.

드로잉 수업을 듣는 게 얼마나 좋았는지, 이런 적도 있다. 수업 기간 12주 중에 빈곤 문제를 파악하는 6박 7일 캠프를 떠났다. 캠프와 수업 날짜가 겹쳤다. 원래는 캠프 중에는 일정을 꼭 지키는 것이 약속이다. 그런데 그림 수업에 너무 가고 싶었다.

캠프를 주최한 선배가 너무 무서웠지만 용기 내어 부탁했고 선배는 어이없는 눈빛을 보내면서도 다녀오라고 했다. 캠프 장소는 김포시에서도 가장 끝자락이어서, 홍대까지 가려면 왕복 네다섯 시간은 족히 넘었다. 그래도 수업을 들으러 다녀왔다. 다른 주제의 수업이었다면 당연히 결석했을 것이다.

12주가 지나고 수업 마지막 날에는 전체 인원 중 나만 수업에 참석했다. 전체 출석을 한 것도 나뿐이어서 아방 선생님이 준비해주신 출석 선물도 받았다. 12주가 너무 즐거웠다. 정외과에 다니는 게 고역인 것에 비해 미술 수업을 들을 때는 절로 열심히 하게 되고 생기 넘치고 성실해졌다. 절대 지각을 하지 않고 절대 결석을 하지 않는 내 모습. 역시 그림은 나와 잘 맞아.

수업을 들으며 가장 기억에 남는 것 중 하나는, 아방 선생님이 해주셨던 충고. 만약 일러스트를 커리어로 가져가고 싶다면, 세상 모든 곳에 자신의 그림을 올리고 알리라는 것, 그것을 두려워하지 말라는 것이었다. 그리고 정말 많이 그려야 한다는 당연한 진리를 다시 한 번 더 강조하셨다. 내 그림이 부끄럽고 숨고 싶을 때마다 아방 선생님이 한 말을 다시 생각했다. 그냥 업로드하자고, 최대한 많은 사람이 나를 알도록 하자고 생각했다. 실제로 이런 태도는 프리랜서 일러스트레이터로 살 때 많은 도움이 됐다.

한편으로는 내가 드디어 마음으로만 품던 그림을 실행으로 옮겨 시작했다는 것에 도취되었다. 미대생들의 상징인 홍대를 매주 방문하고, 수업이 끝나면 개성 넘치는 카페에 들렀다가, 한가람 문구점이나 호미화방에 가서 스케치북과 연필, 붓 들을 구경했다. 야금야금 내 예산 안에서 물감이나 스케치북을 살 때면 행복했다. 수업을 기점으로 연습량도 눈에 띄게 늘었다. 이것저것 배운 스킬을 응용해서 수업을 듣기 전에 비해 훨씬 자주 그리고 다양하게 드로잉했다. 정말로 '그림 그리는 사람'이 된 듯한 기분을 흠뻑 즐기고 스스로 감동하곤 했다.

P.S.

수업이 끝나고 마지막 이벤트로 아방 선생님이 연결해주어 망원동 축제에서 우리들의 그림을 선보이는 기회가 있었다. <아방이와 얼굴들>이라는 이름으로 작은 부스를 만들어 드로잉북을 전시하고 엽서도 팔아보기로 했다. 나는 드로잉북이랄 건 없어서, 붓펜으로 그린 내가 좋아하는 영화 장면 드로잉을 노끈으로 엮어 한 권의 책처럼 만들어갔다. 통일된 주제와 느낌의 드로잉을 선보이기 위해 밤새도록 그림을 준비했다. 축제에 놀러온 시민들은 드로잉북들을 자유롭게 펼쳐볼 수 있었다. 태어나서 처음 내 그림으로 된 엽서도 만들었다. 작은 가판대에 아방 선생님 수업을 들은 제자들의 드로잉북과 엽서를 가득 진열해놓은 게 전부인 전시회였지만, 사람들이 내 그림을 얼마나 구경할지, 보고 나서 어떤 표정을 지을지가 궁금해 내내 그 자리를 지켰다.

내 드로잉북은 인기가 나쁘지 않았다. 그때 내 그림이 좋다고 해주신 분들 중 축제 이후로도 꾸준히 내 인스타그램에 찾아와 응원해주시는 분도 있었다. 그날 만나 아직도 나를 팔로우하는 분도 계시고, 나 역시 그때 만난 다른 분을 아직도 팔로우하고 멀리서 응원하기도 한다. 그중 한 분은 나처럼 대학에서 다른 전공을 했지만, 지금은 미술 작가로 살고 있다.

내 그림을 선보이고, 그 반응을 옆에서 보고, 망원동이라는 곳에서 하는 축제에도 참여하고…… 일러스트레이터라는 삶을 아주 약간이라도 미리 체험을 해본 것 같아 흥분이 가라앉지 않았다.

전시가 끝나고 나서 낯선 동네였던 망원동을 오래도록 걸었다. '이렇게 살고 싶다! 앞으로도 내 그림을 열심히 그려서 사람들에게 보여주며 살고 싶다!' 나는 희망에 푸욱 잠기

JEAN SEBERG
JEAN-PAUL BELMONDO
50 ANNIVERSAIRE
VERSION RESTAURÉE
A BOUT DE SOUFFLE
UN FILM DE JEAN-LUC GODARD
JEAN-LUC
GODARD
une femme est une femme
Les Amants du Pont-Neuf
빈지수
빈지수

Five Total Strangers
Team up For The Perfect Crime.
They Don't Know Each Other's Name
But They've Got Each Other's Number.
RESERVOIR
DOGS

고 취한 상태로 밤새도록 홍대입구, 연남동을 걷고 또 걸었다. 그때 내가 걸었던 골목길 사진들을 찍어 자주 들여다보곤 했다. 잊을 수 없는 날이었다.

그런데 그로부터 5년 뒤 내가 찍었던 사진 속 그 골목길 근처에 살게 되었다. 결혼을 하고 연남동으로 이사하게 됐는데 남편이 운영하던 가게가 그 근처였던 것이다. 남편의 자취방도 그 근방이었다. 홍대에 대한 동경을 갖고 이곳에 속하고 싶다고 생각했는데 정말 일러스트레이터가 되어 터를 잡게 된 것이다. 내 딴에는 무척 감동적이었다. 신혼집에 이사 온 후 집 밖에 나설 때마다 처음 드로잉 수업을 들었던 순간의 생경함, 홍대와 그림에 대한 동경을 가진 내 모습이 저절로 떠올랐다. 그냥 길을 걷는 것인데도 매번 꿈을 이루었다는 기분이 들었다. 드디어 이루었다는 기쁨은 시간이 지나도 무뎌지지 않았고 과거에 내가 느꼈던 소외감과 두려움도 어여쁘게 여겨져 이 신혼집에 사는 동안 늘 가슴이 두근두근했다.

산책

무슨 일이 생길 때면 시간이 빌 때면 혹은 생각을 해야 한다고 느껴질 때면 언제나 산책을 한다. 그런 신호는 시시때때로 찾아온다.

올해는 더욱 잦았다. 지난 몇 년간 이어온 '산책'이란 행위가 이제는 내 삶의 고유한 사이클로 자리를 잡은 것 같다.

산책은 굉장히 피로한 일이기도 하다. 이문동 주변을 산책하는 경우보다 이문동이 아닌 곳에서 산책하는 경우가 더 많기 때문에 여행이 끝난 후에는 지하철을 타고 집에 돌아와야 한다. 그러면 하루는 끝나 있고 내 몸은 피로로 가득 찬다. 당장은 바쁜 삶을 살고 있기 때문에 내 삶의 틈을 내고 삶을 양보하며 산책을 다닐 수 밖에 없지만, 이런 문제를 해결하기 위해서는 산책을 '보유'하는 스케줄을 가질 수 있어야 한다. 장기적으로 봤을 때는 내 삶의 한 영역에 '당연히 산책을 하는 시간'의 여유를 반드시 마련해야 할 것 같다.

산책을 하면서는 아무 생각도 하지 않거나, 과거 때문에 괴로워하거나. 둘 다 아니라면 자연스레 미래에 내가 하고 싶은 것들을 떠올린다. 오늘 페북에서 본 것들, 책에서 본 것들, 길거리에서 본 것들, 나에게 자극을 주는 사람들의 삶들을 종합하고 섞으면서 저 사람의 삶은 어떨지, 나는 무엇을 원하는지, 할 수 있는지, 어떤 이미지가 떠오르는지, 내가 해야 할 것은 무엇인지를 생각한다. 오늘도 이런 저런 패턴에 대해서 생각하다가 문득 창작을 하는 건 즐거운 일이면서도 힘든 일이라는 게 느껴졌다. 아니, 내가 창작을 해보긴 했는가? 언제나 듣는 지적, '나'라는 인간 유형은 생각은 많지만 실제로 행하는 건 없을 거라는 '평'들이 떠올랐다.

나는 따라 그리는 그림을 잘하지, 나의 그림체가 뚜렷한 건 아니다. 열심히 그린 그림이 누군가의 것을 복제한 것에 불과한 것 같다. 물론 이제 시작하는 단계이므로 이런 과정을 거쳐서 내 것을 만들어야 한다는 건 알겠다. 하지만 한편으론 내가 영영 이런 상태로 갈까봐 두렵기도 하다.

어디선가 들은 얘기인데, 대학 학부생들이 '내가 이 분야는 좀 알지' 하면, 석사나 박사 준비하는 사람들은 '하나도 모르겠다'라고 한다고. 뭔가를 알면 알수록 내가 몰랐다는 것을 알게 되는 것 같다.

그림을 그리면 그릴수록 모르겠다. 내가 '다음 노력'을 기울일 곳은 어디일까? 그리고 무엇을 해야 할까? 그런 고민을 한다. 대충은 알지만 귀찮고, 모르지만 알 것 같고. 생각은 많이 하는데 구체적인 그림이 보이지 않는 것 같기도 하고 마음이 조급한 것 같기도 하다.

작업일지 11 2014. 10. 1.

그림 같은 그림

A란 사람이 '미술지식인'이라는 페이스북 그룹에 글을 올렸다. 그림이 너무 좋다. 그 사람의 계정에 들어가보니 그의 그림은 다 좋다. 이런 생각이 든다. '그림'은 '그림'이다. 너무 사진 같지도, 너무 추상 같지도 않은 그 중간의 리듬을 타는 그림을 보면 훌륭하다고 느껴진다. 그 사람의 그림도 그렇다. '그림'다운 그림. 나는 사진 같은 그림도 좋아하고 낙서 같은 그림도 좋아하지만, 그런 걸 지향하진 않는다. 결국엔 '그림' 같은 그림을 좋아한다. 그게 뭐냐고 물으면, 정확하게 구체적으로 대답할 순 없다. 하지만, 그림 같은 그림을 좋아한다. 그런 게 우리 마음을 편하게 한다.

작업일지 12 2014. 10. 20.

내가 두려워하는 것에 대해서, 생각을 많이 해봤지만 결국엔 그냥 눈 한번 딱 감고 한 발짝 더 내디뎌야 하는 거라고 정리했다. 두려운 것이 너무 많았다. 공부를 하다가 갑자기 바스티앙 비베스 생각이 나서 검색해보다가 훌륭한 사람들을 너무나 많이 봐버렸다.
다들 대단하고 빛이 난다.

작업일지 13 2014. 10. 20.

사소한 목표

- 그림 연습 많이 해서 '빛' 표현 잘하기. 그래서 〈박하사탕〉, 〈러브레터〉를 그림으로 그리기
- 사진을 아주 많이 찍어보고 찍혀보기. 그래서 못난이 얼굴이라도 자연스럽게 담기게끔 하기, 그것을 사랑하기
- 예전 영화 포스터, 잡지 광고 수집하기
- 어쨌든 그림을 많이 연습하고 사진을 아주 많이 찍어보겠다는 것.

-나와 너 우리를 남기는 것.

작업일지 14 2014. 11. 5.

시간 가는 줄 모르고 정신 없이 그린 그림은 완성되고 나서 보면 꼭 내 마음에 든다. 그림의 세계는 알다가도 모르겠다. 정말 정신 없이 빠져 들다가도 욕심을 가지면 괴롭다. 그런데 그 (나를 괴롭히는) 욕심이 없이는 노력도 안 하고, 그럼 실력도 늘지 않는다. 결국 원하는 그림을 위해선 노력이라는 괴로움을 동반해야만 한다. 큰 욕심 없이, 앞으로 매일 한 장씩만 꾸준히 그렸으면 좋겠다. 언제나, 뭘 그려야 할지 내가 뭘 그리고 싶은지, 내가 그것을 그릴 수 있는지, 두렵지만. 하다보면 좋아지겠지?

작업일지 15 2014. 11. 23.

배우고 싶은 갈증

드로잉 수업을 들을 때 손이 물 만난 물고기처럼 춤을 추던 느낌이 그립다. 그때 나의 손은 몇 년이나 무언가를 기다리고 있던 상태였을 것이다. 내 뇌 안에서, 근육 안에서, 내 눈 안에서 나타날 듯 말 듯 꿈틀대던 무언가. 하지만 방법을 몰랐거나, 결과가 두려운 나머지 엄두를 못 내고 있던 무언가. 내 안에서 뒤죽박죽 언젠가 태어나기만을 기다리는데 내가 어떻게 그것을 뽑아야 하는 줄 몰라서 잠재하고만 있던 무언가를 말이다.

드로잉 수업을 통해 기회를 만나고 시작을 만나고 시도를 만나고 실행을 만나고 나니 그 다음 단계가 보였다. 숨 막히던 갈증이 풀렸다. 숨통이 트인 것 같기도 하고 엉켜 있던 실타래가 풀린 것 같기도 했다. 어찌됐든 내 안에서 어떻게 나올지 모른 채 답답하게 막혀 있던 그것이 뛰쳐나온 경험을 했던 것 같다.

그 결과로, 드로잉은 여전히 두렵고 무섭지만, 내 태도가 예전보다는 훨씬 나아졌다. 한 달에 한 장 그릴까 말까 하던 드로잉북이 이제는 하루에 몇 장씩 넘어간다.

나는 다른 더 많은 교육이 필요하다. 혼자 해보려고도 했지만 내 안에 있는 게 무엇인지 나는 잘 모르기에 시작을 하기가 힘들다. 선생님의 도움이나 커리큘럼의 도움이 필요하다. 의존하겠다는 의미는 아닌데, 나를 도우고 키울 수 있는 수준의 교육이 어찌됐든 필요하다. 그 필요를 나는 너무나 강하게 느끼고 있다. 지금 내 안에서 꿈틀대는 무언가가 아직 더 많이 남아 있다. 혼자서 드로잉을 할 때보다 드로잉 수업을 받으면서 시도할 기회를 얻었던 것처럼, 그리고 선생님의 한 마디 한 마디에 미친 듯이 집중할 수 있었던 것처럼 지금 내 안에서 꿈틀대는 그것들을 위한 수업이나 교육이 필요하다. 공부가 필요하다. 그런 선생님이나 선배들의 '가이드'를 통해 내가 내 안의 것을 재발견할 기회가 필요하다.

작업일지 16 2015. 2. 26.

배워야 하는 사람은 자존심을 잠시 접는다. 모를 수도 있지…… 배우면 된다.

자존심을 세울 점이 아니라 내가 정말 자신 있는 점에 대해서만 나를 믿자.

11

같은 고민을 가진 친구의 소중함

시원시원하면서도 단단한 인상의 명랑한 청년이었던 D는 내가 학교를 휴학했을 때 만났던 남자친구의 아는 후배였다. 구남친도 D도 나와 비슷하게 사회 문제에 관심이 많은 학생들이라 그런 곳에서 얼굴을 터 서로의 존재를 알게 되었다.

구남친도 나처럼 그림 그리기에 재능이 있고 이것저것 음악이나 연기 같은 것에 능해서 사랑에 빠진 거였는데, 이루 다 말할 수 없는 상황과 나의 찌질함 때문에 헤어지고 말았다. 헤어지고 나서 내 미련이 하늘을 찔러 이 감정을 이야기할 사람이 필요했다.

그래서 D를 불러냈다. 여럿 불러 모아 술을 마시면서 구남친은 잘 있냐는 둥 쓸데없는 얘기를 주야장천 하고 있는데, D가 "너 언제까지 그 형 이야기할 거야?"라고 일침을 놓았다. D와 나 사이에 구남친 얘기가 사그라들면서 서로에 대한 이야기를 나누게 되었고, 어느새 이제는 다른 이야기로도 충분한 친구 사이가 되었다.

하소연 대상이 아닌 친구로서 점점 D라는 사람에 대해 알게 되었다. 알고 보니 D는 공대를 다니고 있었지만 실은 시인이 되고 싶어했다. 정치를 공부하지만 화가가 되고 싶은 나와 비슷했다. 만나면 음악 이야기도 하고, 영화나 책 얘기도 했다. 그리고 서로의 미래를 이야기했다.

"학교 그만둘까? 근데 부모님이 반대할 것 같아."

"알지 알지. 그것도 그렇고, 지금까지 다닌 거 너무 아깝지 않아?'

"꼭 다른 학교를 가야 시를 시작할 수 있는 걸까?"

서로만 공감할 수 있는 이야깃거리가 많았다. 나는 내가 들은 화가들의 이야기를, D는 D가 알고 있는 시인들의 이야기를 해주었다.

'꿈을 좇는데 남들 시선이 뭐가 중요해."

'우리 그냥 하고 싶은 거 하자."

옆에서 "예술가들 납셨네." 하며 가볍게 깔깔대며 놀리는 녀석들도 있었다. 그래도 그 속에서 우리 둘은 공감했다. 화가가 되고 싶지만 아무런 방법도 용기도 돈도 없어 헤매던 내 이야기를 D는 자신의 이야기처럼 들어주었다. 시인이 되고 싶지만 당장은 그럴 수 없고 또 다른 세상에 대한 고민이 흘러넘치던 D의 얘기에 나 또한 주의 깊게 귀 기울이고 관심 가졌다. 만날 때마다 똑같은 얘기를 했다. 우리가 새로 꾸는 꿈에 대해, 아무것도 할 수 없는 젊음에 대해서 절규하고 웃고 떠들곤 했다. 비슷한 고민을 하는 친구가 드디어 생긴 느낌, 서로 응원을 주고받을 수 있는 사람이 생긴 느낌이 좋았다.

시인이 되고 싶어하는 또 다른 내 친구에게 D를 소개해주기도 했다. 어느 날 내 친구와 D와 나는 작은 원룸에 둘러앉아 술을 마셨다. 우리만 깨어 있을 것 같은 새벽, 셋 다 기분 좋게 술과 음악에 취했을 때, 갑자기 용기라도 생긴 듯 D는 가방에서 큼직하고 두툼한 노트를 꺼내 보였다.

거기엔 D가 쓴 시가 빼곡했다. 여기저기 붙은 포스트잇, 볼펜으로 쓴 글씨가 너무 많아 그 노트가 원래는 하얗고 깨끗한 공산품이었을 거라는 걸 믿을 수 없을 정도였다.

'이렇게 많이 썼구나. 그래서 그토록 시인이 되고 싶다고 말할 수 있었구나 너는.'

그 시를 우리는 돌아가면서 읽기도 하고 부끄러워진 D가 노트를 안 보여주려고 애썼던 것 같기도 하다. 그러고는 서로가 빠져 있는 잔뜩 우울한, 스물세 살들만이 이해할 수 있는 정서로 가득한 노래들을 돌아가며 소개하고 다 같이 들었다.

우리는 서로의 꿈에 대해 어떤 새로운 고민이나 결과가 생기면 항상 가장 먼저 연락하여 응원과 용기가 되어주곤 했다.

비정규직 노동자들을 인터뷰하고 조사하러 멀리 부산까지 내려갔던 날 밤이었다. 해당 사업장의 이슈로 연일 뉴스가 시끄러운 때였다. 나는 또다시 세상의 모순이 말하는 목소리를 듣고 싶어 거기에 온 신경을 쏟고 있었다.

늦은 밤 D로부터 전화가 걸려왔다. 또 무슨 고민인가 하고 받았더니, 지금은 어렴풋해져 정확히 기억나지 않지만 D가 드디어 자퇴를 했다든가 문예창작과에 입학했다든가 하는 내용이었다. 낯선 부산에서, 차가운 형광등이 온갖 사무용품과 투쟁 물품들을 밝히고 있는 어느 공장 안 사무실에서, 문학이나 그림과는 전혀 상관없거나 혹은 가장 상관 있을 것 같은 분위기의 전장 같은 곳에서, 홀로 빠져나와 그 전화를 받았다.

"너무너무 축하해. 정말 잘됐다. 고마워, 그런 선택을 해줘서."

"이제부터 시작이지 뭐. 지수 너도 결정해버려. 그냥 시작해도 되는 거더라. 아무 일도 안 생겨. 남들 말 다 듣지 마."

"그래 맞아 나도 얼른 시작하고 싶어."

한참 동안 나눈 이야기엔 오직 기쁜 마음밖에 없었다. 다행이었다. 친구가 드디어 고민을 끝내고 결단을 내린 것이 무척 다행이었다. 잘 어울리는 선택이었고 잘한 선택임에 틀림없었다. 나는 안도했다. 다른 사람의 새로운 길을 그토록 내 가슴 떨리며 축하해본 적은 그 전엔 없었을 것이다.

고마웠다. 우리는 늘 비슷한 고민을 했기 때문에. 그런 둘 중에 하나가 먼저 새 길을 가주어서. 그의 선택이 한편으로는 나의 선택이기도 했기 때문에. D의 새로운 선택은 그의 삶만 바꾼 것이 아니라 분명 나를 조금 움직이기도 했을 것이다.

새로운 일을 가슴에 담은 일로 동료 사이였던 우리. 그런데 시간이 흘러 자연스레 연락이 끊겼고 지금은 그가 어디서 어떻게 살고 있는지 잘 모른다. D는 어디에서 뭘 하고 있을까? 시를 쓰고 있을까? 어떤 삶을 살고 있을까.

상상

상상이 시작될 때의 씨앗만 보면 누구나 다 자신이 천재같이 여겨지는 법이다. 머릿속의 상상은 구름이나 오아시스 같아서 머릿속에선 이미 그 자체만으로도 훌륭하고 아름다운 듯 보이지만 손으로 잡으려고 하면 쉽게 잡히지가 않는다. 둥둥 떠다니는 그것을 종이에 옮겨보려고 갖은 힘을 쓸 때에 그게 아직은 형태가 없는 태어나기 전의 무언가였다는 걸 느끼게 된다.

상상의 나래 속에서 만족하는 게 매우 바보 같다는 생각이 든다. 상상은 원래 빠르고 다양하고 드넓고 화려하다. 머릿속에서 굴러다니는 이미지들은 내 것이되, 아직 내 것이 아니다.

결국 그것을 진짜로 옮겨내는 힘. 노력, 기술, 조사, 시도들이 있어야 그게 진짜 내 것이 되는 것이다. 머리로만 그리지 말고 손으로 그리자. 내 머릿속에 있는 환영들이 아무리 아름답더라도 그것을 종이에 옮겨내지 못하면 그것은 애초에 태어나지 못하는 거다. 두려워도 손으로 움직이고 수십 수백 번도 더 시도해보아야 한다. 언제 내 머릿속의 것을 끄집어내는 데 성공할지는 모르는 일이다.

행복해지기 위해 내가 자주 사용하는 프레이밍

'일주일 전으로 돌아갔으면 그렇게 안 했을 텐데……'

그럼 지금 바로 이 순간이 일주일 후의 내가 돌아온 시간이라고 생각해본다.

'내 그림은 너무 아마추어 같아. 잘 그리는 사람은 이미 세상에 많아.'

나라는 화가의 이야기를 다룬 영화가 있다면, 지금은 러닝 타임의 15분즈음이라고 생각해본다. 이 영화는 멋진 예술가의 이야기이고, 해피엔딩일 거라고 생각해본다.

'매일 매일이 지루해'

외국인이 우리나라에 왔다면 어떤 신선함을 느꼈을지 생각해본다. 나는 서울에 사는 사람이 아니라 서울에 여행 와서 집을 얻은 사람이라고 생각해본다. (하지만 최고는 정말로 낯선 곳으로 가는 것이지)

작업일지 19 2015. 6. 7.

아아 도림천 산책은 너무 좋다! 사람들 보고 소리에 귀를 기울이고 쬐고 싶은 만큼 해를 쬐는 시간, 낮 시간대에 교실에만 앉아 있었던 나의 지난 10여 년…… 그토록 어리고 또 아름답던 때에 뭘 하고 있었던 걸까.

작업일지 20 2015. 7. 28.

기껏 정치학을 전공해놓고 그림을 그리다니,
대학 다닌 게 아깝지 않느냐는 질문.
그럴 거면 왜 그 과를 갔어?
그런 질문을 잠시만 참아줄 순 없을까……
그 생각을 바로 내가
몇 년 동안 수천 번씩 했고
몇 년 동안 스스로 답해왔다는 걸
생각해줄 순 없을까.

세상이 나를 괴롭히는 동안,

적어도 나 자신만큼은 나를 대할 때

나를 보호하거나,

건강해지도록 하기 위해서

이런 생각을 자주 하게 되었다.

사랑,

산책,

그림,

도서관,

청소하고 밥하는 일,

나에게 내가 선물한 여유,

그리고 무언가를 직면하는 일들 덕에

내가 예전보다 많이 건강해진 것 같아서 다행이다.

해치울 장애물이 이제 몇 개 안 남았다.

12
썩은 버팀목

배고픔 어려움 괴로움이 극에 달했던 지망생 기간, 내게는 조력자 혹은 버팀목 같은 존재가 있었다. 구남친 중 한 명의 얘기다. 지망생이던 시절 그와는 거의 4년을 사귀었다. 헤어질 때는 헤어짐을 초래한 사건이 너무 충격적이어서 한 달간 식음을 전폐했고, 헤어진 지 꽤 오랜 시간이 지났는데도 아직도 악몽에 나와 나를 괴롭히는 존재이지만, 연애를 하는 동안엔 그가 나를 여러 방면에서 많이 도와주었다. 그가 있어 내게 쏟아지는 어려움들을 버틸 수 있었다. 결국엔 그 버팀목이 썩은 나무여서 문제였지만…….

그는 미술이나 예술에 관심이 많은 학생이었다. 본인 말로는 미술 분야를 많이 공부했다고, 사실인지는 모르겠지만 자기 학교에 있는 미술 서적은 웬만한 건 다 봤다고 했다. 얘기를 해보면 확실히 남들과 다른 똑똑함이 있었다. 그림뿐만 아니라 희곡이나 문학, 영화에 대해서도 아는 것이 많아(보였)다. 예술이란 어떻고 저떻고, 이것저것 나에게 많은 것을 알려줬다. 내가 몰랐던 이야기도 많았으니 그가 공부를 많이 한 건 사실이었던 것 같다.

그는 수학 영재 출신이었고, 포토그래픽 메모리라는 놀라운 능력을 갖고 있으며, 남들과는 조금 다른 경험과 사고방식을 가졌고, 우리나라에서 제일 좋은 대학에 다니는 공대생이며, 4살 연상이었다. 그가 나에게 새로운 것을 알려줄 때마다 흥미로웠고 멋졌다. 도움이 되기도 했고 시야가 트이는 것 같았다.

그는 내가 그림 그리는 것에 관심이 많았다. 때론 관심을 넘어 어떤 책임감을 갖고 있는 것처럼 보였다. 지망생일 때 그림에 대한 고민은 대부분 그와 나누었다. 어떤 그림을 그리고 싶은지, 어떤 그림을 그려야 '하는지'에 대해서도 많이 토론했다.

데이트를 할 때면 온갖 미술관에 나를 데리고 다녔다. 연애하는 내내 몇 년이나 그랬다. 그와 연애하는 동안 미술관에 제일 많이 다녔던 것 같다. 교보문고에 가면 늘 함께 아트 서적이 있는 곳에 갔고 그는 공부가 될 만한 책을 나에게 사주기도 했다. 어떤 영화를 봐야 '하는지', 어떤 책을 보고 무엇을 느껴야 '하는지' 이야기했다. 하루에 몇 시간을 그려야 '한다'느니, 피카소가 생전에 몇 점을 그렸는지 이야기하며 동기부여를 하기도 했다.

그런 열정이 나에게 자극이 되기도 했다. 확실히 미술관에 따라다니고 함께 고른 서적들을 보면서 좋은 그림을 많이 알게 됐다. 새로운 감독이나 예술가, 책, 예술론도 많이 접했다. 그림에 대해 토론할 상대가 있었기에 독학하는 지망생이면서도 외로움에 쉽게 빠지지 않고 정신적으로 의지가 됐다. 혼자 하는 것이 아니라 기댈 상대가 있다는 느낌. 그리고 그는 옆에서 꾸준히 나를 응원해주었다.

"넌 할 수 있어. 넌 예술가야. 나는 보면 알아."

내가 힘들고 어려워 흔들릴 때마다 그는 확신에 찬 어조로 나를 지지해주었다. 내가 불안하고 예민해져 투정을 부리면 그는 묵묵히 그걸 다 받아주었다. 내가 아무리 흔들려도 그는 흔들리지 않았다. 옆에서 언제나 지지해주는 사람이 있으니까, 분명 나도 포기하지 않고 힘을 낼 수 있었다.

그런데 그의 관심은 양날의 검 같았다.

"넌 예술가잖아. 그런데 이왕이면 진짜 예술가가 돼야지. 진짜 예술이란 이런 거야." 그는 내가 재능을 갖고 있다는 점에서는 있는 그대로의 나를 응원하는 듯했지만, 내가 무엇을 그려야 '하는지'에 대해서는 내게서 특정 방향의 예술이 나오기를 기대하기도 했다. 프란시스코 고야의 연작 〈전쟁의 참화〉를 자주 언급했다. 고야의 그림을 보여주며 이런 그림을 목표로 해보라는 이야기를 한 적이 있다. 브레히트를 읽고 그림으로 표현해보라고도 했다. 그가 추구하는 것과 밀접한 것들을 꾸준히 언급했다. 단순히 정보를 알려주고 응원하는 수준이 아니라, 나에게 어떤 결과를 바라고 있었던 것 같다.

그때는 나도 어디 가서 지지 않을 만큼 야망을 가진 부류의 사람이었지만, 그도 만만치 않았다. 자잘한 행사 같은 것에 관심을 갖지 말고 세계 3대 아트 페어를 목표로 해야 한다고 자주 이야기했다. 꿈을 높게 가지는 것이 나쁘진 않다. 그런데 세계 3대 아트 페어를 얼마나 자주 얘기했는지 어느새부턴가 거기에 입성하지 못하면 실패인가 하는 불필요한 불안이 내 안에 생기기도 했다. '민중미술을 보고 무언가 느끼는 게 없냐.'는 건 그의 단골 멘트였다. 이쾌대의 전시에 갔을 땐 이런 그림을 그려야 한다고, 100호짜리 캔버스에 유화로 민중들을 그리는 것이 진정한 예술이라며 침을 튀겼다. 얼마나 그런 얘기를 많이 했는지, 나도 유화로 이쾌대 모작을 한 적이 있다. 세계 3대 아트페어를 목표로 하라면서 학교는 건축학과를 지망하라 하고 그림 주제는 민중미술을 하라니, 지금 생각해보면 그도 자기 생각을 좀 막 던졌던 것 아닌지…….

내가 귀엽거나 예쁘장한 그림을 그리면 반은 장난 반은 진심처럼 혀를 끌끌 차기도 했다. "이런 건 그림이 아니야. 차라리 공장에서 봉제하는 노동자들을 그려봐." 어떤 날은 가슴에 구멍이 난 이미지가 생각나 노트 한 쪽에 작게 드로잉을 했는데, 그는 말했다. "쓰레기를 그렸네. 난 이런 그림이 제일 싫더라."

장난스럽게, 농담처럼. 그는 아주 간단하게 이런 얘기를 했다. 이쯤 되면 '왜 그런 놈하고 만났냐'고 생각하는 분도 계시겠지만 앞에서도 말했듯 그의 행동의 전제는 나를 향한 응원이었다. 그의 말투는 대게 다정했으며 장난스러웠고, 강압적이지 않았다. 사랑하는 연인을 위해 하는 말들처럼 들렸다. 가끔 그의 말이 불쾌해 내가 반박을 하면 또 그건 그대로 다 동의해주는 아량까지 갖추고 있었다. 그의 말들은 주장이기도 했지만 알맹이만 보면 지식이기도 했으므로 거부하기가 어렵기도 했다.

그는 자신이 원하는 방향이 타당하게 들리도록 강조하는 방법을 알고 있었고, 나는 그의 말 중 어디까지 듣고 어디까지 걸러내야 하는지 좀 헷갈렸던 것 같다. 때로 그의 기준으로 나를 보면 나 자신이 초라하게 느껴졌다.

'난 보잘 것 없는 것들을 그리는 것일까? 거대한 세상을 그려야만 진정한 예술가가 되는 것일까?' 응원을 하려면 응원만 하든가, 코칭을 하고 싶으면 코칭만 하든가. 하지만 그는 선생님이 아니었고 우린 연인 사이였기에 그의 태도가 일관되기 힘들었다는 것도 이해는 간다. 그런 상황이 나를 종종 혼란스럽게 했다.

“넌 예술가니까 다른 사람 말을 들을 필요가 없지. 네가 예술가인데. 네 생각만 믿고 집중해봐.”라고 말하는 날이 있는가 하면, 어떤 날은 내 만화 같은 그림을 칭찬하기도 했고 어떤 때는 별로라고 해서 나는 그로 인해 좀 혼란스러웠던 것 같다. 그런 혼란스러운 상황은 내가 그림 그리기를 두려워하게 만들기도 했다. 가령, 가벼운 주제를 가진 그림에 대한 그의 부정적인 반응, 그가 원하는 것을 그리면 열렬한 칭찬이 날아오는 상황 때문에, 그려봐야 그의 반대를 살 만한 그림은 애초에 그리지 않았던 적도 있다. 그리고 싶은 충동을 자유롭게 즐기기보다, ‘그려야 하는 그림’이 무엇일지 은연중에 눈치를 보곤 했다.

눈치를 보는 내 모습과, 그의 참견에 반발하는 내 모습이 섞여 있었다. ‘왜 만화체를 그리면 안 되지? 그냥 이런 그림이 저절로 나오는데 어떡하라고.’ 내가 존중받지 못하는 느낌이 들 때면 반기를 들었고, 그림에 대해 그와 얘기하고 싶지 않아서 짜증스럽기도 했고, 그를 무시하고 내 갈 길을 스스로 닦겠다는 생각도 많이 했다.

내가 애니메이션 회사에 들어가고 연애 후반부에 가서야 점점 내 나름대로 내가 원하는 그림들을 그려나갔다. 내가 애니메이션 회사에서 정직원으로 일하게 됐을 때 그는 드디어 내가 뭐라도 된 것에 매우 기뻐했다. 마치 육성 시뮬레이션 게임 〈프린세스 메이커〉의 결말을 보는 것처럼, 가족처럼 뿌듯해했다. 그때는 그냥 정말로 그가 나를 좋아해서 기뻐하는 줄 알았다. 그의 모든 행동이, 정말로 그가 할 수 있는 방법 안에서 나를 도와주려고 그러는 줄 알았다. 그는 정말로 내가 작가로 독립하고 우뚝 서기를, 멋지게 성장하길 순수한 애정으로 바랐던 것이라 믿었다.

그런데, 헤어질 때쯤 그는 말했다.

"이제 너한테 나는 필요 없어졌어."

나는 그때 회사를 나온 후 프리랜서로 독립하여 바쁘게 일하고 있었다. 그의 말인 즉슨, 프리랜서가 된 내 상황은 그의 입장에서 '더 이상 키울 게 없다'는 소리였던 거다. 나는 그제야 알았다. 아, 이 새끼는 연인을 성장시키는 것에서 성취감을 얻는 타입이구나. 처음 만났을 땐 내가 도움이 필요해 보이는 불완전한 존재라서 내 옆에서 이것저것 가르치는 자기 자신의 빛을 보았던 거구나. 그래서 그의 말들이 가진 힘이 어느 방향을 가리키고 있었던 거구나. 그가 이전 연인에게도 비슷하게 행동했다는 것을 어디에선가 들은 적이 있다. 헤어질 때 그는 '너는 이제 프로가 되었다'면서, 그 사실을 아쉬운 듯한 말투로 이야기했다. '넌 이제 행복하잖아.'라면서, 그는 자신의 도움이 절실해 보이는 다른 어떤 여자와 사랑을 하러 떠났다. "걔는 지옥에 살고 있어……."라는 말을 남기고 말이다.

♣♣♣

이 관계를 떠올릴 때마다 〈언 에듀케이션〉이라는 영화가 생각난다. 어떤 나이 많은 남자가 어린 여학생을 데리고 다니며 새로운 세계를 경험하게 해주는 이야기인데……. (나온 지 오래된 영화이지만 스포일러가 될 수 있으니 원하지 않는 분은 이어지는 단락을 건너뛰셔도 좋겠다.)

여자 주인공인 제니는 학교에서 모범생 엘리트였다. 어느 날 데이빗이라는 남자를 만나고 그가 보여주는 새로운 세상에 매료된다. 화려한 밤과 부유한 예술의 세계는 제니를 사로잡았고 그와 결혼하려고 주변의 만류에도 불구하고 학교도 자퇴한다. 그런데 사실 데이빗은 '알고 보니 쓰레기'여서 결국 제니는 상처와 배신감으로 추락하는 기분에 잠긴다. 하지만 데이빗이 제니에게 보여주고 경험하게 해줬던 세상의 가치가 변하는 건 아니었다. 그가 알려준 음악, 명화, 시장, 영화의 세계 그리고 화려한 세상과 데이빗으로부터 받은 상처와 쓰라린 경험은 제니에게 온전히 남았다. 데이빗으로 인해 겪은 일들은 제니에게 '언에듀케이션'이 된 것이다. 제니는 데이빗과 헤어진 후 상처를 딛고 스스로 일어나 자신의 길을 간다.

나의 구남친이 나를 코칭하려고 했던 것은 지금 생각해보면 일면 역겨운 부분이 있지만, 그가 나에게 알려줬던 세상들, 지식들 그리고 응원이 그때의 나에게, 내가 그림을 그리는 데 도움이 되어주었던 것도 부정할 수 없는 사실이다. 실제로 그가 했던 조언 중 아직까지도 내게 도움이 되는 말들도 있다. 다만 그와 나의 격차로 인해 한쪽으로 권위가 기울어진 관계가 좋은 모습은 아니었던 것도 사실이다.

그때 나는 그에게 내 정신의 반쪽을 기대어놓고 있었다. 내가 흔들렸던 것은 그가 강해서가 아니라, 내가 정서적으로 유약한 상태여서 의지할 대상이 필요했기 때문이기도 했다. 연인을 성장시키고자 하는 그의 욕망과 누군가로부터 도움 받고 싶은 나의 욕망이 절실하게 딱 맞아떨어졌던 것이다. 그때는 타인이 없으면 혼자 일어설 수 없었다. 그림에 있어서도 내가 가진 것이 아무것도 없었기 때문에 다시 돌아간대도 혼자 일어설 수 없었을 것이다.

그와 헤어지고 나서야 비로소 앞으로 오래도록 그림을 그리려면 자립해야 한다는 것, 그리고 이제 나는 충분히 자립할 능력을 갖추었다는 것을 깨달았다.

썩어 있던 버팀목은 좋은 면 안 좋은 면이 다 있었다. 하지만 이왕이면 가르치려 들지 않고 옆에서 응원만 해주는 관계였다면 더 좋지 않았을까.

P.S.

다행히 지금은 내가 뭘 그리든 좋다고 말해주는 남자와 살고 있다.

나 니가
뭘그리든
좋아!
고마워

내 안에 있는 것은 내가 느끼고 내가 알아야 한다. 대단한 작품을 하지 않아도 된다. 대단한 화가가 되려고 그림을 그리는 것이 아니다. 사회에 어떤 영향을 끼치고 싶어서 그림을 그리는 것이 아니다. 오히려 그런 목표를 정해버리는 순간 나는 온몸이 굳어버리고 만다. 나는 어떠어떠한 예술가가 되겠다. 어느 정도의 지위가 되겠다. 라는 것을 미리 정해둘 수 없다고 생각한다. 히말라야 정상을 오르겠다, 같은 목표가 아닌 것이다. 오히려 지도도, 지형도 없는 넓은 호수나 바닷가를 항해하는 것 같은 기분이어야 한다고 생각한다.

P.S.

'무엇을 그려야 한다' 라는 데서 벗어났을 때 그리게 된 그림들이 풍경그림이었다.

13

사회운동이 내게 남긴 것

사회운동(학생운동)은 그림을 그리겠다고 마음먹고 나서도 4년 정도 더 했다. 그림과 운동을 병행할 수 있을 거라 생각해서였다. 운동은 가볍게 관심을 가진 정도가 아니라 꽤 깊게 파고들었다.

운동에 진지하게 임했던 건 이런 마음이었다. 내가 알게 된 존재들, 진실로부터 등을 돌릴 수가 없었다. 말로만 세상에 왈가왈부하는 사람이 되고 싶지 않았다. 당장 내가 할 수 있는 것을 행동하는 사람이고 싶었다. 이 세상의 가장 바닥, 가장 끝, 가장 근본적인 것을 뒤흔드는 싸움에 대해서 알고 싶었다. 알면 알수록 내가 모르는 것이 더욱 많다는 걸 느꼈고 그래서 자꾸만 더 공부하고 싶었다. 이 세상의 끝을 공부한다는 건 앞으로 내가 어디에서 뭘 하며 살더라도 중요하다고 생각했다.

그리고 그때가 아니면 못 한다고 생각했던 것 같다. 스물 셋 넷다섯…… 어떻게 살아도 좋을 나이였다. 갈팡질팡했지만, 대학을 졸업하고 그림과 병행하면서 진지하게 사회활동가로 살고 싶다는 마음도 가졌다. 나에게 활동가가 되는 것이 어떻겠냐고, 같이 일하자고 이야기하는 선배들도 있었다.

하지만 결국 계속 하지 않은 것은 그림에 더 온전히 집중하고 싶어서이기도 했지만 운동이 나와 맞지 않다는 판단이 섰기 때문이었다. 사회운동을 하다보면 언제나 상대방을 설득해야 하는 상황이 생긴다. 같이 공부하자고 같이 싸워보지 않겠느냐고 계속 사람들과 소통해야 사회운동은 유지된다.

그런데 어느 날, 어떤 후배와 대화를 하던 도중 더 이상 말이 나오지 않았다. 책을 읽고 난 후, 함께 무언가를 하자고 말해야 하는 상황이었다. 그런데 입이 떨어지지 않았고, 별로 말을 하고 싶다는 생각도 들지 않았다. 그림을 그리는 시간이 많아질수록, 그런 일이 점점 잦아졌다.

'나도 내가 앞으로 뭘 하며 살아갈지 모르고 고민스러운데, 어떻게 다른 사람에게 뭔가를 같이 하자고 말할 수 있을까. 이 사람은 원하지 않을 수도 있잖아.'

나도 나를 모르는데, 내가 다른 사람의 마음을 직접적으로 움직이거나 바꿀 수 있을까. 그래도 될까. 그런 일을 하며 살아갈 수 있을까. 점점 확신이 서지 않았다. 이 일은 나와 맞지 않는다는 걸 깨달았다. 입이 떨어지지 않던 그 순간이, 이제는 그만해야겠다고 결정하게 된 계기였다.

♣♣♣

또 다른 문제들도 있었다. 모두가 그런 것은 아닐 테지만 사회운동을 하는 동안 '나'라는 개인에게 귀를 기울이기가 어려웠다. 내 꿈, 내 감정, 내가 하고 싶은 것에 솔직하기 어려웠다. 세계 경제나 자본주의, 구조적 문제에 대해 고민할 때면 그와 관련되지 않은 문제들을 부차적으로 여기기 쉬웠다. 멋지고 쾌활한 선배들 중에는, 구조적 문제에 맞서 싸우면서도 개인의 즐거움을 충분하게 누리는 사람들이 많았다. 애초에 그 두 개가 대립되는 문제가 아니겠지만, 나에게는 사회적 활동과 개인적 욕구를 양립하는 것이 종종 어렵게 느껴졌다.

운동에 시간을 쓰다보면 나보단 남의 삶에 더 관심을 갖고, 어깨가 무거워지고 책임이 커지는 느낌을 받는다. 늘 여러 사람들과 함께 이야기하고 움직인다. 그런데 그림을 그리려면 결국 자아의 내면으로 들어가고 홀로 있는 시간이 반드시 필요하다. 사회운동과는 완전히 정반대로, 때로는 타인을 지우는 시간이 필요하다. 그림을 그리는 모두가 그런 것은 아닐 테고 요즘은 반드시 그렇다고 생각하진 않지만 그때의 나는 그랬다. 이제는 내 안으로 들어가고 싶다고 생각했다.

그리고, 무언가를 하면서 그림을 병행하는 것은 쉬운 일이 아니었다. 전혀 다른 두 가지 세계에 온전히 마음을 쏟으며 둘 다 잘하는 사람들도 어딘가에는 분명 있을 것이다. 하지만 운동과 작가 지망생을 병행하면서 깨달았다. 적어도 나는 운동과 그림을 똑같은 마음으로 함께 할 수는 없다는 것을. 반드시 다른 하나를 영영 놓을 필요는 없지만, 어느 하나가 주력이 되고 다른 하나는 부차적인 것이 되어야 둘 다 유지할 수 있다. 나는 그림에 모든 것을 쏟고 싶었다. 그래서 그만두어야 했다.

***

그런데 그만둘 용기가 나지 않았다. 회사는 아니었지만, 나한테는 첫 사회생활, 처음으로 몸담은 공동체나 회사 같은 의미를 가진 곳이었다. 몇 년 동안 마음을 둔 곳, 진지하게 임했던 곳을 단박에 떠나기가 쉽지 않았다. 결정을 내리지 못해 1년 정도 고민만 하다 지쳤을 즈음 그때 친한 친구 중에 〈주역〉을 공부한 친구가 해주었던 말이 생각났다.

"주역은 사주나 별자리랑은 달라. 뭔가를 결정해야 하는데 그 고민에 대한 답을 스스로 내리지 못할 때, 마음이 딱 50:50일

때 괘를 던지는 것이 주역이야. 이순신 장군도 전쟁터에서 선택하기 곤란할 때면 주역 점괘를 뽑아 그 해석에 따라 행동에 옮기기도 했어."

이전에도 몇 번 친구를 통해 주역 점괘를 본 적이 있었고 꽤 잘 맞았던 기억이 났다. 운동을 계속해야 할지 말아야 할지. 정말로 마음이 딱 반반이었던 나는 그 친구를 찾아갔다. 친구는 주역을 보려면 괘를 던지는 사람이 내 상황을 최대한 제대로 인지하고 있어야 한다고 했다. 내가 처한 상황과 고민을 할 수 있는 한 상세하게 전달했다. 친구는 방에 초까지 켜놓고 신중하게 괘를 뽑아 알려주었다. 〈주역〉 책에서 점괘가 나온 부분을 찾아 함께 읽었다.

주역은 점괘가 명확하게 나오지 않고 우화 같은 이야기나 격언 같은 말들로 이루어져 있다. 정확하게 딱 떨어지는 게 아니라 두루뭉술한 느낌도 있어서 점을 본 사람이 어떻게 자신의 상황에 맞게 해석하느냐가 중요하다. 해석본을 읽고 나서, 나는 괘의 뜻을 '자신의 고집을 버리고 새로운 세상으로 나가라'는 뜻으로 이해했다. 친구는 내 생각과는 다르게 해석했지만, 나는 점괘를 듣자마자 내 상황에 딱 맞다고 느꼈고 나의 상황에 맞게 받아들였다.

주역의 해석을 따르기로 했다. 그런 터무니없는 계기로 몇 달의 고민을 한 번에 결정 내렸다. 사실 마음은 이미 관두는 쪽으로 결과가 나오길, 아니 어떤 결과가 나오더라도 그렇게 해석할 마음의 준비가 되어 있었던 것일지도 모른다. 그렇게 사회운동을 그만두게 되었다.

♣♣♣

몸은 그곳을 빠져나왔지만, 사회운동 경험은 내게 오래 잔상을 남겼다. 사회운동과 미술 간의 관계에 대해서 공부한 것, 그런 미술가들에게 끌린 기억이 남아 있었다. 내가 가진 사상을 예술로 표현한 것을 보는 것이 좋았다. 켄 로치나 다르덴 형제의 영화들, 브레히트의 희곡, 케테 콜비츠의 그림들, 최규석의 『송곳』 같은 만화들.

문제는, 그런 예술의 존재들이 내게 당위로 다가오기도 했다는 것이다. 나도 이 세상을 비판하거나 뭔가 의미 있는 작업을 해야 할 것 같은 기분에 오래 사로잡혔다. 내 그림을 그런 시선으로 검열하고 미워하기도 했다. 이 문제가 내가 지망생 기간을 힘들게 보낸 많은 원인들 중 하나였다. 내가 그리는 그림들이 내 사상과 만나지 못할 때마다 내가 부족한 사람인 것만 같왔고, 세상에 도움 되지 않는, 의미 없는 그림을 그리면 부끄러운 마음이 들곤 했다. 한동안 몸과 마음을 바쳐 대의를 위해 살았고 그 마음은 나의 뿌리 같은 것이었기 때문이다. 큰 세상을 위한 마음이 작은 마음들에게 계속 영향을 끼쳤다. 그래서 그림 그리기를 꺼리거나 더 어려워했다.

이런 일도 있었다. 지금은 이름도 기억나지 않는, 사회운동을 하던 선배가 밥을 사준다고 나를 불렀다.

이런 저런 근황 이야기를 하다가 그가 어떤 미술관에 갔을 때의 경험을 이야기하기 시작했다. 아, 이 얘기를 하려고 나를 만나자고 했구나, 느낌이 왔다. 그는 어떤 전시에서 아름다운 화병이 놓인 저택의 햇살, 목가적인 녹색 자연 풍경을 그린 우리나라 화가들의 그림들을 보았다고 한다. 평화롭고 조용한 그림에 불현듯 위화감을 느끼고 작품 소개를 확인해보니, 그 그림들의 작품 시기가 모두 일제 강점기였다고 한다. 선배는 작품 연대를 보고 허망하고 가슴이 아팠다고 했다. 일제 강점기에 이런 풍경만을 눈에 담고 그리다니. 놀랐다고 했다. 많은 이들이 고통 받던 격동의 시대에, 민중의 아픔이 아닌 한가로이 꽃을 그리는 화가들의 모습이 씁쓸했다고 했다. 거기까지는 이해할 수 있다.

하지만 뒤이어 나에게, '과연 그들을 진정한 예술가라고 할 수 있을까요? 후배님은 그들처럼 돼선 안 되겠지요.'라는 말을 덧붙였다. 후배님이 그림을 계속 그릴 거라면, 우리의 생각, 세상에 대한 뜻을 담은 그림을 그린다면 좋지 않겠느냐, 그런 게 꾸준히 쌓이면 정말 좋을 것 같다…… 그런 소리였다.

……네?

황당했다. 그에 대해 내가 어떻게 반응했는지 기억나지 않는다. 너무 놀라 대충 고개만 끄덕였던 것 같다. 적절히 대응을 하지 않아서 그런지 그 만남 이후 아주 오래 찝찝함이 풀리지 않았다. 슬쩍 보면 딱히 누군가에겐 틀린 말은 아닐 수도 있다. 하지만 그 대화를 생각할수록 마음이 불편해지곤 했다.

나는 꽃이나 이유 없는 아름다움, 시대적인 의미가 없는 그림, 평화로운 순간을 그리고 싶을 때마다 죄책감 같은 감정을 동시에 느끼곤 했다. (사실 아직도 이런 감정에서 완전히 해방되었는지는 모르겠다.) 이쾌대나 케테 콜비츠처럼 될 수 없는 나에게 자괴감을 느꼈고 그런 생각 때문에 종이가 무섭고 스스로가 초라하게 느껴져 어떤 것도 나아지지 못했다. 어딘가에서 그런 선배 같은 사람이 내 그림을 보며 혀를 차고 있을 것 같았다.

'그림을 그린다고 하더니 저런 가볍고 무의미한 것만 그리며 살고 있군.'

그런 목소리가 마음에서 자주 들렸다. 꼭 그 선배나 전 남자

친구 때문만은 아니었다. 나 역시 시대를 노래하는 예술가들을 진심으로 존경했기에 그런 기준은 내 안에도 있었을 것이다. 예쁘기만 한 그림이나 만화 같은 그림을 그리면 왠지 유치하고 부끄러운 일 같고 사회적인 문제를 다루지 않는 그림은 존재 가치가 없는 것같이 느껴졌다. 아니, 그렇게 생각해야 할 것 같았다.

하지만 실제로 내 마음 안에서는 어떤 사상, 주장과는 관계없는 마음의 기준으로 그림들을 사랑하곤 했다. 그림을 사랑하는 기준은 아예 다른 곳에 있었다. 아름다움, 편안함, 색의 조화, 소박한 예쁨 들도 화려한 빛의 향연도 나는 좋았다. 나는 그런 것도 그리고 싶었다. 낭만주의도 좋았고 염세적인 작품도, 아무 의미 없는 작품도, 변태적인 그림이라도 색채가 아름다우면 사랑할 수 있었다. 나는 많은 그림들을 성역 없이 사랑했다. 그런데도 흰 종이 앞에 앉으면, 나의 다양한 다른 사랑들을 자유롭게 좇지 못했다.

♣♣♣

그러기를 반복하다 프리랜서가 되었을 때, 더 이상 흰 종이를 두려워하고 싶지 않았다. 그림을 두려워한다는 것 자체가 신물이 나고 질렸다. 뭐라도 그려야 했다. '이런 건 그리면 안 되고 저런 건 그리면 소용없고' 같은 강박 따위 이제 그만 내던져버리고 싶었다. 그러지 않으면 결국 영영 아무것도 시작하지 못할 것 같았다.

'그냥 하고 싶은 걸 하자. 의무감, 해야 하는 거, 당위성, 사회적인 의미. 이런 것을 왜 생각하는데. 정치학을 공부하기 전에는 그림이라면 좋았고 아름다우면 좋았잖아. 그림은 그냥 그림이다. 내가 그리고 싶은 마음이 들면 그것을 그리면 되는 것이다. 아무도 나에게 맡기지 않은 책임감은 이제 그만 내려놓자.'

마음에 짐을 덜게 되었을 때 만화가 그리고 싶어졌고, 풍경 일러스트를 그리고 싶어졌고, 귀엽고 밝은 것을 그리고 싶어졌다. 늘 내 안에 있던 것, 내가 가지고 있던 것이 하나둘씩 나오기 시작했다. 들꽃과 따스한 햇살이 비치는 공간, 아름다운 여인과 고양이를 그렸다. 그건 내 안에 있는 충동이었다. 아무 의미가 없어도 괜찮았다.

그림이란 이런 거라고 생각한다. 이미 내 안에 있는 것. 저절로 벌어지는 마음의 사랑. 자연스런 충동. 충동은 막아지지 않는다. 자연스런 욕구는 불쑥불쑥 솟아난다. 저절로 이루어지는 일이기 때문에 결국엔 충동을 거부하기가 어려워졌고 점점 내 안에 묻어 있던 그 선배의 목소리, 전 남자친구의 목소리를 조금씩 벗겨냈다. 시간은 조금 오래 걸렸지만 결국 내 마음은 나를 찾고 점점 유연해져갔다.

♣♣♣

일제 강점기에 평화롭게 그림을 그린 부르주아에 대해 느꼈던 어떤 선배의 감정을 충분히 이해한다. 때론 나도 다른 사람들이 그린 그림이나 예술 작품들 중 지나치게 아무 생각 없어 보이는 그림을 보면 환멸이 느껴지기도 하니까.

그러나 그림이란 때론 아주 개인적인 행위다. 그림이란 세상과는 상관없이 내 내면에서 벌어지는, 오직 나 혼자만의 개인적인 충돌, 자연스런 충동, 정답 없는 욕구이기도 하다.

물론 동시에 예술은 어쩔 수 없이 정치적이기도 하다. 사회로부터 온전하게 동떨어진 인간은 존재하지 않기 때문이다. 모든 개인이 세상의 한 부분을 담당하는 구성원으로서 정치적 존재가 될 수밖에 없다. 당장 나만 보더라도 분단국가에서 경상도 출신에 자본주의 체제를 살아가는 프리랜서 여성으로서 말할 수 있는 정치적인 삶의 문제들을 여럿 갖고 있다.

문제는, '그림이란 어떠해야 한다, 예술이란 이래야 한다.'라고 누군가 한마디로 정의해버릴 수 없다는 데 있다. 꼭 정치적인 문제가 아니더라도, 만화가라면 검은 펜촉을 써야 한다, 요즘은 추상화가 대세다, 잘 팔리는 그림을 그려야 한다 등등 예술 앞에 이름 붙여지는 모든 당위들은 모두 무용하다. 내가 어떤 목소리들에 짓눌려 종이를 두려워하고 스스로를 자책했듯이, 그림 앞에 어떠한 의무나 당위가 생겨버리면 자연스러움은 사라질지도 모른다. 자연스러움이 사라진 그림을 그림이라고 부를 수 있을까.

세상이 아무리 지옥 같아도, 아름다운 것들은 그 자리에 늘 그대로 존재하고, 그런 것들을 그리고 싶다면 그리면 된다. 아름다운 것들을 사랑하고 느낀다고 해서 세상의 진실이나 현실마저 외면하겠다는 것은 아니니까. 좋아할 것은 좋아하면서 냉철해질 땐 냉철해지면 된다.

세상을 너무 많이 생각하다보면 아무것도 그릴 수 없다. 아무거나 그리기 위해 세상을 너무 생각하지 않을 수도 없다. 중요한 것은 '해야 하는 것'에 눈치 보지 말고 현재의 자신을 면밀히 들여다보고 자신에게 솔직해지는 것이 아닐까.

당장은 어려운 문제고 수수께끼 같은 마음이지만, 미래에는 성숙해진 내가 세상의 모순들을 내 표현방식으로 이끌며 또 다른 작품을 만들 수도 있다. 언젠가 노동 문제나 인권 문제를 내 식대로 다루는 작품을 하게 될 수도 있다고 생각한다. 사회 문제와 전혀 관련 없는 작품들도 동시에 얼마든지 해나갈 생각이

'그림이란 결국
그림 그 이상일 수도 없고
그 이하일 수도 없다는 것이
내 생각이다.'

2014년
정영렬 화백의 전시회에서 본
인상적인 문구.

당위적인 것,
어떤 이념이나 가치가
나를 짓누를 때면 항상
이 말을 다시 떠올리곤 한다.

고 말이다. 무엇에도 얽매이지 않고, 눈앞의 감각을 믿고 공부를 하다보면 이런 내 안의 여러 짐, 모순, 고민들이 나만의 이야기와 그림으로 풀릴 거라 믿는다.

P.S.

하지만 애초에 사회운동을 하지 않았더라면 그림을 그리겠다는 마음도 먹지 못했을 것이다. 사회운동을 했기 때문에 다른 학교 학생들을 만나 다양한 삶의 방식을 만날 수 있었다. 또, 사회운동은 기존의 당연하다고 여겨지는 이데올로기와 가치들에 대해 의문을 품는 일이다. 우리 내면을 구성하고 있는 가치 판단들의 기원을 알게 되고 의문을 품고 나자, 새로운 시선을 갖고 새로운 꿈을 꿀 수 있게 되었다.

내가 나의 부름에 응하는 것. 나는 계속해서 그림에 집중하고 싶고 다른 것들은 부차적이라는 것. 어떻게든 나의 실력으로 내 한 몸뚱이 건사해낼 만큼은 스스로 먹고 살아야겠다는 생각, 그런 생존력이 필요하다는 것, 그리고 부모님께 최소한의 딸 구실을 하자는 것. 그건 용돈을 드리거나 하는 게 아니라 진정으로 자립을 하고 떳떳해지는 것을 의미한다.

그리고 진실로 노력해야 할 무언가에 최대한 집중하는 것. 더불어 건강과 여행과 휴식의 필요성, 지난 나의 과거에 대한 정리와 공부. 등등에 대한 생각이 모두 휘몰아쳤고 그에 대한 결론이 시간을 갖자는 것이다. 나를 위한 시간을.

지금 내 미래와 관련 없는 것이기에, 나는 그냥 관두기로 결정했다. 그게 낫다.

P.S.

사회운동 단체에 매일 출근하고 있었다. 이 글은 아마 사회운동을 그만두겠다는 말인 것 같다.

단 하나에 집중하기 위해서 나머지는 모두 정리하는 선택을 할 것이다. 나의 똘끼는! 바로 이 선택을 위해 존재했나보다! 이 사회에서 자라면서 알게 된 끊임 없는 경주, 비교, 자기 비하, 목적 없는 성공. 12년 동안 내 몸에 질게 밴 이러한 가치들을, 나는 지난 5년 동안 하나하나 벗겨온 것 같다. 이번 기회가 바로 이런 시도의 종지부다.

방에 널린 머리카락을 치우다가 갑자기 든 생각이다. 갑자기 든 생각, 갑자기 받은 위로…… 요즘 이런 일이 자주 일어난다. 너무 어색하고 시끄러워서 집중하지 못했던 한국 문인들과의 대화. 그때 나는 갑자기 내가 나 자신에게 계속 외쳐왔던 '단 하나'에 집중해야 한다고 결정했다. 그리고 내가 어떻게 그렇게 할 수 있을지에 대해 궁리를 했다.

도림천을 걷다가 문득 '생존'해야겠다는 생각이 절실해지기도 한다. 버스를 타고 너무나 기이하게 뻗어진 키치한 빌딩들을 보며 저것을 쌓아 올린 사람들의 땀이 생각난다. 마치, 유령처럼 반투명한 이미지로 사람들이 움직이는 장면이 보이는 것이다. 그러다보면 저거다. 싶은 생각이 들기도 한다.

그냥 걷다가 그냥 씻다가

요즘은 문득문득……

작업일지 24 2015. 5. 20.

밤새 그림을 그리는 일이 드디어 내 일이 된 것 같은 느낌을 받았다! 이런 기념비적인 날을 남겨야지. 생각해보면 이번 달은 이것저것 좋은 운이 잘 맞아떨어졌다. 모두 미술에 관한 일들이다. 주희랑 다시 그림 수업을 시작했고 윈저 뉴튼 물감도 선물 받았다. 〈오늘보다〉 뒤풀이를 갔다가 만화책을 두 권이나 받았고 오늘은 〈오늘보다〉에서 최신형 태블릿도 대여받아왔다. 초등학생 때부터 꿈에 그리던 태블릿을 사용하게 되다니! 너무 감격스러워ㅠㅠ

진보넷 일러스트 미팅을 갔다가 하반기에도 작업을 하자는 말을 들어서 기분이 좋았다. 그림을 그려서 번 돈으로 합정역에 있는 미술학원에 등록할 수 있었다. 딱 4주 등록했다.

유난히 휴일이 많아서 동네를 산책하는 와중에 미술에 대해 정말 많은 생각을 했다. 다시 이곳을 관찰하거나 무언가를 읽고 쓸 시간도 있었다.

430문화제 영상을 받으러 갔다가 문예운동에 대한 고민을 듣는 시간도 있었다. 사람들에게 디노마드를 소개하고 취미 예술의 중요성에 대해 이야기할 수 있었다. 이번 달 작업속도만 잘 내면 정말 행복할 것 같다.

어쩌다 내 삶이 이렇게 된 걸까? 어느 날 도림천을 걸으면서 내 모습을 봤는데 머릿속이 오로지 미술과 그림에 대한 생각으로만 가득 차 있는 걸 보고 '내가 이걸 하지 뭘 하겠나.'라고 생각했다.

잠을 잘 때에도 깨어 있을 때에도 이 생각뿐인데, 다른 걸 도대체 어떻게 할 수 있을까…… 나의 객관적인 능력이나 창의력이 떨어지는 것에 많은 스트레스를 받지만 평생 이 생각으로 살다보면 실력도 생기고, 관점도 생기고 그러지 않을까?

14

독학에 대한 이야기들

2014년 첫 드로잉 수업을 듣고 나서 그 후로 그림은 계속 혼자 그렸다. 처음부터 독학을 하려고 한 건 아니었다. 배움에 대한 갈망은 엄청났다. 전문적인 배움과 코칭을 늘 원했다. 대학을 정말 가고 싶었다. 그리고 언젠가 갈 줄 알았다. 하지만 학교를 계속 다니며 아르바이트, 의뢰받은 그림 그리기, 학생운동까지 하다 보니 먼 미래를 내다보고 다음 학교 입학을 준비할 수 없었다. 하는 수 없이 혼자 틈틈이 이것저것 해보면서 자연스레 독학을 하게 되었다.

혼자 그렸다는 의미에서는 독학이라는 단어를 쓸 수밖에 없지만, 그때 내가 한 연습들이 정말 '제대로 된 독학'이었다고는 생각하지 않는다.

책상에 앉는 것 자체가 힘들었다. 누군가와 뭔가를 하기로 시간을 정해둔 것도 아니고 아무것도 그리지 않아도 당장 큰 문제가 생기지 않았다. 나이브한 상황 때문이었는지 마음먹고 책상에 앉았다 해도 졸기 일쑤였고 몇 시간이고 졸다보면 힘이 쑥 빠져 대낮부터 침대로 갔다. 그 상태로 이불을 뒤집어쓰고 울어버렸다. 그림을 그리지 않는 시간만큼 자책하느라 마음이 힘들었다.

비정기적으로 감정이나 상황에 따라 들쑥날쑥 연습했다. 무언가를 그린다 해도 목적이 불분명한 그림 그리기였다. 뭐라도 그려보자, 하고 종이와 펜을 준비해도 뭘 그려야 할지 잘 떠오르지 않았다. 미대의 커리큘럼 같은 것을 찾아보거나 화가들의 조언 같은 것을 읽어보고 '기본기를 쌓아야겠다'고 생각해서 인체해부학을 베껴 그려보기도 했다. 하지만 정기적으로 꾸준히 하지 못하고 몇 장 그리고 말았다. 때로는 골목길을 드로잉하기도 했다. 지인으로부터 소개를 받아 후암동이라는 마을의 지도를 그려야 했는데, 골목길을 답사하며 마음이 동한 풍경들을 군데군데 드로잉했다. 하지만 연습도 완성작도 아닌 애매한 드로잉이었다. 고흐가 사용한 드로잉 기법을 흉내 내기도 하고 모작을 하면 좋다고 해서 에드워드 호퍼를 똑같이 그대로 따라 그리기도 했다. 도움은 됐지만 역시 몇 장 그리고 말았다. 왼손으로도 그려보고, 크레파스, 붓펜, 수채화 등 여러 재료들을 오가며 연습장을 채워나갔다. 낙서 같은 그림들로부터 벗어나기 위해 한 장의 완성된 일러스트 느낌을 연습하기도 했다. 어떤 전시회에 들렀다가 내가 너무 작은 노트에만 그리고 있나 싶어 큰 종이에 그림을 그리기도 했다. 작법서를 사서 첫 페이지부터 시키는 걸 하기도 했다. 어떤 날은 영상 스토리보드를 공부하고 또 어떤 날은 만화 작법서를 봤다.

그때그때 필요에 따라 혼자 선택해서 혼자 해나갔다. 이런 자잘한 시도들이 조금씩 도움은 되었지만, 그때는 그 그림들은 파편 쪼가리에 불과하다고 생각했고, 혼자 그리면 그릴수록 더 모르겠다는 생각만 들었다.

이렇게 방황을 거듭했던 이유는, 내가 도대체 어느 위치에 있는 것인지, 그래서 뭘 해야 하는지 스스로 전혀 알 수가 없었기 때문이다. 무언가를 한다 해도 내게 도움이 되고 있는 것인지 혼자 힘으로는 파악하기 힘들었다. 차라리 대학입시를 준비해야 한다면 시험 범위를 공부하거나 특정 기준에 맞는 실력을 키우면 된다. 만약 공무원 시험이나 자격증 시험이라면 반드시 해야 하는 것이 있다. 하지만 이 일은 그런 게 없었다. 일러스트레이터 자격시험이 있는 것도 아니고 화가 자격증이 있는 것도 아니다. 입시를 준비할 수 있는 상황도 아니고, 뭘 준비해야 한다는 정확한 순서나 커리큘럼이 (나에겐) 없었다.

아니다. 있을 수도 있다. 가령 인물화가가 되고 싶다면 인물

데생에 집중해야 할 것이다. 만화가가 되고 싶다든가, 특정 스타일의 일러스트레이터가 되고 싶다든가, 애니메이터가 되고 싶다든가 하는 게 확실히 하나라도 있다면 해당 목적에 맞게 기본기를 공부하고 발전시키고 포트폴리오를 만들어나가면 된다.

하지만 그림의 세계는 넓다. 그 넓은 세계에서 나는 너무나 많은 장르를 사랑했다. 그중 내 지향점이 어디인지, 내가 어떤 작가가 되고 싶은지 몰랐다. 훌륭하고 아름다운 그림을 그리고 싶다는 궁극적인 목표와 지금 당장 먹고 살기 위해 커리어를 발전시키는 용도로 그리는 그림 사이에서 헷갈렸다. 연습으로 그린 그림들은 계속해서 중구난방으로 쌓여갔다.

시간이 지나고 나서야 말할 수 있는 것이지만, 나의 이런 연습 방법에는 좋았던 것도, 안 좋았던 것도 혼재되어 있는 것 같다. 그래서 종종 누군가 나에게 '독학의 비결'을 물어보면 난감하다. 나도 똑 부러진 생각이나 철저한 계획을 갖고 임했던 것은 아니기 때문에 비결 같은 것을 말할 입장이 안 된다. 다만, 이제 와서 돌이켜보니 혼자 해보니까 어떤 점이 의미가 있었고 도움이 되었고, 어떤 점이 곤란했는지, 그리고 혼자 공부한다는 것이 나에게 어떤 의미였는지에 대해서는 말할 수 있을 것 같다.

독학하면서 어려웠던 것들

① **기본기가 부족했다.** 여기서 말하는 기본기란 다른 사람들이 입시를 하며 배웠던 내용들이 아닐까? 새로운 언어를 공부하려면 문자를 알아야 하고, 요리를 하려면 도구나 식재료에 대해 알아야 하듯, 미술에도 본격적인 세계로 가기 전에 필요한 기본기라는 것이 있다. 기본기는 마음을 조급하게 먹지 말고 차근차근 단단하게 세워두어야 하는데 혼자 하는 동안 변덕을 따라가느라 진득하게 기본기를 만들어두지 못했다. 특히 인체에 대한 기본기가 오래도록 부족했다. 결국 구멍이 많아 나중에 회사를 다니고 전문 일러스트레이터가 되고 나서도 따로 공부를 해야 했다. 아직도 인체는 틈틈이 꾸준히 공부 중이다.

② **자주 길을 잃었다.** 흔들리고 게을러지는 마음을 다잡는 데 너무 많은 시간을 썼다. 목적지가 있어야 길을 갈 수 있는데 목적지를 정하지 못하고 계속 갈팡질팡했다. 자신의 상황이 어디쯤인지 파악할 길이 없어 방황하는 데 많은 시간을 낭비했다.

③ **스스로의 성장을 파악하기가 어려웠다.** 계속 제자리를 맴도는 느낌이었다. 아마 그때의 나는 성장이 노력과 시간과 정비례 그

래프를 그릴 것이라 생각했던 것 같다. 그런데 그런 느낌이 들지 않아 괴로웠다.

하지만 지금 와서 보면 꼭 성장이 정비례 그래프를 그리는 것은 아니라는 생각도 든다. '선'으로 성장한 것이 아니라, 군데군데 동떨어진 점들을 남겨놓은 후, 어느 날 갑자기 그 점들을 모두 연결했다는 느낌이 든다. 오직 점만을 남겨두는 동안에는 '나아지고 있다'는 느낌은 받지 못했다.

독학할 때 도움 됐던 경험들

① **좋은 그림을 스스로 탐구했다.** 내가 좋아하는 그림들, 이미지가 있으면 장르를 불문하고 따로 폴더에 모아두었다. 좋아하는 작가들의 이름을 꾸준히 구글에 검색해서 그림들을 탐색했다. 새로운 화가나 작가를 찾는 일도 게을리 하지 않았다. 전시나 서점에 가서도, 핀터레스트에서도 내 시선을 끄는 작가들을 계속 찾았다.

왜 이 이미지가 유독 예쁠까? 어떤 부분이 아름다울까? 이유가 뭘까? 내가 풀어야 할 숙제였다. 이런 것을 스스로 많이 탐구했다. 보고 또 보면서 이 그림이 가진 비결을 파악하려 했다. 종이를 뚫어져라 쳐다보며 분석하려 했다. 그림을 그리다가 막히는 부분이 있으면 그들에게서 힌트를 얻으려 했고 그들에게서 배운 점을 꾸준히 상기했다. 거기에 나의 지향점이 담겨 있었기 때문이다.

이 시기에 내 나름대로 분석한 컬렉션들은 즉각적인 도움이 되지는 못했을지라도 천천히 빛을 발휘해서 나중에 그림을 그리는 데 많은 도움이 되었다. 특히 애니메이션 회사를 다니던 시기와 회사를 나오고 홀로서기를 할 때 나를 지탱하는 힘이 되어주었다.

꼭 배워야 하는 커리큘럼이 없었기 때문에 오히려 오직 내가 관심 있고 좋아하는 것에 대해서만 집중적으로 탐구할 수 있었던 건 아니었을까?

② **책을 주도적으로 선택했다.** 미대를 다니지 못하는 상황을 다르게 해석하려 했다. 미대를 갔다면 학비가 한 학기에 3~500만 원이 든다. 그런데 그 돈으로 내가 책을 사서 본다면, 적어도 200권은 사서 볼 수 있다. 이 세상의 모든 지식과 지혜는 다 책에 있는데, 책을 보는 것으로도 충분하지 않겠는가. 전 세계의 유수한 천재들이 자신의 깨달음을 남기고 믿을 만한 경력의 교수님들이 그림 그리는 법을 책으로 남겼을 테니, 나는 그걸 찾아보고 내 것으로 만들기만 하면 되었다. 200권의 책을 본다면, 오히려 학교를 다니는 것보다 더 나을 수도 있지 않을까? 심지어 책이란 꼭 사지 않아도 도서관에 가면 다 있다. 학교는 못 가더라도 그만한 값어치의 책을 스스로 찾아보자. 그런 식으로 생각을 전환시켜보려 했다.

꾸준히 작법서나 미술과 관련된 책을 봤다. 책 한 권을 독파하거나 의무적으로 공부하듯 파고들진 않았다. 단, 필요해 보이는 책을 사두고, 내가 그림을 그리다가 어렵거나 막히면 그런 책들을 들춰보며 힌트를 얻는 방식으로 공부를 했다. 그러면 마음이나 실력이 조금씩 나아지는 게 느껴졌다. 꼭 기술뿐만 아니라 그림을 그리는 태도에 있어서도 많은 도움을 받았다.

내가 책으로 독학을 했다고 하면 어떤 책을 보면 좋으냐고 물어보는 사람들도 많은데 사실 나도 그런 것은 잘 모른다. 나도 어떤 책이 가장 좋은지 잘 알고 산 것이 아니라 그때그때 내 필요에 따라 책을 골랐다. 인체가 막히면 유명한 해부학 책을 샀고 채색이 어려우면 목차를 보고 나에게 도움이 될 것 같은 책을 찾았다. 그렇게 산 책 중에 나에게 별 도움이 되지 않는 책들도 있었다. 그림을 그리는 사람들은 모두 각자의 취향과 순서가 있을 테니, 그 필요에 맞게 그때그때 골라 사서 보시면 좋지 않을까.

③ **다양하게 시도해본 것이 오히려 나중에 도움이 되었다.** 뭘 그려야 할지 몰라서 이것저것 손을 댄 것인데, 다양하게 그려봤기 때문에 나중에는 내가 어떤 것을 그릴 때 잘 맞는지, 어떤 분위기에 어떤 재료를 사용해야 하는지 감을 잡을 수 있었다. 나중에는 조합이나 응용도 할 수 있었다. 의외의 조합에서 새로운 스타일이 나오기도 했다. 연습할 때는 스스로가 줏대 없이 중구난방이라고 느꼈는데 다양한 도구들, 표현들의 감각이 내 안에 하나하나 다 남아 있었나보다. 그때 익힌 감각들을, 가끔 아직

까지도 내 필요에 따라 골라서 꺼내어본다는 느낌을 받곤 한다.

④ **학원이나 학교를 다녔다면 다른 사람 스타일에 더 쉽게 영향 받았을지도 모른다.** 이 부분은 미대를 다녀보지 않았기 때문에 상상의 영역이지만, 내가 사회운동이나 주변 사람으로부터도 예민하게 영향 받았던 것을 떠올려보면, 분명 학교에 갔어도 어떤 지켜야 할 가치에 대해 압박이나 스트레스를 받았을 것 같다. 선생님이나 선배의 존재로부터 받은 영향을 따르다가 나중에서야 하고 싶지 않았다는 것을 깨달아야 했을 수도 있다. 우리나라에서 똑같은 스타일의 입시 미술을 하다가 오히려 길을 잃었다는 미대생들의 이야기를 많이 들었다. 나도 미대를 갔으면 그랬을지도 모른다. 그림 그리기에 흥미를 잃고 지쳤을지도 모른다. 물론 이 문제는 내가 학원이나 학교를 안 다녀봤기 때문에 단언할 수는 없다.

하지만 내가 어떤 그림을 그리고 싶은지 스스로 찾아야 했기 때문에 지금의 그림들을 그릴 수 있는 것일 수도 있다. 내 그림이 엄청나게 개성이 있거나 특출나지는 않지만, 특정 기법이나 화풍을 배우지 않았고, 스스로 선택해야 했기 때문에 결국에는 나를 닮은 그림이 나온 것 같다. 나는 항상 스스로에게 물어볼 수밖에 없었다.

'그래서 정말로 하고 싶은 일이 뭐야?'

'만약 나에게 개입하는 다른 사람이 아무도 없다면 뭘 할 거야?'

그렇게 스스로에게 물어볼 때마다 조금씩 답을 해나갔고, 그에 대한 답이 지금의 내 모습이다. 아직까지도 나는 나를 자주 찾고 있다. 주변에 미대를 나온 사람들도 하나같이 '미대를 안 나와서 다행인 거다.'라는 말을 자주 해주는데, 듣기 좋으라고 하시는 말씀인지도 모르지만, 일면 그럴 수 있겠다는 생각도 든다.

peppermint
candy

포스트카드 →
애니메이션으로도

15

독학에 대한 이야기들 2

어떻게 독학을 했는지, 그리고 그림을 배운다는 것에 대해 어떻게 생각하는지 이야기를 조금 더 해보자.

관찰의 중요성

그림, 사진, 영화의 스틸 컷, 실제 세계를 꾸준히 관찰했다. 언제 어딜 가더라도 눈에 '프레임'을 장착하고 다녔다. 무언가를 볼 때마다 저것이 어떻게 그림이 될 수 있을지 가상의 프레임을 대보았다. 나무는 어떻게 생겼는지, 사람들을 위에서 볼 때의 형태와 아래에서 볼 때 형태가 어떻게 달라지는지 관찰했다.

관찰은 눈으로 그림을 그리는 행위이다. 손이 아닌 눈으로, 머리로도 충분히 그림을 그릴 수 있다. 눈앞에 있는 대상의 실루엣을 하나하나 옮기다보면 그림을 그리지 않는 동안에도 성장할 수 있고 종이에 오랜만에 그림을 그려도 실력이 올라간 것을 느낄 수가 있었다.

나는 이것이 능동적인 공부였음을 나중에야 알았다. 학교를 다니나 다니지 않으나 그림 그리는 사람이라면 꼭 필요한 습관이라고 생각한다. 늘 관찰했던 습관이 직업으로 그림을 그릴 때에도 큰 도움이 되었다.

매일매일 그리지는 않았다

많은 사람들이 자신의 성공 비결을 말할 때 무언가를 매일 몇 시간씩 노력했다는 대답을 한다. 그래서인지 사람들도 나에게 '매일 몇 시간 그림을 그리세요?'라고 질문하는 경우가 많다. 하루라도 안 그리면 스스로를 심하게 자책하는 사람을 본 적도 있다. 그런데 나는 살면서 한 번도 '매일' 그림을 그린 적이 없다. 대신, 꾸준히 그렸다.

그때는 나도 '매일 하기의 신화'를 믿으면서 스스로를 많이 책망했다. 그때 더 많이 그렸다면 지금쯤 더 좋은 실력을 가졌겠지, 하는 후회도 많이 남지만, 시간이 지나고 보니까 결과적으로 큰 문제가 되지는 않았다. 중요한 건 꾸준히 하는 것, 그리고 무엇을 그리느냐인 것 같다.

꾸준히 한다는 것은 며칠 쉬어도 혹은 몇 주를 쉬어도 언제든 다시 붓을 든다는 말이다. 무엇을 그리느냐가 중요하다는 것은, 계속해서 꽃만 그리면 꽃밖에 못 그리지만 자동차, 건물, 인물 등 다양하게 시도해보면 그만큼 그릴 줄 아는 게 많아진다는 뜻이다. 매일이 아니더라도 꾸준히 질 좋은 연습을 하는 게 중요하다.

대신, 그림을 그리지 않는 날도 머리로는 계속 그림에 대해 생각했다. 머릿속에서 매순간 그림을 그렸다. 머리에서 그려보고 맘에 안 들면 지워버리고 종이까지 가지 못한 적도 있다. 지금도 머리에서 먼저 그림을 그려보고 마음에 드는 것만 실제 종이로 옮긴다. 머리에서 실패한 그림은 종이로 가져와도 별로인 걸 많이 겪어서 이런 습관이 생긴 것이다. 그렇다고 직접 그리는 것에 소홀하고 머리로 하는 생각만 커지면 아무짝에도 쓸모없다. 직접 그리는 것은 어떤 방식으로든, 실패작을 그린다 하더라도 꾸준히 하는 것이 중요하다.

종이에서 손을 얼마나 놓으면 감각이 마비되는지, 어떻게 언제 그려야 실력이 유지되거나 상승되는지는 몸소 겪고 실패하면서 얻은 '나만의 밸런스'가 있다. 혼자 이리저리 해보고 나서 알게 된 몸의 감각이다. 지금은 이런 감각이 생겼기 때문에, 매일 그리지 않는 것에 콤플렉스를 갖고 있지 않다. 오히려, 매일 하겠다는 각오를 세웠을 때 그것을 지키지 못해 스트레스를 받는 게 더 손해다. 마음에 여유를 가지는 쪽이 더 좋다고 생각한다. 정도는 사람마다 다르겠지만.

배움에 대한 갈망

독학에 대해서 이러쿵저러쿵 이야기했고 또 지금 직업인으로 큰 문제없이 살아가고 있긴 하지만 사실 마음 한쪽에서 배움에 대한 갈망은 아직 사라지지 않았다. 얼마 전 집에서 한 잡지사 인터뷰를 했다. 끝나고 사진 촬영을 하는데, 기자님과 사진기자님 들과 잠깐 이야기를 나누게 되었다.

실은 기자님도 글 쓰는 일을 하고 있지만 전공이 아니었고, 뒤늦게 기자 일을 시작하면서 글쓰기에 대한 마음을 놓지 못해 지금 대학원에 다닌다고 하셨다. 너무 행복하고 잘한 선택 같다며 학교에 다시 가는 것을 진심으로 추천해주셨다. 초롱초롱한 젊음의 눈빛으로 기쁨을 이야기하던 기자님은 40대였다.

우연하게도 그 자리에 있던 사진기자님도, 영상 촬영기사님도 모두 전공이 아니지만 이 일을 하고 계시다면서 여자 네 명이서 호호깔깔 서로 웃으며 공감해주었다. 그러면서 꼭 다들 뒤늦게라도 배우고 싶은 거 배우며 살자고 이야기를 나누었다. 또 다시 내 마음의 불씨가 켜지는 것 같았다.

배움에 대한 갈망의 불씨는 잊을 만하면 불쑥불쑥 찾아온다. 일본의 '무사시노 대학'을 알게 되고 나서 또 미대를 가고 싶어졌다. 무사시노 대학의 입시 합격 그림을 보면, 우리나라 입시 그림이 천편일률적인 것과 달리 모두 각자의 개성과 스타일이 살아 있다. 실제 대학 교육도 위에서 시키는 것이 아니라 학생들이 스스로 자기 것을 하는 것이 더 존중받는 분위기라고 한다. 상대적으로 자유분방한 분위기이고 대학에서도 예술 전반에 대한 기초 교양을 아주 탄탄하게 쌓아준다고 해서 흥미가 생겼다. 이외에도 프랑스에 있는 애니메이션 스쿨이나 어느 나라 어느 대학이든 미학과에 가서 공부를 더 해보고 싶다는 마음도 있다.

대학에 다시 안 가도 커리어에 지장은 없지만 일이 아닌 오로지 배움과 탐구 정신으로만 똘똘 뭉친 시간, 그리고 주변에 오직 그림 그리는 사람과 스승으로만 가득 찬 시간을 언젠가는 꼭 한번 살아보고 싶다.

내가 생각하는 이상적인 배움

혼자서 공부도 해보고, 새로운 배움을 원하기도 하고, 인터넷으로 수천 명의 수강생을 만나보면서 미술 공부, 교육에 대해 갖게 된 생각이 있다.

내가 생각하는 가장 이상적인 미술 교육은, 스타일이나 기술에 대한 코칭보다 정신적인 지지에 소통의 중점을 두는 것이다. 물론 기본기는 언제든지 단련해야 한다고 생각한다. 하지만 기본기 이후에는 결국 그림 그리는 사람이 스스로 자신의 길을 갈고 닦아야 한다고 생각한다. 그런데, 혼자 하다보면 길을 잃기 쉽다. 너무 크고 이상적인 것을 꿈꾸느라 좌절할 수도 있고, 순간순간 부족한 결과물에 상처받을 수도 있다. (맞다. 내 얘기다.) 그때마다, 코치가 와서 이렇게 말해주는 것이다.

'그냥 그려'

'계속 그려'

'하다보면 알게 돼.'

'혹시 너에게 필요한 건 이런 걸까?'

하고는 슥 자료나 책을 제안해주는 정도의 코칭. 일단 하라고, 계속해도 된다고, 너에겐 어떠한 장점과 매력이 있다고 옆에서 꾸준히 말해주는 사람. 흔들리지 않고 언제나 단단하게 믿어주는 사람. 이런 코치의 존재를 자주 상상하고 꿈꾸곤 한다. 이게 내가 생각하는 가장 이상적인 미술 교육이다. 이런 느낌의 선생님을 살면서 딱 한 번 만난 적이 있지만, 인연으로 이어지지는 못했다. (이에 대한 이야기는 바로 다음 글에서 나온다.)

만약 이런 쪽으로 나와 잘 맞는 수업이 있었다면, 그리고 내가 그런 수업을 들을 수 있는 환경에 있었다면 정말 좋았을 것 같다. 내가 어디쯤 있는지를 내 곁에서, 너르고 인자하고 현명한 시선으로 조언해줄 수 있는 선생님이 있었다면 마음이 덜 힘들었을 것 같다.

누구나 혼자 한다

하지만 내가 느낀 어려움, 독학에 대한 기억들이, 꼭 독학을 한 사람만 겪는 문제라고 할 수 있을까? 학교를 다녀도 똑같이 비슷한 고민을 하지 않았을까? 위에 써놓은 얘기들이, 나만의 특수한 것이라는 생각은 들지 않는다. 일러스트레이터나 화가가 되고 싶은 사람이라면 누구나 '혼자 생각하고 공부하고 판단하는 시간'이 필요하지 않을까?

학교에 들어가기 전에도, 학교를 다니는 도중에도, 학교를 졸업한 후에도, 스스로 판단하고 성장하는 시간은 필수다. 돈을 내고 학원의 도움을 받는다고 해도 언제까지고 영영 그럴 수는 없다. 언젠가는 스스로 개척하는 시간이 있어야만 작가든 취미든 지속할 수 있다.

특히, 작가로 살아가려면 '자신만의 세계'를 찾아내고 지속해야 한다. 자신만의 세계는 결국 스스로를 잘 관찰하고 혼자 힘으로 어떤 인고의 시간을 보낼 때에 발견되는 것이라 생각한다. 만약 내가 전공자였다 하더라도 혼자 공부하는 시간은 반드시 거쳐야 했을 것이다.

학교를 다니면 많은 것을 배울 수 있지만 그렇다고 다 보장이 되는 것도 아니다. 학교를 안 다녔다고 가망이 아예 사라지는 것도 아니다. 어느 일이 안 그렇겠는가만, 창작 분야는 특히 더 본인이 가지고 있는 원석과 확신 그리고 스스로의 세계를 만들어나가며 성장하는 것이 중요하다고 생각한다.

P.S.

지망생 기간에 그렸던 드로잉들을 모아보니 100장짜리 드로잉북 5~6권 분량이 나왔다. 매우 거칠게 어림잡은 것이지만 5~600장 정도를 그린 셈이다. (버렸거나 잃어버린 그림

2015
11.19
BANZISU
손. 발. 스타일. 도구
160114 drawing pose

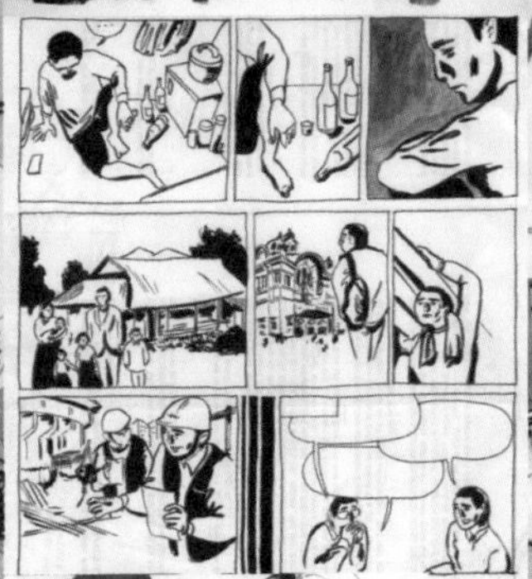

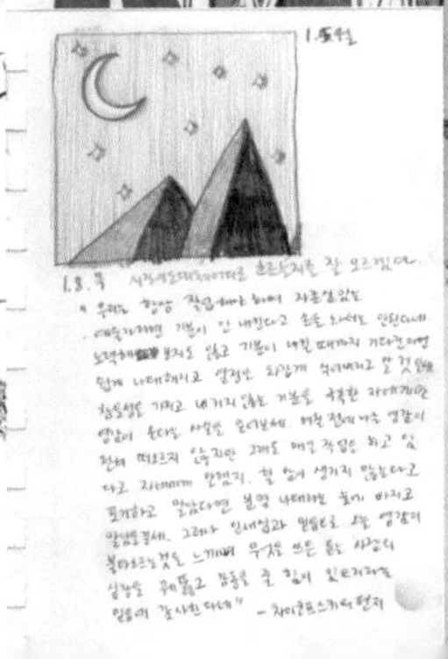

도 있지만 별로 많진 않을 것이다.) 2009년부터 2017년까지 9년간의 드로잉을 모은 것인데, 2014~2016년 3년 동안 그린 것이 대부분이다. 어림잡아 3년 동안 4~500장 정도를 그린 것으로 추측된다. 외주작업으로 그린 그림도 포함된 분량이니 절실하게 그림 작가가 되기를 염원했던 사람치고는 연습 분량이 많은 편은 아니다. 아르바이트나 방황으로 연습에 몰두하지 못했다. 질 좋은 연습이 중요하다고 앞에 써 놓긴 했지만 그렇다 해도 연습량이 너무 적다. 가끔 다른 그림 작가님들이 자신이 연습했던 시절 연습장 사진을 인증한 걸 보면 나와는 차원이 다를 정도로 분량이 많다. 수십 권을 넘어가는 사람도 있다. 그런 걸 보면 부끄러워진다.

요즘 그림을 성실하게 그리면서 느끼게 된 게 있다. '왜'라는 질문이 무색해질 정도로 많은 일들이 의외로 단순한 순리대로 진행된다는 것이다. 생각을 하면서 심혈을 기울여 그린 그림은 다르다. 나는 매사를 대충대충 게으르게 하는 사람인데 그림을 대충 그린 것과 열심히 그린 것이 너무나 다르다는 것을 깨달은 뒤 카페에서 일할 때나 책을 읽을 때, 그림이나 영화를 보거나 심지어 청소를 할 때에도 '한번 꼼꼼히 해보자'는 버릇이 생겼다. 열심히 하고 성실히 해야 결과가 좋다는 걸 아니까.

가끔 가다 별 에너지를 쓰지 않았는데도 꽤 봐줄 만한 그림이 나올 때가 있다. 그런 결과물 때문에 매번 요령을 피우려고 한다면 실력은 절대로 늘지 않을 것이다. 운도 실력이 있을 때 찾아오는 것이다. 실력이 있으니 운이 작용했을 때에도 당당하게 운의 결과를 누릴 수 있다.

나는 왜 그림을 못 그리지? 왜 원하는 그림이 안 나오지? 아직도 흰 종이 앞에서 두려움에 떨면서 늘 이런 걱정을 하지만 이내 따라오는 당연한 대답 앞에 나는 대꾸하지 않고 그림을 그릴 수밖에 없다. 지금까지 연습이나 공부를 안 했기 때문일 뿐이다. 그러니까 사는 동안엔 요령을 피우거나 꼼수를 쓰려고 하지 말아야 한다. 그래 봐야 나에게 돌아오는 것도 없고 자꾸만 세상에 거짓 말하게 될 뿐이다. 못하는 것은 못한다고 인정하면 된다.

작업일지 26　　　　2016. 3. 16.

이런 시한폭탄 같은 상태가 좋아질 수 있을까?

① 부담감 때문에 일을 시작 못 하고 어쩔 줄 모르는 상황
→ '천릿길도 한 걸음부터'라는 사고가 필요하다.
② 이런 아마추어적인 나의 모습이 바뀌지 않을까봐 걱정
→ 걱정하기 전에 지금 당장 실천하는 것이 필요하다.
③ 평생 스트레스 받고 살까봐 걱정
→ 당면한 문제를 차근차근 해결해나가는 태도가 필요하다.
④ 각오하거나 깨달아도 다음날이면 다시 고통스러워짐, 스트레스 받음.
→ 다시 좋은 생각하면 됨! 하루하루 보람차게!

작업일지 27 2016. 3. 16.

보기

그게 뭐든 간에 두 눈으로 뭔가를 보는 일은 언제나 경이롭다. 렌즈를 끼고 해가 쨍쨍한 날 버스 안에서 느껴지는 경이로움! 백날 카메라를 개발해봤자 내 눈으로 보는 것보다 정교하거나 아름다울 수 있을까? 느낌이 좋을 수 있을까? 이래서 여행을 가나보다. 돈 모아서 나도 어서 가자!

작업일지 28 2017. 5. 27.

미대에 가지 않아도 되는 이유는 내가 눈을 뜨고 있는 동안 그리고 눈을 감고 꿈꾸는 동안에도 내가 보는 모든 것이 미술이기 때문이다. 내 인생에서의 미술을 느끼고 발견할 수 있으면 된다. 필요한 지식은 서점에 가면 다 있다. 필요한 대화는 사람을 만나면 된다. 과제는 일을 하면서 할 수 있다. 선생님은 현장에도 있다. 미대에 가지 않아도 할 수 있기만 하면 된다.

영화는 삶이 어떤 것인지 객관화해주니까,
내가 보지 못했던 사람들의
고통이 어떤 것인지 느끼게 해주니까,
꿈 같고 몽상 같은 연출을 이용해서 내 마음을 후벼 파니까,
지금까지 내가 유지했던 관습이
불필요한 것이라는 걸 알려주니까,
그러니까 좋은 영화를 보면서 살아야 돼.
조금이라도 경각심을 놓쳐버리면 우리는 정말 쉽게
미성숙한 인간으로 돌아가버리고야 만다.

만든 사람이 편하면 쓰는 사람이 불편하고
만든 사람이 불편하면 쓰는 사람이 편하다

어딘가에서 본 말. 영화를 이런 자세로 만들 것. 어떤 이가 삶을 살아가는 데에 있어 99만 9천 가지의 사건들이 그를 이루어냈다면 그 중 단 한 편의 영화가 그의 삶에 오직 0.000001%였다고 하더라도, 그의 마음을 울리기 위해 그의 생각에 균열을 내기 위해 단 1초라도 허투루 만들면 안 된다.

미술 선생님이 할 수 있고 또 해야 하는 단 한 가지는 아직 누구로부터도 때 묻지 않은 아이를 만나서 최대한 많이 그가 사랑하는 그림들을 찾아서 보여주고, 그 그림에 대해서 이야기를 함께 나누고, 그 아이가 어떠한 그림을 그릴 때 '계속 그렇게 그리라'고 꾸준히 말해주는 일일 것이다.

16

내 생에 최고의 칭찬

항상 나를 코칭하려 했던 전 남자친구가 내 손을 끌고 여러 미술 전시회를 구석구석 데리고 다니며 이런 말을 했다.

"이것 봐. 다들 유화를 그리지? 유화를 그려야 돼! 100호짜리 크기는 그려야 화가라고 할 수 있는 거야. 100호짜리에 민중들의 군상을 그려봐."

연습장에 연필 드로잉만 끼적이던 나는 스스로를 연습하는 단계라고만 생각했으므로, 남자친구의 그런 요구가 얼토당토않다고, 너무 독선적이라고 생각했다. 하지만 그가 요구하는 민중미술은 그리지 못하더라도, 유화를 그려야 한다는 그의 말엔 나도 마음이 동했다. 나도 클래식과 물감으로 그림 그리는 것은 좋아하니까.

홍대에 있는 미술학원을 찾아 성인 취미 미술 유화 과정을 딱 4주치 등록했다. 배워둬서 나쁠 건 없다고 생각했다. 태어나서 첫 정식 미술학원에 간다는 생각에 설레기도 했다.

오프라인으로 먼저 상담을 한 뒤 등록할 수 있는 시스템이어서 직접 학원에 방문해야 했다. 합정역에서 멀지 않은 곳, 낯선 골목을 지나 어떤 건물의 2층으로 올라갔다. 넓은 홀에 이젤과 캔버스, 물감들이 가득한 공간이 등장했다. 어쩔 수 없이 가슴이 두근두근. 물감은 언제 보아도 설렌다. 전형적인 미술학원 풍경의 응접실에서, 우아한 느낌의 중년의 여성 선생님이 나에게 이것저것 물어보셨다.

"배우고 싶다고 해서 다 등록할 수 있는 건 아니고, 우리도 너무 기초부터 가르쳐드릴 수 있는 건 아니라서. 학생께서 그림을 어느 정도 그릴 줄 아는지 저희도 좀 알아야 하는데……."

그동안 그린 드로잉들을 보여드리자 "다양하게 그리시네요?"라면서 등록을 시켜주셨다.

♣♣♣

첫 시간에 학원에 가자 사람들이 꽤 여럿 있었다. 대부분 성인 여성. 서로를 이미 잘 알고 있는지 이런 저런 이야기를 나누는 분위기였다. 어떤 분은 귀를 확대한 사진만 늘어놓고 연필로 귀를 집중 데생하고 있었고, 어떤 분은 이미 자신의 작품을 물감으로 완성하고 있었다.

"우리 학원이 해외의 큰 아트페어랑 연계가 있어서 거기에 나가기로 했거든요. 저분은 배우는 건 아니고 여기 와서 그냥 작업실처럼 쓰면서 그림만 그려요. 아트페어 나갈 준비 중."

어색해하는 나에게 학원의 분위기와 내가 본 것들을 이것저것 설명해주시던 멋진 선생님. 선생님은 나에게 유화에 관한 가장 기초적인 지식들을 설명해주시기 시작했다. 유튜브에는 나오지 않던, 책으로는 감각을 느끼기 어려운 기술들. 하지만 캔버스 앞에 앉아 기름통을 곁에 둔 이 실제 공간에 와서 선생님이 곁에서 몇 마디 말로 가르치면 금방 쏙쏙 흡수되는, 현장에서만 배울 수 있는 그런 배움이었다.

유화는 수채화나 아크릴처럼 물에 희석되는 게 아니라는 것도, 오래 두어도 물감이 마르지 않는다는 사실도, 틀리면 티슈로 닦아버리면 된다는 것도, 재료가 얼마나 많이 필요하고 얼마나 비싼지도 모두 처음 알게 되었다. 첫날이다 보니 재료의 기본적인 사용법을 익히고 간단히 여자 얼굴이나 사과 같은 것을 모작하면서 시간을 보냈다. 학원이 끝나자마자 호미화방에 가서 조금 무리해 나만의 유화물감과 각종 재료들을 샀다. 새로운 시작을 하는 기분에 들떴다.

♣♣♣

두 번째 시간. 남들은 이미 회사나 학교에 가서 한산해진 평일 낮의 거리를 지나 학원에 갔다. 어쩐 일인지 넓은 화실도 거리처럼 텅 비어 있었다. 나 말고 어떤 학생도 오지 않았다. 학원 자체가 성인 대상인지라 좀 자유로운 분위기인 줄은 알았지만 혼자서 수업을 받게 될 줄이야. 거기다 첫 시간의 여자 선생님은 안 계시고 처음 뵙는 수수한 인상의 반백발 남자 선생님만 한 분 계셨다. 여자 선생님과 다른 학생들은 아트페어 일로 자리를 비운 모양이었다.

선생님은 "오늘 몇 번째 오시는 거예요? 지난 시간에 어디까지 배우셨어요?" 하고 묻더니, 이내 이렇게 말씀하셨다.

"물감은 쓸 줄 아시는 거네요? 그럼 그냥 한번 지수씨 그리고 싶은 거 그려보세요. 아무거나 괜찮아요. 생각 안 나면 잡지 저기에 있으니까 보고 뭐라도 그려보세요."

그러고는 그냥 자리에 돌아가 자기 할 일을 하셨다. 아무리 성인 취미 미술이라지만 그래도 명색이 학원이고 고작 두 번째 시간인데 아무것도 안 알려주시고……. 이래도 되나? 싶다가도 혼자 그리고 싶은 걸 그리는 게 재미있을 것 같기도 했다.

텅 빈 학원에 선생님과 나 단 두 명. 조용한 분위기에 이내 캔버스 속으로 몰입했다. 잡지를 뒤적여 찾아낸 어떤 짧은 머리의 여자를 멋대로 그려보았다. 시간이 얼마나 지났는지 모르는 사이에 작은 초상화 한 점이 완성되었다. 내 스타일이라는 생각은 들지 않았지만 일단 손이 가는 대로 그렸다. 그림이 어느 정도 마무리되자 선생님이 내 자리로 와서 완성된 그림을 보고 이것저것 물어보시더니 아직도 잊을 수 없는 긴 말씀을 이으셨다.

"세상에는 가르치는 대로 배워야만 할 수 있는 사람이 있고, 배우지 않아도 스스로 만들어나가는 사람이 있어요. 지수씨는 가르칠 게 없어요. 더 이상 배우지 않아도 되는 사람입니다. 어차피 기술이나 기법은 하다보면 익혀져요. 사람마다 스타일이라는 게 있어요. 꼭 정답처럼 잘 그려야 하는 게 아니라, 그림이란 건 이렇게 그냥 자기만 할 수 있는 것, 자기한테 꼭 맞는 게 있어요. 그걸 한번 찾아보세요. 지수씨는 색채 표현도 아주 좋고 사과나 정물 같은 걸 그리는 기본은 뛰어넘은 상태 같아 보여요. 기본을 배우는 단계가 아니라 자기 색을 찾아야 하는 단계예요. 지금 그린 이런 초상화 그림이 50개가 있으면, 바로 개인전을 해도 돼요. 그림의 문턱을 너무 높게 볼 필요 없어요. 자기만의 것이 수십 개 있으면, 그냥 그것으로 작가가 되는 거예요. 지수씨도 스스로를 준 작가라고 생각하고 뭘 그리고 싶은지 찾아보세요. 그리고 수업을 듣고 싶다면 그런 걸 가르치는 수업을 들으세요. 학생의 개성을 존중해주는 수업이요. 꼭 그림이란 게 단계 단계 거쳐야 할 필요 없고 자기 스타일대로 그리면서도 성장할 수 있어요. 저도 그렇게 수업을 하고 싶은 사람입니다. 지수씨는 스스로 찾으면 되는 사람이에요. 배우지 않아도 돼요."

♣♣♣

이런 칭찬을 들을 수 있을 거라곤 상상도 하지 못했다! 내가 잘 그렸다고도 생각하지 못했다. 배우지 않아도 되는 사람이라는 말을 들을 수 있을 거라고는 짐작도 못했다. 아리송하고, 의아했을 뿐이었는데, 갑자기 날아온 칭찬. 세상에 선생님, 초면에 이렇게 멋진 칭찬이라니요!

내 그림이 뛰어났던 건 절대 아니다. 아마 선생님은 나를 지지하고 응원하는 차원에서 잠재력을 봐주시고 그렇게 말해주신 것이었으리라.

선생님 말씀 중 가장 인상적이었던 건 이런 그림이 50개 있으면 작가가 되는 것이라는 말씀. 난 항상 내가 준비해야 한다고만 생각했기 때문에 작가가 되는 것은 나에게 너무 이른 문제 같았다. 자기 세계를 찾아가는 단계에 들어가도 된다는 말씀은

신선했다. 선생님 말씀이 작가가 된다는 것에 대한 마음의 문턱을 조금 낮추어준 듯했다. 그리고 본인도 그렇게 그림을 가르치기를 선호한다는 이야기가 인상적이었다. 성인 취미 미술반이라도 선생님들이 입시미술처럼 그림을 가르쳐 힘들어하는 어른들이 있다는 걸 책에서 본 적이 있다. 그런데 나는 완전히 다른 가치관을 가진 선생님을 만난 것이다. 정말 운이 좋았다.

수업 시간이 좀 남아 있었지만, 너무 가슴이 뛰어서 아무것도 손에 잡히지 않아 멋쩍은 얼굴로 먼저 학원을 나왔다. 거리로 나와 홍대를 산책하고 예술 책을 파는 서점에 들렀다. 그동안 내내 심장이 두근대고 발이 동동 떠다녔다. 마음이 의기양양해졌다. 오렌지 빛 해가 비치는 오후의 모든 골목길과 온 세상이 아름다워 보였다.

그림을 다시 그린 지 2~3년차, 칭찬에 굶주려 있던 상태에서 이런 이야기를 듣다니. 내게 다가오는 전파력으로 비하자면, 지망생 시절 들었던 칭찬들은 마치 돌에 새기듯 가슴에 남고, 목마르고 굶주린 내게 찾아온 오아시스 같았다. 그 정도로 임팩트가 컸다. 아직까지도 그때 들은 선생님 말씀이 생생하고 자신감이 없어질 때면 늘 그때 선생님이 이야기하는 단어들을 하나하나 다시 기억해내곤 한다.

'이런 말이 듣고 싶었어.'

미술대학에 가지 못해서 길을 헤매게 되는 것이 아닐까. 전문적인 교육을 받지 않았다가 뭔가 놓치는 게 생기지는 않을까. 내가 지금 잘하고 있는 걸까. 하고 끊임없이 질문하던 날들에, 이런 말이 필요했다. 늘 내가 궁금했던 문제에 대한 답이었다. '미대를 안 가도 된다.'는 말은 종종 들었지만, 미술을 가르치는 게 직업인 '선생님'으로부터 인정을 받으니 앞서 들은 조언들과는 또 다른 느낌이었달까. 꼭 단계를 따르는 수업을 들을 필요가 없다는 말씀에서도 해방감이 느껴졌다.

그 후 배움에 대한 콤플렉스가 조금 해소되었지만 조금 오만해졌던 탓인지 4주 신청한 수업 중 뒤의 2주는 가지 않았다. 배우지 않아도 된다는 말을 듣지 않았다면 계속 나갔을지 어땠을지는 모르겠다. 선생님은 이제 자기 것을 찾으면 된다고 말씀하셨지만, 유화를 그리면서 나의 스타일을 만드는 데 노력을 기울이지는 않았다. 나는 다시 일상으로 돌아와 다시 방황하고 게으름과 벼락치기를 반복하는 지망생이 되었다. 그래도 선생님의 칭찬을 자주 상기한다. 재능을 인정받은 것 같아서, 그의 말을 다시 떠올리는 것만으로도 언제든 다시 시작하고 또 앞으로도 잘할 수 있을 거라는 기분이 들곤 했다.

P.S.

감사 인사라도 전하고 싶어 그때 갔던 학원을 지도에서 찾아봤는데 지금은 학원이 사라진 듯하다. 어디에 계시든 꼭 만수무강하시길 멀리서 기도하겠습니다. 선생님.

P.S.

수업 후에 혼자 그린 유화. 유화로 그려본 세 번째 그림이다. 그 후로는 디지털 작업을 주로 하고 있어서 유화는 오래 그리지 않았다. 하지만 언제든 다시 시작할 마음이 있다.

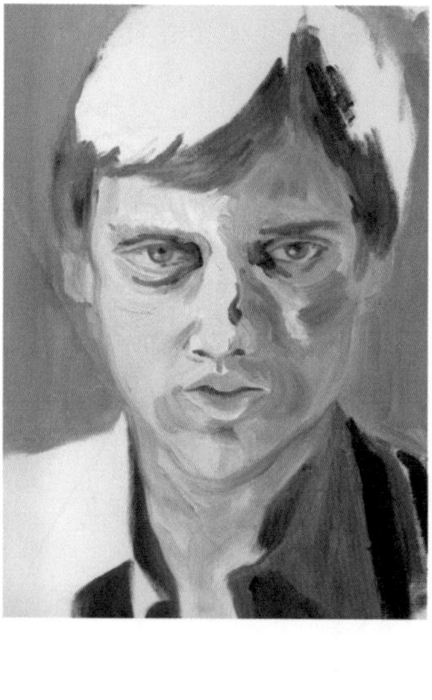

천국이
따로
없구나~
그림 그리는
자기 자신에 도취됨
당장 그림 속으로
흠뻑 빠지고 싶어.

17

그림으로 먹고살기 힘들지 않아?

자주 듣는 질문 중에 수입에 관련된 것도 많다. '좋아하지만 돈이 안 되는 일과 좋아하지 않지만 돈이 되는 일 중에 무엇을 선택해야 할까요?', '일러스트레이터는 고정 수입을 만들기 쉽지 않은데 어떻게 하셨나요?' 등등. 수입에 대한 걱정 때문에 그림을 그릴지 말지 고민하시는 분들이 많은 것 같다. 나 또한 내가 그림을 그리겠다고 했을 때, '그걸로 어떻게 돈을 버냐, 돈이 오히려 많이 들지 않냐, 그림으로는 먹고살기 힘들다고 하더라.' 하는 우려스러운 반응을 정말 많이 만났다.

밥벌이를 어떻게 하느냐는 물론 중요한 고민이다. 그런데 나는 우선순위가 다른 데 있었던 것 같다.

그림을 그리기로 결정하기 전, 부전공으로 법학을 택하고 인권변호사가 되고 싶었던 적이 있다. 내 이야기를 좋게 봐주신 교수님의 소개로 국가인권위원회에서 인턴 생활을 하게 됐다.

인권위 소속의 변호사 선생님 밑에서 여러 가지 인권침해 사례와 외국에서는 법적으로 어떻게 대처하는지 매뉴얼을 조사하는 일이었다. '인권위원회'라는 이름답게 그곳에서 일하면서 멋진 사람들을 많이 만났다. 일례로 학교나 다른 빌딩에서는 시선을 피하시던 청소노동자를 많이 만났다면, 인권위 건물에서는 많은 직원들이 청소노동자들에게 똑같이 다른 직원을 대하듯 인사하고, 청소노동자들도 상대적으로 당당한 얼굴을 하고 계셨던 일이 기억에 남는다. 인턴들을 담당했던 변호사님도 정말 멋진 분이셨고 장애가 있는 분들도 자연스럽게 함께 근무하는 환경이어서 선진적인 노동환경을 미리 엿본 듯했다.

그런데 이런 멋졌던 점과는 별개로, 공공기관에서의 인턴 생활은 나의 성미와 맞지 않았다. 매일 같은 시간에 출근해서 근처에서 대충 점심을 해결하고, 고요하고 정갈한 사무실에서 서류만 들여다보는 일은 지루했다. '아, 나는 죽어도 이런 일을 직업으로 삼을 수는 없겠구나.' 하고 제대로 자각한 경험이었다. 좀 더 자유롭거나 역동적이고 창의적인 일을 하고 싶어졌다.

회사 같은 곳에는 애초에 들어가고 싶다고 생각해본 적이 없었고, 공직에는 뜻을 품었지만 막상 해보니 숨이 막힐 지경이고. 공직이나 전문직이 아무리 안정적인 밥벌이가 된다 해도, 하기 싫은 일을 버티면서 해봐야 몸과 마음에 병이 날 것 같았다. 하기 싫은 일을 하면 온몸이 아파온다. 몸에서 곰팡이가 피는 것 같다. 평생을 그런 생활을 하며 살아갈 수는 없었다.

결국, 내가 직업을 택하는 데 있어 수입이나 안정성을 떠나 제일 먼저 고려해야 할 것은 내가 **하고 싶고 즐길 수 있는 일**이어야 한다고 결론지었다. '경제적으로 특정 수준에 도달해야만 한다.' 그런 걸 우선으로 두고 미래를 상상하지 않았다.

'미술 공부나 미대는 돈이 많이 든다더라'는 주변의 말도 의아했다. 미대야 돈이 많이 들 수 있겠다만 미술 공부에 돈이 많이 든다는 건 왜일까? 종이랑 펜, 미술 재료가 그렇게 비싼가? (요즘은 물감을 많이 사고 있어서 이제야 재료가 비싸다는 말에 공감하기 시작했다.) 학원비가 많이 든다, 하는 말도 들은 적이 있지만 나는 고등학생 때까지 학원을 다녀본 적이 없어 무언가를 할 때 학원을 다니는 게 꼭 필수라는 생각이 잘 들지 않았다.

먹고살기 힘들지도 모른다는 걱정도 별로 하지 않았다. 내가 하면 잘할 수도 있다고 생각했다. 나는 왠지 내가 잘될 것 같았다. 미래를 비관적으로 짐작하지 않았다. 어떻게든 되지 않을까? 하며 낙천적으로 생각했다. 원래 현실감각이 좀 없다. 진로가 불안하다느니 돈이 안 된다느니 하는 걱정을 많이 하지 않았다. 어떻게 되겠지, 다 길이 있겠지, 했다. 마음 한편에서는 어마어마한 장밋빛 미래를 꿈꾸는 마음도 있었다. 오히려 내가 그림을 그려야 다른 모든 일보다 돈을 더 잘 벌 수 있을지도 모른다는. 그림을 정말 잘 그리게 되어서, 높은 가격에 그림을 판다든가, 아주 바쁜 삽화가가 되는 것, 혹은 수백만 관객을 동원하는 애니메이션 감독이 되는 것을 즐겁게 상상하곤 했다.

터무니없는 상상을 즐기다가 어떤 현실적인 인식이 부닥쳐 올 때도 이렇게 생각했다. 엄청난 부자까지는 못 되더라도, 남들 직장 다니는 정도만 벌어도 행복할 것 같다고. 아무렴 지루한 일을 하는 것보다는 낫지 않을까! 적당한 집에서, 적당히 밥을 먹고, 적당한 물건들을 사며 살아도, 책상 위에 종이와 물감이 있다면 행복할 것 같다, 라는 생각.

세상 물정을 아직 몰랐던 것일까? 그런 식으로 배짱이 있었다. 내가 망할 리가 없고 망해도 그때 가서 분수에 맞춰 대처하며 살면 된다고 생각했다. 태평하고 낙천적인 기질 덕에 내 미래가 나쁠 것이라는 생각을 거의 하지 않았다. 그림을 그리기로 선택한 것 자체가 행복해서 현실적인 걱정이 비집고 들어올 공간이 없었다.

♣♣♣

혹시 비빌 언덕이 있었던 건 아니냐고 생각하실지도 모르겠다. 답변 먼저 드리자면, 그런 건 없었다.

사주 보는 것을 좋아하는데 어쩌다 용하다는 곳을 알게 됐다. 위치가 부산이라 전화 상담을 신청하고 두 달이나 기다렸다. 다이어리에 상담 날짜를 적어놓았다가 때가 되어 기대되는 마음으로 전화를 했다. 이렇게 오래 기다려야 하다니 얼마나 잘 보는지 한번 볼까. 그런데 웬걸 자꾸 나에게 이것저것 묻기에, 내가 전공 아닌 걸 오래 준비했다고 하니까 점 봐주는 사람이 '어유. 힘들었겠네. 집에 돈이 좀 많았나봐요?'라고 되묻는 것이다. 코웃음이 났다. 용하다면서 이렇게나 완전 잘못 짚다니.

우리 집은 4남매로, 내가 대학생일 때 형제들이 모두 한창 클 때라 집에서 나를 도와줄 수 있는 형편이 아니었다. 부모님이 학비와 자취방 월세를 내주신 것만으로도 너무 많은 것을 받았다고 생각한다. 부모님께는 진로를 변경하고 싶다는 말씀을 드리지 않았기도 해서 그림과 관련해 집에서 도움 받는 일은 전혀 없었다. 대학 생활과 지망생 기간 내내 나는 청년 빈곤 상태였다.

소비를 할 때 매번 백원, 천원 단위까지 살뜰히 고려해야 다음 알바비가 들어올 때까지 버틸 수 있었다. 자취할 땐 항상 가장 최저가의 집에 살았다. 브랜드 운동화를 사보거나 여행을 가본 적도 없다. 연상의 남자친구가 연일 25000원짜리 족발을 사줄 때면, 그가 부자 같아 보이고 너무 큰 걸 얻어먹는 것 같아

몸 둘 바를 몰랐다. 친구들이 여행을 가자고 말할까봐, 그럼 어떻게 거절하지, 하며 연락이 오면 불안해했다.

모아놓은 돈도, 지원을 받을 곳도 없는 주제에 그럼 어떻게 그림을 준비할 것이냐, 어떻게 돈을 벌 것이냐 하면 뚜렷한 계획이나 비전이 없었다. 어차피 일단 먼저 연습하면서 실력을 쌓아야 했다. 실력을 쌓는 동안, 그림이나 예술 관련된 직종으로 돈을 벌 수는 없을 테고…… 그냥 아르바이트를 하면 되지 않겠냐고 단순하게 생각했다. 월세를 내고 밥을 사 먹고 적당히 필요한 것을 살 수 있는 경제력이면 충분할 것이라 짐작했다.

항상 카페에서 아르바이트를 했다. 내가 작가 지망생인 걸 알고는 내 드로잉을 카페 전체에 전시해주시고, 시급을 높게 주신 카페 사장님도 계셨다. 카페 한쪽 공간에 재료와 테이블을 마련해두고 내 그림을 그릴 수도 있었고, 그때 내 그림을 사간 손님도 계셨다. 사장님도 내가 메뉴판을 쓰거나, 사장님 홈페이지에 들어갈 그림이나 디자인을 하면 추가로 급여를 주시곤 했다. 정말 감사한 기억이다. 그 한 번을 제외하고는 늘 최저시급을 받았다.

종종 그림으로 돈을 벌기도 했다. 주변에서 의뢰가 들어오면 가리지 않고 받았다. 그렇게 한 달에 20~60만 원 정도 그림으로 버는 추가 수입이 있었다. 속으로는 '여봐라 나 그림으로 돈

벌 수 있다니까?' 하는 자신감도 있었지만, 외주작업은 어려웠고 내 실력도 형편없었기 때문에 커리어라 부르기도 민망한 수준이었다. 그림 '아르바이트'라고 부르면 적당하려나. 그림으로 조금의 수입이 들어와도, 월세를 내고 숨 쉬는 것만으로 저축은 커녕 매일이 버거웠다. 태생이 활기 넘치는 성격임에도 20대에 먹구름이 자주 꼈던 건, 빈털터리 통장과 빈곤한 생활에 지쳤기 때문이었다.

너무 수입이 적으니까, 인스타그램을 개설해서 초상화 사업을 벌여 한 건당 5~10만 원씩 받아보자는 생각도 했다. 사업자 등록까지 했었다. 웹툰 도전 만화를 하면 어떨까, 달력을 만들어서 텀블벅에 팔면 얼마가 들어올까, 영화 스태프 자리에 취직할까, 계산기도 자주 두드려보고 여러 가능성을 모색했지만 카페 알바와 그림 알바에 지쳐 한 번도 뭔가를 제대로 실행한 적이 없다. 평소 관심 있던 단체에서 디자이너를 뽑는다기에 포트폴리오를 내고 면접까지 본 적도 있지만 떨어졌다.

♣♣♣

'아르바이트를 하면서 그림을 그리면 되지.'라는 단순한 확신에 점점 의심이 가기 시작했다. 아르바이트를 하면 몸이 피곤

하고 그만큼 작업을 할 정신이 남아 있지 않았다. 이런 상태가 2~3년 정도 지속되자 문제의식이 들기 시작했다. 내가 그림 그리기를 우습게 봤던 건 아닐까. 정말로 아르바이트를 하면서 그림 공부를 할 수 있는 게 맞나.

내가 마지막으로 일했던 카페에서의 날이 떠오른다. 새벽 1시까지 홀로 남아 걸레를 빨고 바닥을 닦고 커피 머신을 청소하던 어느 날, 애정 없이 일하고 있는 텅 빈 카페를 둘러봤다. 군데군데 먼지가 낀 평범하기 짝이 없는 카페였다. 대단한 맛도 별로인 맛도 아닌 지극히 평범하고 애매한 맛을 내는 커피 원두와 공장에서 찍어낸 케이크를 냉동한 게 전부인 프로 의식 없는 디저트가 부엌 한쪽에 잔뜩 쌓여 있었다. 몸은 카페를 청소하고 있었지만 머릿속은 그림을 그리는 내 모습과 내 미래로 가득 차 있었다. 하지만 집에 돌아가면 피로에 눌려 그림을 그리지 않을 내 모습도 함께 보였다.

불현듯 그곳에서 도망쳐야 한다는 생각이 들었다. 커피 머신을 닦으며 문득 결심이 섰다. '이제는 더 이상 아르바이트를 해선 안 된다. 그림 그리는 데만 내 모든 것을 할애해야 한다. 아르바이트에 자꾸 시간을 주다가는 영영 이렇게 살아버릴지도 모른다.' 이 생활을 당장 끝내야 한다는 위기감이, 텅 빈 홀을 두루 살피던 도중 불현듯 닥쳐왔다. 더 이상 알바를 병행하지 않고 오직 그림만 그릴 수 있는 삶의 방식에 대해 고민하기 시작했다. 의지와 계획을 가지고 의식적으로 이 생활을 멈추어야 했다.

거기다 빈털터리 상태가 계속되니 가끔 남자친구가 밥을 사주거나 나에게 카드를 빌려주는 식으로 도움을 줬다. 그게 나는 좀 수치스러웠다. 다른 사람의 도움을 필요로 하면서까지 살아가고 싶지 않았다. 내 인생은 내 힘으로 감당하고 싶었다. 정정당당하게 사회에서 1인분을 담당하고 싶었다. 그러려면 좀 더 번듯하게 살아가야 한다. 내 한 몸은 내가 건사하자, 사람은 독립을 해야 한다, 하고 생각할 무렵, 애니메이션 회사에 들어갔다.

그런 당연하고도 현실적인, 모두가 이미 깨달아서 대학생 때부터 하고 있던 '취업'이라는 일을 나는 그제야 실행에 옮긴 것이다. 만 스물여섯 살, 애니메이션 회사에 들어가고 나서야 더 이상 그림과 관련 없는 일들을 하지 않아도 되는 삶이 처음 시작되었다. (그래서 나는 애니메이션 회사에 입사한 때를 내 커리어의 시작점이라고 여긴다.) 온전히 그림과 관련된 '정규직'으로 월급을 받는다는 사실이 정말 기뻤다. '안정감'이라는 걸 처음 느껴봤다. 아, 이래서 사람들이 취업, 취업 하는구나.

하지만 말이 정규직이지, 월급은 아주 적었다. 그러니까 나는, 안정적인 밥벌이를 원하면서도 급여가 높은 일을 고르지는

그림으로 먹고살기 힘들지 않아?
취미로 하는 게 어때?
흠…
〈학교〉

왜 취미로 해야 하지…?
나는 하면 대박날 텐데…?
내가 하면 너네 다 놀라게 만들 수 있어
패기 넘쳤던 23세
엄청난 근자감…!

않았다. 급여가 적더라도, 내가 하고 싶은 일이어야만 했던 것이다. 독립을 해야겠다는 현실적인 깨달음 속에서도, 역시 수입보다는 하고 싶은 일이 먼저였다. 하지만 그래서 좋았다. 적은 돈일지언정 부차적인 고민이나 일들 없이 하고 싶은 일에 온전히 몸담는다는 것 자체가 정말로 행복했다.

♣♣♣

늘 텅 비어 있는 통장을 보며, 멀쩡한 사람이었다면 중간에 그만두는 쪽을 택했을지도 모른다. 나 역시 돈 문제로 자주 비참하고 투덜거리는 데 많이 지쳐 있었다. 그래도 그만두고 싶다는 생각은 들지 않았다. 수입 때문에 다른 일을 할 생각도 아예 하지 않았다. 다른 하고 싶은 일도 없었다.

불안한 수입에도 버틸 수 있었던 건, 듣는 사람 입장에선 좀 터무니없을지도 모르지만 '미래에는 내가 잘될 것이다.'라는 낙천적인 생각으로 무장했기 때문이었을지도 모른다. 돈에 관심이 없었던 것이 아니다. 나도 잘 먹고 잘 살고는 싶었다. 그리고 당연히 내가 잘돼서 나중에는 부자가 될 줄 알았다. 먼 미래에. 그때까지는 그냥 고단하게 준비하고 실력을 쌓으며 버티는 거라 여겼다.

순간순간, 내가 한 걸음 한 걸음 가까워지고 있구나, 하는 걸 느꼈다. '그림 그리는 사람'이 되어가고 있구나, 지망생을 점점 벗어나고 있구나. 꿈에 점점 가까워지고 있구나. 내가 느낀 이 찌릿한 순간들을 놓아버리고 싶지 않았다. 계속 믿어주고 싶었다.

크고 두루뭉술한 삶의 목표에 정신을 기울였다. 지금 당장 눈앞의 수익이 없어도, 내 삶의 장기적인 방향이 정해지면, 내 실력이 쌓이면 돈 문제는 저절로 해결이 될 것이라 믿었다. 그렇게 생각하는 것 말고 다른 방법은 없었다.

미래의 나에게 모든 희망을 걸었다. 미래의 내가 벌어다줄 거라고. 미래의 내가 나를 구원해줄 거라고. 혹시나 미래의 내가 돈을 벌어다주는 날이 너무 먼 미래라면 (적어도 15~20년은 걸릴 거라 생각했다.) 그 전까진 그냥 최저임금 정도만 벌어도 괜찮다고, 카페 알바는 얼마든지 할 수 있다고, 어떻게든 살아갈 수는 있을 거라고 그때는 그냥 그렇게 생각하곤 했다. 젊어서 그랬는지, 반은 미쳐 있었거나 아니면 모든 걸 걸 수 있을 만큼 나 자신에 대해 확신이 있었던 것이다.

***

나름 10년 정도 이 일에 얽혀서 살아보니까, 수입이란 게 계획대로 된 적은 한 번도 없었던 것 같다.

'돈이 안 되지만 좋아하는 일을 할까요, 좋아하지 않지만 돈이 되는 일을 할까요?'라는 질문은 아직도 아리송하고 어려운 문제다. 이 질문 자체가 말이 되긴 하는 걸까? 좋아하는 일이 꼭 돈이 안 되는 것일까? 그건 그런 사람도 있고 아닌 사람도 있으며 그런 때도 있고 아닌 때도 있는 것 아닐까?

나의 경우도 그렇다. 경력이 쌓이니까 수입이 점점 상승곡선을 그리기야 하지만, 자세히 들여다보면 들쭉날쭉이다. 좋아하는 그림을 그리며 살겠다고 끊임없이 다짐했지만, 결국 프리랜서가 되어보니 이 일 안에서도 마음 가는 일, 싫어하는 일이 또 나뉜다. 막상 해보면 내가 제일 마음을 주고 사랑했던 일이 돈이 되기는커녕 오히려 손해를 봐서 어이가 없기도 했고, 정말 하기 싫어서 눈물을 흘리며 한 일이 돈이 되기도 했다. 내가 들인 공과 수입이 정비례할 때도 있고 아닐 때도 있어서 도대체 좋아하는 일과 수입이 상관관계가 있기나 한 걸까. 아직도 모르겠다. 운과 노력, 실력과 재능, 하고 싶은 것과 돈이 되는 것 사이에서 끊임없이 방향 없는 외줄 타기(?)를 하는 느낌이다. 심지어 시기마다, 사람마다 모두 다르다.

어쨌든 나의 경우 다행인 것은, 미래의 내가 돈을 벌어다 줄 거라는 희망은 꽤 이른 시기에 정말로 현실이 되었다. (야호!)

내 경우에 한해서는 그림이라고 해서 반드시 먹고살기 힘든 것만은 아니구나, 그렇게 말할 수 있게 되었다. 물론 앞으로 어떻게 될지는 모르는 것이라서 이렇게 말하는 게 조심스럽지만. 만약 앞으로 그림으로 먹고살기 힘들어지는 날이 온다면, 그건 또 그때 가서 대처하면 되지 않을까. 어느 날 일이 모두 끊겨 아르바이트를 하게 되는 날이 오지는 않을까 상상한 적도 많은데, 그럼 그냥 그렇게 살면 된다고 생각한다.

확실한 것은 다시 돌아간대도 나는 똑같은 선택을 할 것이고 늦은 나이가 되어서 생계형 노동을 하게 된다 해도, 그림 그린 일을 후회하지는 않을 것이다.

그렇다고 해서 내게 조언을 구하는 사람들에게 '고생 끝에 낙이 옵니다.'라든가 '돈이 없을 때는 알바를 하면 됩니다.' 이렇게 대답할 수는 없다. 이런 말을 감히 어떻게 할 수 있단 말인가. 단지 나에겐 나의 상황이 있었을 뿐이다.

하지만, 전혀 다른 전공을 하다가 그림을 시작한 사람이 어떠한 뒷받침이나 자본도 없이 학원이나 학교에 갈 돈도 없어 알바를 하며 버티다가 결국 진짜 일러스트레이터가 되었다는 이야기는 누군가에게는 조금 희망이 되지 않을까?

자기 확신이 있다면, 본인이 행복하다면, 수입은 부차적인 문제로 생각할 수도 있는 거 아닐까? 미래의 자신에게 베팅을 해

그냥 당연하게
내 마음이 행복한
일을 할래.

봐도 괜찮은 일 아닐까? 부자가 되지 않아도 본인이 행복할 자신이 있다면, 그렇다면 한번 용기내서 도전해보는 것은 어떻겠냐고, 이 정도는 말할 수 있을 것 같다.

P.S.

남편의 경우 대기업을 다니다가 퇴사하고 라멘집을 차리기로 마음먹었는데, 그때 모두가 만류했다고 한다. 모두 경제가 어렵다, 식당이 얼마나 돈 벌기 어려운데, 회사 나가면 무조건 후회한다, 라고 말했다고 한다. 하지만 자신은 확신이 있었고 왜 사람들이 안 된다고만 하는지 이해가 안 갔다고 한다. 결국 그의 가게는 오픈 후 매일 웨이팅이 생기는 유명한 라멘집이 되었다. 확신이 있다고 다 성공할 수 있는 건 아니지만 해보기 전에는 어떻게 될지 아무도 모르는 것이다.

현실

언제나 나는 하고 싶은 것이 있었고, 그것을 할 수 있었고, 실제로 했고, 할 것이라고 선언하며 내 삶의 길을 확실하게 알고 있다 믿었는데 세상에 혼자 나선 지 일 년 만에 실패와 포기를 너무 많이 맛봤다. 생각보다 난 가진 게 없고, 생각보다 돈 문제가 심각하고, 이 세상엔 생각보다 능력자가 많고, 생각보다 긴 시간이 걸리고, 생각보다 길도 많고, 생각보다 내가 하고 싶은 것을 할 수 있는 일 같은 건 존재하지 않았다. 거의 매일 물음표를 던지고 거의 매일 얄팍한 답을 안은 채 다시 새로운 질문을 던진다. 나는 꿋꿋이, 오로지 나의 생각으로, 나의 길을 정하고 싶었는데 이제는 **'정말 그게 가능한가요?'** 라고 묻고 싶다. 누가 답해줄 수 있을까. 인생 선배들께 물어봐야 하는 걸까? 나는 너무 다쳐서 더 이상 실패나 좌절을 하고 싶지 않은 걸까? 그래서 안전한 길을 가려고 하는 걸까?

내 길에 대해 아무것도 모르겠다는 말만 되풀이하는 내 모습이 낯설다. 이런 때가 온 거겠지. 내가 이해할 수 없었던 사람들의 고민을 내가 하게 되고, 내가 듣고 싶지 않았던 어른들의 걱정을 내가 하는 때. 꿈을 실현하기 힘든 이유를 하나둘씩 발견하면서 나도 결국 그냥저냥 한 어른들이 되려고 하는 걸까? 그건 죽어도 싫은데…… 제발 조금이라도 아주 작은 경험이더라도, 정말 미미할지언정 나에게 내 꿈과 관련된 성취가 있었으면 좋겠다. **성취감을 느끼고 자신감을 얻고 싶다.** 하기 싫은 일을 하면서, 세상은 원래 이래, 라는 생각을 하는 게 아니라 내 맘대로 하면서도, 굴복하지 않고, 세상을 만나고, 내 것을 더욱 넓혀가면서, 내 생을 살고 싶다. 옆에서 형태 없는 자의 목소리가 들린다. "정말 철이 없구나."……아무도 만나고 싶지 않다. 어른들의 잣대…… 지겹다. 난 너무 조그맣고, 세상이 너무 밉다.

작업일지 32 2016. 5. 3.

질투는 그만해

① 잘 나가는 사람들을 볼 때마다 부러움에 숨이 막히곤 한다. 저 사람은 왜 나랑 나이가 같은데 저렇게 팔로어가 많을까. 왜 저렇게 행복해 보일까. 이런 생각들이 나를 너무 힘들게 해서, 나를 잡아먹을 것 같은 감정이 고개를 기웃할 때, 그 감정을

내가 받아들이지 않는 연습을 해본다. 쓸모없고, 받아들이기 반갑지가 않은 그런 감정들…… 우선 내가 마음을 안정적으로 유지하는 게 무조건 가장 좋다. 혹여 자괴감, 불안, 고통에는 근거가 있고 그것들을 물리치는 데에는 근거가 없다고 할지라도. 최대한 그것들을 거부하려고 한다.

② 꾸준히 일이 들어와서 다행이라는 생각이 든다. 돈이 다 늦게 들어오는 게 언제나 문제이지만, 앞으로도 쭈욱 이렇게 살 수 있을 것 같다는 생각이 점점 든다. 단 여행을 너무 가고 싶다. 갈 수 있을까 여행? 편안한 여행을 한번 가보고 싶다.

③ 언제나 쓰는 말이지만 거의 매일 다시 태어나는 것 같다. 나 자신이 익숙해지지가 않는다. 나 자신에 대해서라면 1mg의 변화도 감지가 되는 것이 참 피곤한 것 같다. 타인들을 만나듯이 일주일에 한 번, 식사하면서 얘기하면서 몇 시간, 뭐 그렇게 만나면 압축적으로 이해할 수 있을 것 같은데. 난 항상 늘 나 자신이다 보니까 더 갈피를 못 잡겠다. 나라는 숲을 보는 시간보다 나무 하나, 그 잎사귀의 벌레들 하나하나를 바라보며 사는 것 같다. 친구들이랑 이야기하다보면 내가 항상 같은 말을 한다는 걸 깨닫는다. 그런데도 나만 그게 새로운 내용인 줄 알

고 막 얘기한다. 오히려 상대 쪽이 나에 대해 더 잘 '정리된' 정보를 갖고 있다는 느낌이다. 생각이 너무 많아도, 안 좋다.

작업일지 33 2016. 11. 29.

해야 하는 일보다 하고 싶은 일

불규칙적인 일보다 규칙적인 일

혼자 하는 일보다 여럿이 하는 일

빠르게 하는 일보다 오랜 기간 시간을 들이는 일

큰 획 여러 개보단 작은 선을 수 천 개 긋는 그림

꼼꼼한 그림

디테일한 연출

나와 다른 사람들에게 무의미하지 않은 것

믿고 터놓을 수 있는 동료

내가 원하는 것들.

18

일로서의 그림

몸은 정치외교학과나 학생운동에 소속되어 있지만 절반은 그림 그리는 사람의 냄새를 풍기고 다니던 무렵이었다. 조금 얼토당토않은 실력이긴 했지만 내 드로잉을 페이스북이나 싸이월드 여기저기에 업로드하면서 반응을 즐기고 있었는데, 학교에서 교지 편집을 하던 친구에게 연락이 왔다.

'교지 표지 그림 좀 그려줄래? 그림 비용은 얼마야?'

교지 편집부에서 내 그림을 우연히 보고 너무 좋았다고, 우리 학교 학생이 표지를 그려주면 좋을 것 같다면서 청탁을 해온 것이었다. 세련된 실력은 아니었지만 열심히 그렸고 교내에 내 그림을 표지로 한 책이 깔려 뿌듯했다. 그림으로 돈을 번 첫 경험이었다. 이런 일이 그 후에도 종종 있었다.

작가 지망생이 된 지 1년 남짓한 무렵에 사회운동을 하던 선배들한테 연락이 왔다. 이번에 새로 월간지를 만드는데 어떤 노동조합에 가서 인터뷰한 내용을 기사와 함께 만화로 싣고 싶다고, 그 만화를 내가 그려보는 것이 어떻겠냐는 것이었다. 용돈벌이가 될 수 있을 것 같아서 해보기로 했다.

콘티는 편집부에서 짜주었고 나는 그림만 그리면 되는 일이었다. 이런 식의 만화는 해본 적이 없어서 급하게 학습만화나 사회 문제를 다룬 만화책 같은 걸 참고해가며 마감을 했다. 그랬는데 만화의 반응이 나쁘지 않았는지 매달 연재하자는 제안을 받았고 그렇게 월간지에 만화 연재를 2년 정도 하게 됐다.

첫 화는 어떻게든 해냈는데 두 번째부터는 어쩐지 하면 할수록 더 어려워졌다. 그때는 그림을 다시 시작한 지 얼마 안 됐을 때여서 그림 실력도 잘 다져져 있지 않았고, 단순히 드로잉을 하는 것과 만화를 '연출'하는 것은 전혀 다른 일이라는 것을 느꼈다.

급하게 만화 작법서들을 봤지만 어쩐지 작법서를 보니 멋진 만화를 그리기 위해 지켜야 할 것들이 이렇게나 많다는 생각에 마음이 더 무거워졌다. 매달 등장인물과 에피소드가 바뀌어서, 그림체도 조금씩 변화를 줘야 어울릴 것 같아 생각이 많아졌다. 사람들이 칭찬을 해주니 더 잘해야 할 것 같아 점점 부담이 되었다. 나중에는 빈 종이만 봐도 가슴이 철렁 내려앉고, 피하고 싶고, 이 일이 두려워지기까지 했다.

편집부 선배들은 너그럽고 멋진 사람들이라 늘 내게 아낌없이 조언과 칭찬을 해주셨다. 나만 내 그림의 퀄리티가 안 좋다는 생각으로 마감일을 두려워했다. (여담이지만, 내가 약속을 못 지킬 때에도 편집부 선배들은 술도 사주고 고민도 들어주고 격려를 아끼지 않으셨다. 아직 어리니까 괜찮다고, 지금도 잘하고 있다고 위로해주셨다. 사회 초년생 때 만난 선배들이 이렇게 멋진 사람들이어서 참 다행이었다. 가끔은 이 따스함이 그리워서 힘들면 요즘도 이들에게 찾아가 응석 부리고 싶어질 정도다. 물론 선배들은 힘드셨겠지만……. 세상 사람들이 다 이 선배들 같은 사람들이라면 수명이 늘 것 같다.)

나중에는 이 만화와 기사가 엮여 단행본으로도 출간되었는데, (『너에겐 노조가 필요해』라는 책. 지금은 절판되었다.) 나 같은 사람이 책이라니, 나무에게 미안하고 부끄러워 숨고만 싶었다. 일간지에 인터뷰도 했는데, 더 마음이 복잡해졌다. 아무리 만화를 연재하고 있다 하더라도, 아직 실력도 많이 모자라고 자신의 세계랄 것도 없었고, 스스로를 만화를 그리는 사람이라고 내세울 만하다는 생각이 들지 않아 어떻게 행동해야 좋을지 몰랐다. 내 첫 출간 경험이지만 마음이 싱숭생숭했다.

그림을 처음 시작했을 때는 패기와 근자감으로 가득했는데, 청탁 받은 일을 할 때마다 '내가 얼마나 그림을 못 그리는지', '내가 얼마나 일러스트와 만화에 대한 이해도가 없는지' 알게 되었다. 어딜 가나 주눅 든 모습을 하고 다녔다.

그런데 만화가 월간지에 실리니 그걸 보고 또 여러 노동조합이나 인권단체에서 그림 의뢰가 들어왔다. 학교 다닐 때 알던 후배한테서도 오랜만에 연락이 와서 그림 의뢰를 받은 적도 있다. 노동조합은 노동조합이라 그런지 비용을 잘 챙겨주셨다. 수입에 대해서는 언제나 절실했기에, 실력이 부끄러웠지만 일은 또 꾸준히 했다.

지망생 기간임에도 이런 식으로 그림을 그려 돈을 벌었다. 오히려 정외과 학생이고 학생운동을 했기 때문에 벌어질 수 있는 일이었다. 주변 사람들한테는 '그림 그리는 사람' 하면 '반지수'가 떠올랐기 때문에 그림이 필요한 일이 생기면 우선 나한테 연락을 준 것이다.

내가 나의 경력을 셀 때는 이 기간을 넣지는 않는다. 그림으로 돈을 벌었으니 일러스트 일을 한 건 사실이지만, 실력이 그저 그래서 그 기간을 스스로 커리어로 치기는 좀 뻔뻔하다는 생각이 든다. 실제로 이때 한 일들을 사람들에게 보여주지도 않고 포트폴리오에 넣지도 않았다. 지금 내 그림을 아는 사람들이 지망생 기간의 내 그림들을 보면 놀랄지도 모른다. 스타일도 다르고 기본기도 엉망이다. 일종의 '일러스트레이터 수습 기간' 같은 느낌에 가까웠다.

♣♣♣

준비되지 않은 상태에서 '일'을 했던 게 과연 좋은 경험이었을까? 아직도 답을 내리기가 힘들다. 스스로 수습 기간이라고 말하긴 했지만, 그때 내 경험이 나에게 정말 배움의 시간이었을까. 개인적으로는, 무언가를 배운다는 느낌보다는 내 능력 이상의 일을 하며 견디고 버텼다는 느낌에 더 가깝다. 준비운동이 되어 있지 않은 상황에서, 체급에 안 맞는 무게를 드느라 부상을 입은 것 같았다. 몸이 아니라 마음의 부상.

마감을 할 때 어려웠던 것은 클라이언트가 도대체 뭘 원하는지 모르겠다는 것이었다. 클라이언트가 자신이 원하는 것을 기획안이나 레퍼런스로 전달하면 나는 그들의 요구에 맞게 그때그때 그림체를 새로 공부해서, 스타일을 만들어내서 마감을 했다. 그래서 당시 작업물을 보면 스타일이 이리 튀고 저리 튄다.

이렇게 일을 할 수밖에 없었던 이유는, 결국 '내 스타일'이 없기 때문이었다. 나의 스타일이나 포트폴리오가 없으니, 청탁하는 사람도 레퍼런스를 다른 곳에서 찾아 전달할 수밖에 없고 나 또한 클라이언트가 원하는 것을 그때그때 파악해야 했다. 나의 일을 하는 느낌이 아니라, 그들의 머릿속에 있는 것을 억지로 끄집어내는 기분이었다. 그런 그림이 매력이 있거나 퀄리티가 높을 수가 없으니 나는 나대로 내 실력에 좌절하곤 했다.

당시에는 실력이나 스타일이 없는 게 당연했다. 그림 자체를 다시 그린 지 1~2년 된 상태였으니까. 자기만의 색채가 단기간에 만들어질 리가 없다. 그런 나의 상황을 객관적으로 인식했으면 됐는데, 어쩌면 이 일 자체가 나에게 맞지 않는 것은 아닐까 하는 식으로 문제를 잘못 짚기도 했다.

실력을 키우고 싶어서 오직 그림 공부에만 몰두하고 싶었고 어서 나의 세계를 만들고 싶었다. 하지만 여건이 되지 않았고 일하는 시간이 소모적으로만 받아들여졌다. '휘뚜루마뚜루' 시작된 일이라, 일을 배울 수 있는 곳도 없었고, 지인들 중에서도 일러스트 관련된 일을 하는 사람이 없어 누구에게 조언을 구하지도 못했다. 혼자서 맨땅에 헤딩하는 느낌이라 내 고민이 어디서부터 시작됐고 뭐가 문제인지도 잘 파악을 하지 못했던 것 같다.

뭔가를 배울 수 있는 환경도 아니고 준비가 되어 있지 않은 상태에서 일러스트 일을 하는 것이 좋았을까. 생활비를 벌 수 있었던 건 감사한 일이지만, 만약 가능만 했다면 하지 않는 쪽이 낫지 않았을까, 최소한 업계 선배나 조력자가 있었더라면 덜 힘들지 않았을까. 너무 괴로웠기 때문에 아직도 이렇게 생각하고 있다.

♣♣♣

2년간 함께했던 만화 연재를 종료하자마자 애니메이션 회사에 들어갔고, 1년 후 회사를 나와 반 강제로 프리랜서가 되었을 때 신기하게도 또 그림 의뢰가 들어오기 시작했다. 사주를 보면 일복이 많다는 얘기를 항상 듣는데, 돌이켜보면 정말 쉬지 않고 일이 들어왔다. 이제 좀 쉴 만하다 싶으면 기가 막히게 또 새 일이 들어와서, 본격적인 프리랜서를 시작한 후로는 일이 일주일 이상 비어 있었던 적이 없다.

이번에는 주변 사람들로부터가 아니라 SNS의 내 그림을 보고 들어온 의뢰였다. 연락을 준 곳은 대부분 영화 홍보사나 출판사였다. 회사에서 배경 아티스트로 일한 경험 덕분에 예전보다는 상대적으로 일을 잘 마무리할 수 있었다.

'나는 예전과는 실력이 달라졌다. 포트폴리오를 제대로 만들어서, 내 스타일로 작업 의뢰를 받아보자'는 각오가 섰다. 나의 스타일을 꼭 하나로 한정 지을 필요는 없지만, 이제는 대표적인 뭔가가 있어야 한다는 생각이 들었다. 통일된 퀄리티를 꾸준히 보여주어야 한다. 그래서 주 1회 '풍경 일러스트'를 꾸준히 창작 콘텐츠 플랫폼 그라폴리오에 올렸는데 정말로 이걸 보고 또 여러 업체에서 연락이 오곤 했다.

그런데 내 딴에는 포트폴리오를 만들었다고 생각했지만 역시 그 당시 수준으로는 실력이 엉성했었나보다. 출판사로부터 주문을 받았지만, 내 실력이 균일하지 않고 들쭉날쭉이라 포트폴리오에서 보여줬던 만큼의 퀄리티를 뽑아내지 못했다. 클라이언트 쪽에서도 기대한 만큼 결과가 나오지 않았는지, 수정 요청을 너무 많이 해서 '역시 쉽지 않구나' 하고 눈물을 흘리면서 마감을 했다. 퀄리티가 들쭉날쭉인 상황은 그 후로도 종종 이어졌다.

하지만 현실은 어쩔 수 없었고, 돈은 벌어야 했으니 이를 악물고 순간순간 이겨내는 마음으로 살면서 그럭저럭 점점 커리어라고 부를 만한 일들을 쌓아갔다. 그러던 어느 날, 그토록 듣고 싶었던, '작가님 스타일대로 그려주세요.'라는 주문을 받은 건 2021년 초봄, 어떤 광고사 미팅에서였다.

그림을 그리기로 마음먹은 지 9년, 그림으로 돈을 번지 7년 만에 처음 있는 일이었다. 그뿐만이 아니었다. 광고사 쪽에서 일러스트 비용이 어떻게 되냐고 물어보시기에 페이를 말씀드렸더니 걱정스런 눈빛으로 한숨을 쉬며 말씀하셨다.

"우리나라 작가들 좀 더 당당해져야 돼요. 아직도 그렇게 받으십니까. 더 드릴게요. 더 받으셔도 돼요."

내가 말한 페이보다 더 값을 올려준, 이전에도 이후에도 없

〈지망생 때〉
나 천재일지도!
난 재능 있어!
…
아냐 난 너무 못그려…
난 센스가 없어…
〈감정의 널뛰기〉
어느 것이 나인가?
자만심, 자괴감, 자신감이 누가 먼저랄 것 없이 뒤엉켜 있는 것 같다…
투닥투닥

〈지금〉
그래 '나'들은 항상 이렇게 왔다갔다 하지
모든걸 받아들이는 나.
둘 다 내 모습인 것이다
널뛰기도 그냥 계속 타렴…
의욕없는 나
너도 나고
하하하
헤헤헤
너도 나였구나
자신감 넘치는 나
앗 하나 더 생겼다!
시간이 지나니 서로를 받아들이고 있어

었던 유일무이한 팀이었다. 기쁘기도 하고 놀라기도 해서 "아…… 제가 미팅 중에 이런 말을 처음 들어봐서 얼떨떨해요. 정말 감사합니다."라고 횡설수설 답변 드렸다. 처음으로 '아 이제 내가 진짜 일러스트레이터가 되었나보다.' 하고 느꼈던 경험이었다. 그날 방문했던 사무실, 내가 입었던 옷, 했던 일이 모두 생생하게 기억에 남아 있다.

그 후로 점점 클라이언트들이 '반지수 작가님 스타일로 그려주세요.'라고 주문하는 일이 많아졌다. 중구난방이던 인스타그램 피드도 점점 하나의 색채로 통일되어갔다. 어떨 땐 그 어떤 요구 사항도 없이 오직 '작가님 마음대로 해석해서 그려주세요.'라는 제안을 받기도 하는데 이때가 가장 신난다.

이제는 이 일이 많이 익숙해졌지만 가끔 지망생 시절 그림들을 드라이브나 창고에서 발견하면 기분이 이상하다. 그땐 이런 그림도 그렸었지. 그동안 정말 많은 우여곡절이 있었구나. 지금 나는 정말 많이 성장했구나, 하는 생각이 든다. 그때 괴로워하고 어려워했던 문제들을 지금은 그렇게까지 힘들어하지 않는다. 많은 부분들을 예전에 비해 뚝딱뚝딱 해결하고 거뜬하게 일을 하는 빈도가 많아졌다. 10년 정도가 지나서야 이 일을 정말 직업인답게 할 수 있게 되었으니 시간이 꽤 오래 걸린 것 같다.

작업일지 34 2016. 3. 18.

애초에 잘할 수 있어서 일을 할 수 있는 사람은 세상에 몇이나 될까?
몇 없을 것 같다.
재능이나 기질 같은 것은 있겠지만,
일을 정말 잘하게 되려면 하면서 상처 받고 거절 당하고. 못하고,
그러면서 잘하게 되는 방법밖엔 없는 것 같다.

작업일지 35 2016. 3. 18.

실력

도저히 그림을 그리지 않으면 살아갈 수 없어서이기도 하겠지만 그림에 재능이 있다고 스스로 믿으니까, 그림을 그리면서 살겠다고 한 것이다. 어쩌다보니 주변 사람들이 일을 부탁해서 외주작업이라는 것을 매번 하고 있다. 처음엔 외주작업을 비웃었다. 나도 다른 일러스트레이터들처럼 그릴 수 있겠지 뭐. '이 정도는 나도 할 수 있을 거 같아 보이는데?' 하는 마음. '할 수 있는 작업'만

했을 때는 아무 생각이 없었다. '나름 괜찮네!' 하는 생각에.

그런데 지금은, 내가 하는 거의 모든 작업에서 아쉬움을 느끼고 회의를 느끼고 자괴감을 느낀다. 작업을 할 때마다 내가 어디까지 능력이 있고, 없는지를 느낀다. 어느 누가 그렇지 않겠냐만 자기가 하는 일에 대해서 '내가 어느 정도 능력이 없다'는 것을 인지하는 순간은 정말…… 정말 지옥이라는 말밖에는 달리 표현할 방법이 없다.

나 같은 이상주의자에게 이런 심리적 압박은 더욱 힘들다. 처음보다 경험이 쌓일수록 작업은 더 어려워진다. 작업이 있는 기간에 받는 스트레스는 그 어떤 시험 기간이나 경제적 압박보다도 심하다. 괴로워서 없던 불면증도 생긴다. 최근에 이런 상황이 너무 자주 찾아오다보니 이제는 정말로 마음을 달리 먹어야겠다는 생각이 든다.

그냥 못한다는 걸 받아들여야 하는 수밖에, 다시 또 하는 수밖에 없지 않겠냐고 말이다. 며칠 밤새 만든 작업물을 처음부터 다시 해야 한다는 소릴 들었을 때도…… 화는 나지만 한편으로는 이 상황을 받아들여야지 어떻게 하겠느냐고. 그냥 다시 한 번 더 해보자고. 어쩌겠냐고. 그런 생각이 들었다. 열심히 목적지를 향해 달렸는데 아니면 다시 돌아가야지. 그 수밖에 없지 않나……

지금은 막막하더라도 이런 시간을 많이 보내고 나면 내가 좀 달려져 있지 않을까? 다음에 일을 할 때 이런 실수를 덜 하지 않을까? 그렇게 생각해보면 좋은 경험이 될 수도 있지 않을까…… 지금 이 시간들도.

19

마음의 괴로움을 다루는 방식

지망생 기간 동안 가장 힘들었던 건 마음의 괴로움이었다. 그림을 막 시작했을 때야 설레고 흥분된 마음으로 가득했지만, 막상 시작하고 나자 얼마 되지 않아 이내 패배감, 불안감, 괴로움으로 가득 찬 나날을 보냈다. 내가 기억하는 지망생 시절의 내 모습은 다음과 같다.

프로 수준의 실력을 갖고 싶었다

하지만 원하는 결과물이 나오지 않았다. 잘 그려야 한다는 부담감을 느꼈지만 항상 결과물이 엉성해 현실과 이상의 괴리를 느꼈다. 어디서부터 어떻게 해야 그 간극을 좁힐 수 있을지 갈피를 잡지 못했다. 열심히 해서 성장해보자고 생각했지만 어떤 그림을 그려야 하는지, 과연 연습을 하다보면 정말 내가 원하는 실력을 갖게 될 수나 있을지 거시적으로 스스로를 조망할 수 있는 시야나 지식이 없어 방황했고 막연했다.

후회를 하기 시작했다

내가 남들보다 너무 늦게 시작했기 때문일까? 난 왜 더 일찍 시작하지 않았을까? 교보문고 아트 서적 전문 칸에 가서 한참을 서성이며 처음 보는 책들, 형형색색의 고화질 미술서적과 작법서를 보며 회한에 사로잡히곤 했다. 이 책의 존재들을 20대 중반에서야 처음 알았다는 게 나를 힘들게 했다. 왜 진작에 시작하지 않았을까. 따라잡아야 할 것이 너무 많고 나는 남들보다 한참이나, 적어도 10년은 뒤쳐져 있다는 생각에 마음이 늘 조급해졌다. 나는 늦었다는 거대한 망상을 멈출 수 없었다.

남들과 나를 비교하기 시작했다

나와 비슷한 또래임에도 이미 SNS에서 유명하고 왕성하게 활동하는 모든 사람이 부러웠다. 그들과 나를 비교하지 않으려고 노력했다. '난 2~3년차고. 저들은 나보다 더 어릴 때부터 했으니까 10년차는 되었겠지. 나도 10년차가 되면 잘할 수 있을거야' 내가 연차가 아직 적다는 것을 계속 생각하려 했다. 하지만 잔혹하게도 휴대폰을 열 때마다 소위 '잘 나가는' 그림쟁이들의 삶이 내게 노출되었고 그들의 행복을 염탐하는 일을 멈추지 못했다. 마음은 쉽사리 다잡아지지 않았고 나도 빨리 어떤 그림체를 만들어야 할 것 같았다.

조급함과 압박에 시달렸다

하지만 '나의 세계'는 단기간에 만들어지지 않았다. 어떻게 만들 수 있을지 힌트조차 갖고 있지 않았다. 여유롭게 스스로를 보듬기가 힘들었다. 부정적인 감정들의 사이사이로, 월세를 내고 겨울옷을 사고 공과금을 내면 모든 숫자가 사라져버리는 통장을 보는 일에 온 마음이 지쳐 정신을 차리기가 힘들었다. 5평도 되지 않는 원룸의 옆방에서 이름 모를 아저씨가 소변을 누는 소리가 들릴 때마다 혹시 내가 앞으로도 계속 이렇게 살면 어떡하나, 막막해졌다. 작은 방에 갇혀버릴까봐 겁이 나서 울었다.

괴로운 생각이 꼬리에 꼬리를 물었다

스마트폰을 보거나 게임을 하며 시간을 흘려보냈다. 연습은 띄엄띄엄이었다. 빈 페이지에 엉성한 드로잉만 잔뜩 쌓여가는 걸 보며 도피하고 싶었다. 침대로 가서 하염없이 누워 있거나, 흰 종이가 무서워 외면하느라 며칠을 보내고 나면 또 열심히 하지 않은 내가 치가 떨리도록 싫어 자책하고 왜 이것밖에 안 되는 인간이냐며 자신에게 화를 냈다.

♣♣♣

지망생 기간 동안 나를 괴롭히는 여러 물리적 상황들은 결국 해결되지 않았다. 가령 실력이 눈에 띄게 좋아진다든가, 좁은 집을 벗어날 수 있다든가, 수입이 늘거나 만족할 만한 커리어가 생기거나 여유롭게 그림 공부를 할 수 있는 시간 따위는 생기지 않았다. 괴로움의 원인이 해결되지 않았기 때문에 괴로움이 끝나는 일은 없었다.

하지만, **상황을 바꾸지는 못하더라도 마음은 다스려보고자 했다.** 마음에 문제가 생길 때마다 생각을 달리 하려고 몸부림쳤다. 우리 집 가훈은 '일체유심조'였는데, 나는 이 말을 좋아했다. '모든 것은 마음먹기에 달렸다.' 나의 다이어리와 책상에 늘 적혀 있는 문구였다. 내가 오래 따랐던 이 말을 다시 내게 적용시켜 보고자 했다. 마음을 바꿔보기로 했다.

나 자신의 마음과 감정에 스스로 대응하면서 가장 기억나는 지침은 **현실을 객관적으로 인식하자**는 것이었다. **있는 그대로의 사실을 받아들이려고 노력**했다.

당시 학생운동·사회운동을 하며 만난 선배가 했던 말 중에 기존의 내 인식을 뒤흔들어놓는 말이 있었다.

"문제가 아닌 것을 문제시하는 것이 문제다."

선배는, 우리가 혹시 맹목적인 비난을 하고 있는 것은 아닌지, 문제를 잘못 설정하여 해결 방안을 오단한 것은 아닌지 스스로를 비판하고 돌아보자는 취지에서 한 말이었다. 나는 이 말이 좋아서 나의 개인적인 경우에 대입해보곤 했다. 그러면 마음이 점점 편해졌다.

♣♣♣

내가 그림을 잘 못 그리는 것이 문제인가? 문제가 아니다. 오히려 '사실'에 가깝다. 사실은 사실일 뿐 아무 문제가 없다. 애초에 실력이란 오랜 시간에 걸쳐 닦아나가는 것이다. 그러므로, 그림을 그린 지 얼마 안 된 사람의 실력이 모자란 것은 문제가 아니다. 그렇다면 현재의 실력 부족을 문제시하지 말고 묵묵히 연습을 하면 된다. 오히려 너무 높은 이상을 갖느라 에너지를 고갈하고 있는 상황이 문제다.

내가 늦게 시작한 것이 문제인가? 문제가 아니다. 심지어 20대 초반에 시작한 것은 그렇게 늦지도 않을뿐더러, 무언가를 시작하는 데에 적정 나이가 있다는 생각 자체가 잘못된 고정관념일 수 있다. 40대에 소설을 쓰기 시작한 박완서, 70대에 그림을 그리기 시작한 모지스 할머니 같은 극단적인 사례를 제쳐놓고 봐도, 모든 연령대에서 무언가를 시작하는 사람은 전 세계적으로 무수히 많으며, 언제 어디에서 누가 무엇을 시작하든 문제는 하나도 없다.

비슷한 나이에 나보다 잘 그리고 성공한 사람이 있는 것이 문제인가? 문제가 아니다. 모든 사람의 인생은 다르다. 특정 나이에 성공해야 한다는 생각 자체가 일종의 환상일 수 있다. 그러므로 그런 문제로 괴로워할 이유가 없다.

오히려 진짜 문제는 내가 이상, 허상, 당위에 사로잡혀 있다는 것이었다. 허상에 불과한 정답을 스스로에게 잣대로 들이대며 나를 판단하고 있었다. 잘못된 판단은 벗어던지고, 현실을 있는 그대로 인식했다. 어쩔 수 없는 사실들은 문제시하지 않고, 내가 바꿀 수 있는 부분에만 집중하기로 마음먹었다. 모든 괴로움은 내 마음이 만들어낸 것이지 '사실'은 아무 잘못이 없었다. 그걸 깨닫자 마음에서 고통이 일어나는 빈도를 낮출 수 있었다.

자극적인 미디어나 경쟁을 부추기는 사회적 분위기에 나는 아직도 휩쓸린다. 휩쓸리다보면 금세 조급함이 몰려온다. 그럴 때마다 이 사실을 다시 떠올리려 한다. 문제가 아닌 것을 문제시하는 것은 내게 하나도 도움이 안 된다고, 정력 낭비일 뿐이라고 말이다.

♣♣♣

또 자주 했던 생각이 있다. **남이 나를 대하길 바라는 방식으로 내가 나를 대하자.** 나는 나에게 어떤 일이 있어도 누군가가 나를 믿어주길 바랐다. 응원해주길 바랐고 괜찮다는 말을 듣고 싶었다. 만약 시험 기간에 내가 방에 있는데, 엄마가 삼십 분에 한 번씩 문을 열어보며 내가 공부하는 걸 감시한다고 생각하면 어떨까? 시시때때로 공부가 잘 돼가냐고 넌 뭐 하는 애냐며 묻는 아빠가

아름다운
것을
그리고 싶어

있다면? 끔찍하지 않은가. 난 너무 괴로울 것 같다. (다행히 우리 부모님은 나에게 이러지는 않으셨다.)

그런데, 어느 날 정신 차려보니 20대 중반의 나는, 내가 나 자신한테 그렇게 행동하고 있었다. 왜 이렇게 못해? 언제까지 이럴 거야? 언제쯤 잘하게 될 거야? 오늘 왜 이렇게 많이 잤어? 오늘 왜 이것밖에 못했어? 라면서 말이다. **타인이 나한테 그렇게 하면 치가 떨리도록 싫어할 거면서, 나는 나 자신에게 습관적으로 채찍질을 하고 있었다.**

고등학생 때 시험을 준비할 때였다. 성적에 대한 압박감 때문에 가슴이 답답해서 거실에 나가 부모님께 힘든 걸 티낸 적이 있었다. 부모님은 나에게 자잘한 잔소리는 안 하셨지만, 그래도 은연중에 어디 가서 부끄럽지 않은 정도로는 해주길 기대하셨다고 생각한다. 내가 공부가 힘들다고 힘든 티를 내면 혼나진 않을까? 라고 생각했는데 그런데 웬걸, "너무 힘들면 하지 마. 이리 와서 TV나 봐. 그게 뭐가 그렇게 중요하다고."라고 말씀해주셨던 적이 있다. 그 말이 너무 안심되어서 가슴이 누그러지고, 불안감이 줄어들었다. 이때 들었던 말의 온화함을 나는 아직까지도 기억하고 있다.

압박감이나 조급함을 가지면 잘하려고 해도 안 된다. 감시 당하고, 안 하면 혼나고, 특정 결과물을 억지로 뽑아내야 하는데 그걸 못해 혼나는 상황이면, 당연히 마음이 괴롭다. 심지어 그걸 스스로에게 자꾸 주입하면 당연히 힘들어진다.

나는, '부모님이 나에게 대해줬으면 하는 태도'로 나를 대하기로 했다. 나는 우리 부모님이 내가 무슨 일을 해도 믿어줬으면 좋겠다. 시험 공부를 하던 내게 괜찮다고 말해주시던 그날 밤처럼. 조금 더뎌도 아무 말도 없이 기다려주셨으면 좋겠고, 조금 지칠 땐 쉬어가라고 말씀해주셨으면 좋겠다. 바로 그런 태도로 내가 나를 대하려고 했다. 너무 타박하지 않기, 혼내지 않기, 실망하지 않기, 믿어주기 그리고 제일 중요한 것, 기다려주기. 그렇게 생각하며 그만두었다. 내가 나 자신에게 스트레스 주는 것을.

이걸 깨달은 후로 나는 무슨 일이 있어도 나를 혼내지 않으려 했다. 대신, 내가 듣고 싶은 말이 무엇일지 생각했다. 그리고 그 말을 해주었다. '계속 해. 난 너를 믿어. 언젠가 다 극복할 거야. 오늘 하루 허투루 보낸 것에 상처 받지 마. 그건 큰 문제가 아니야. 너는 또 내일 일어나서 다시 할 거잖아.' 이 말을 스스로에게 계속 하고 또 했다. 워낙 게으른 성미였기에, 나를 믿어주기보다 불신하는 쪽이 훨씬 쉬운 선택이었지만 그래도 눈을 질끈 감고 마음을 다잡고 나 자신을 믿는 쪽을 택했다.

이런 생각을 하면 오뚝이같이 곧잘 일어날 수 있었다. 스스로에게 좀 더 너그러워질 수 있었다. 이런 방식으로 나를 사랑하면, 때론 스스로를 혼내야 할 때도 합리화하거나 용서하는 부작용이 발생한다는 단점도 있지만, 그래도 나는 이 방법을 선호한다. 혼내는 것보단 믿어주는 게 내 창의력에 더 도움이 됐다. 이 태도는 정말로 단단하게 내 안에 자리잡혀서, 요즘도 웬만하면 내게 어떤 일이 생겨도 스스로를 타박하는 경우가 거의 없다.

♣♣♣

이런 식으로 마음을 괴롭히던 문제들은 마음으로 대응했다. 지망생 기간 내내 좌절하는 마음과, 희망을 찾으려는 마음이 무수히 부딪히고 맞대응했다. 천만다행이었던 것은, 나쁘게 말하면 나는 감정 기복이 심한 편이지만 좋게 말하면 생각 변화가 유연해 회복이 빨랐다. 천성적으로 낙천적인 기질을 갖고 있기도 했다. 부정적이고 조급한 생각이 떠오를 때면 나는 온갖 방법을 동원해서 평화로운 마음을 택했으며 잘 되지 않을 땐 나 자신을 기다려주었다. 괴로우면서도 계속 그림을 그려나가고 다시 일어나 행동으로 옮겼던 건 분명 긍정적인 생각 덕분이었다.

무엇보다, 내 마음속 가장 깊은 곳에는 이렇게 계속 그리다보면 언젠가 나는 반드시 더 잘 그리게 된다는, 내 실력에 대한 믿음이 있었다. 이건 누군가에게 증명해 보일 수는 없어도 내가 느낀 것이었기 때문에 시간으로 증명할 수 있다고 믿었다. 언제 어디서 무슨 일이 있어도 이 느낌을 나는 거부할 수 없었다. 그런 믿음이 있었기 때문에 애초에 마음을 다스리려는 노력도 할 수 있었던 것이다.

P.S.

드로잉 수업을 하면서 수강생들에게 피드백하며 알게 된 것이 있다. 스킬이나 배움의 어려움보다는 마음의 부담감, 욕심, 앞으로 어떻게 해나갈지에 대한 불투명함으로 힘들어하는 사람들이 훨씬 많다는 거였다. 생각보다 이런 사람들이 훨씬 더 많아서 놀랐던 기억이 있다. 그때마다 나는 어떻게 안 좋은 생각을 물리쳤는지 열심히 말씀드리곤 했다.

그림에 욕심 좀 가져본 사람이라면 마음의 괴로움이 어떤 느낌인지 다들 잘 아실 것이다. 당연한 소리지만, 괴로움을 관리하는 법을 알아야 그림을 오래도록 그릴 수 있다. 괴로움을 가질 필요가 없다는 걸 알아야 괴로움에서 해방될 수 있다. 꼭 그림이 아니더라도 각자 삶에서 괴로움으로부터 해방되고자 하는 방법들을 가지고 있으실 거라 생각한다.

나는 주로 산책을 하고 일기를 쓴다. 이런 식으로 자신만의 방법을 갖는 건 정말 중요한 일이라 생각한다.

나도 여전히 마음의 파도들과 싸우는 중이지만 다른 모든 그림 그리는 사람들도 꼭 마음의 괴로움을 잘 다스려 성숙하고 행복하게 그림을 그리시면 좋겠다.

그림 그리는 일이 쉬운 줄만 알았는데

작업을 하는 거의 매순간

좌절하고 절망한다.

요행은 없다고 지름길을 바라지 말자고 수천 번 되뇌었다.

그럼에도 불구하고 작업마다 느끼는 나의 능력의 정도,

내가 어디까지 할 수 있고

어디까지 할 수 없구나 하는 것을,

솔직하게 인정하고, 바라보고, 만날 때마다

가슴이 답답하고 주저앉아 울고 싶다.

나는 도대체 언제 저들처럼 되는 건데!

입 밖에 내진 않지만 혼자 소리를 꽥꽥 지른다.

너무 힘든데,

이걸 계속 하긴 해야 한다는 걸

누구보다 잘 알고 있다.

그림 그리지 않는 것은 상상도 할 수 없고

그럴 생각도 없고 어차피 평생 이거 할 텐데.

이런 생각을 하다보면

다시 일어날 수밖에 없다.

다시 일어나는 데까지 오래 걸려서 걱정이지만……

작업일지 37 2017. 1. 9.

세상과 나 혼자 전쟁을 하는 것 같은 기분이다.

말도 안 되는 그림들을 보여주기가 너무 부끄럽다.

작업일지 38 2017. 2. 21.

너무 훌륭한 것을 보며 기죽지 말자. 내가 그들처럼 만들지는 못할지언정 가장 나답게는 만들 수 있다. 가장 나다운 것에 귀 기울여야 할 뿐이다.

20

일기 쓰기와 기록하기에 관하여

세상으로부터 쏟아지는 자극에 무척 예민하다. 스트레스나 상처도 쉽게 받는다. 불필요한 생각과 상상이 머리에서 멈추지 않는다. 평생 그래왔다. 넘치는 생각을 다스릴 수 있는 나만의 방법이 필요했다.

그러기 위해 책을 읽고, 영화를 보고, 일기를 쓰고, 산책을 했다. 책과 영화에선 지혜를 얻고 내가 가진 지혜를 확인했다. 일기와 산책을 하면서는 내 내면의 생각들을 관찰했다. 지망생 기간에는 그 어떤 시기보다도 가장 많은 독서와, 일기쓰기와, 산책을 했다. 그만큼 대응해야 하는 감정이 많았다.

마음의 문제를 영화, 독서와 산책으로 다스렸다는 것은 흔한(?) 얘기가 될 것 같아 넘어가고, 일기를 통해 마음을 다스린 이야기를 더 해보고자 한다.

나의 경우 일기를 이렇게 활용했다. 노트와 펜을 항상 들고 다녔다. 노트에 쓸 수 없는 경우에는 휴대폰 메모장을 활용했다. 어떤 잡념이 떠오르고 그것이 걷잡을 수 없어지면 망설이지 않고 노트를 꺼내 떠오르는 생각을 모두 기록했다. (나는 일기장을 '생각 노트'라고 불렀다.)

생각을 모두 적으면 쏟아내는 것만으로도 감정이 비워지는 효과가 있었다. 생각나는 대로 속기하듯 적을 때도 있지만, 때로는 내 고민을 표로 만들기도 했다. '현재 나를 괴롭히는 것 / 원인 / 해결방법'을 적어 생각을 카테고리화했다. 무언가 불분명해 보이는 부분이 있으면 카테고리를 달리하고 다시 표를 만들기를 반복했다. 무엇이 나를 괴롭히는지, 해결할 수 있는 문제인지 아닌지를 파악하면 생각의 늪으로부터 가벼워질 수 있었다.

내가 가진 일기에 관한 습관 중 가장 중요했던 것은, 쏟아내는 것으로 끝내지 않고 일기가 쌓이면 주기적으로 일기를 다시 정독했던 것이다. 우르르 써나갈 때는 오히려 내가 뭘 적는지 스스로 크게 인지하지 못한다. 우선은 게워내는 게 목적이었기 때문이다. 하지만 날을 잡고 일기를 천천히 읽어보면, '자기 파악'이 가능했다.

나는 내가 같은 생각을 수도 없이 반복하고 있었다는 걸 생각 노트를 정독하고 나서야 비로소 깨달았다. 나는 생각이 너무 많아서 가끔 그것을 통제할 수 없는 지경에 이르는데, 했던 생각을 또 하고 또 하면서 같은 일로 괴로워하고 후회하는 일을 반복하고 있었다. 이 얼마나 비효율적이고 바보 같은 짓인가. 자기 파악을 하고 나자, 또 바보 같은 생각이 들 때면 '내가 또 이러는구나.' 하고 쓸데없는 생각을 관둘 수가 있었다.

일기를 읽으며 내 성장의 속도를 가늠할 수 있었다. 마치 책을 읽듯 나의 지난 긴 시간을 다시 멀리서 바라보니, 아주 천천히 조금씩 나아지는 내 모습이 보였다. 생각 노트의 페이지를 넘기면 넘길수록, 정말로 아주 조금씩 말이다. 이걸 스스로 알게 된 게 가장 큰 수확이었다. 나의 성장이 너무 더뎌 스스로 답답한 적이 많았다. 하지만 나의 느린 속도를 파악하고 나서는, 눈앞에 뚜렷한 성과가 나오지 않더라도 '그래도 조금씩 좋아지고 바뀌고 있잖아. 난 원래 좀 느리잖아.'라고 스스로를 응원할 수 있었다.

한번 발전하고, 성장하고, 나쁜 습관을 고치기로 했으면, 그게 쭉 유지되면 좋을 텐데, 나는 그런 사람이 아니었다. 스스로를 다잡지 않으면 금방 게을러지고 불안한 생각이 자주 들었다. 같은 생각일지라도 그걸 늘 수천 번 되뇌고 또 되뇌어야 그나마 덜 아파하며 살아갈 수 있는 사람이었다. 이런 내 습성을 파악하고 나자, 늘 후퇴하고 또 다시 전진하는 내 모습을 미워하기보다, 바라봐줄 수 있게 되었다. 스스로를 이해하게 되었다. 이

것 역시 생각 노트를 통해서 알게 된 것이고, 생각 노트를 통해서 수행할 수 있게 된 것이다.

기록하지 않고 머리로만 하는 생각은 부정확한 기억을 남긴다. 하지만 내 상황과 고민을 여실히 기록해두면, 나 자신에 대해 상대적으로 객관적인 파악이 가능해진다. 스스로에 대한 과도한 자신감을 억제할 수 있고 스스로에 대한 과도한 불신이나 오해 역시 중재시킬 수 있다. 나 자신에 대한 이해도가 높아지는 것이다.

사람은 어쩔 수 없이 타고나는 성격과 기질을 갖고 있으면서도 노력으로 후천적으로 변화할 수 있는 모습도 함께 갖고 있다고 생각한다. 자기 자신을 잘 들여다보고 알게 되면, 어디까지가 나의 타고난 기질이고, 내가 노력해서 성장할 수 있는 부분은 어디까지인지가 보인다. 그러면 바꾸기 힘든 부분에 대해서는 스트레스를 덜 받게 된다. 나의 경우는 생각이 왔다갔다 하는 내 모습, 더딘 내 모습은 어느 정도 인정하고 받아들이기로 했다. 남들보다 느려도 남들 기준으로 타박하지 않고 '이게 나의 속도야.'라면서 흔들리지 않을 수 있게 된다. 대신 노력으로 바꿔야 할 부분에만 집중할 수 있다. 작업하는 시간을 매일 기록하여 책상에 앉아 있는 시간을 늘리는 연습을 했고 작업 지구력을 후천적으로 노력하여 바꾸었다.

나는 어차피 평생 '나'로 살아야 하기 때문에, 나 스스로에 대해서 잘 알면 알수록 인생에서 불확실하고 불안한 부분들을 다스릴 수 있는 '열쇠'들도 알게 되는 거라고 생각한다. 내가 그동안 쌓아온 기록과 자기 분석은 '자기 자신 해부도', '자기 자신 사용 설명서' 와 같은 기능을 한다.

문제는, 사람은 쉬지 않고 변한다는 데 있다. 20대에 남긴 '자기 자신 사용 설명서'는 내가 계속 나이를 먹고 새로운 경험을 쌓고 새로운 가치관을 획득해나가면서 생명을 다한다. 내가 변하면 나에 대한 기록도 업데이트가 필요하다. 새로운 나에 대해 끊임없이 귀 기울이고 스스로를 쉬지 않고 관찰하고 유연하게 받아들여야 더 면밀히 스스로를 파악할 수 있다.

그래서 나는 일기 쓰기와 생각 노트 쓰기를 그만둘 수가 없다. 일기와 생각 노트를 쓰고, 읽는 습관은 10년째 여전히 유효하다. 한 번 죽 읽고 나면 부산했던 마음들이 어른스럽게 정리가 된다. 마치, 맘껏 어질러진 집을 청소하는 것 같다. 그 청소하는 느낌 때문에 아직도 생각 노트를 읽는 일을 너무나 좋아한다.

이 책에 실려 있는 '작업일지'들도 내가 즉각즉각 스스로를 관찰하고 남긴 일기들이다. 요즘은 예전보다 고민이 덜해 일기 쓰기에 소홀해졌지만, 예전 작업일지를 보며 다시금 현재의 나를 소상히 기록해보겠다고 다시 다짐 중이다.

* 나의 멘탈 관리 *

낯선 곳 산책하기
일기 쓰고 다시 읽기
좋아하는 책 계속 읽기
<모리의 정원>에 나오는 모리처럼…!
용기 있는 영화 속 주인공들을 사랑하기
나는 나의 길을 간다

작업일지 39

2017. 1. 10.

만화를 그만둘지 고민하고 있다. 애니메이션 스튜디오에 들어가고 싶다. 나 자신 하나를 이해하고, 받아들이기가 왜 이렇게 길고 험할까? 이 모든 과정을 있는 그대로 받아들이기가 가장 어렵다. 조그만한 깔때기 구멍으로 큰 세상이 한꺼번에 쏟아지는 것 같다.

너무 혼란스러워서 최대한 내면의 목소리에 충실하려고 한다. 다른 사람 말들 중 나와 충돌하는 것, 불필요한 것들을 하나둘씩 걷어내고 있다. 고등학생 때도, 대학생 때도, 사회초년생이 되어서도 이상한 선택들을 한다. 자꾸만 더 현실과 멀어지는 것 같다. 하지만 이게 나에겐 가장 현실적인 선택지란 걸 알고 있다. 다시 '원점'으로 돌아왔다. 단지 60억 개의 인생 중 하나라는 생각이 절로 든다. 나 자신에 대한 다양한 위로 중 이게 가장 맘에 든다.

작업일지 40

2017. 2. 22.

아무리 눈을 씻고 또 씻고 보려 해도 오늘 내가 그린 그림에 대하여 오늘의 나는 까막눈이다. 일단 오늘 밤에 잠에 들어 꿈을 꾸며 하루를 넘기고, 출근하며 지하철에서 또 생각을 하고, 걷는 동안

시멘트를 뚫고 피어난 진짜 풀들을 들여다보고, 밥도 좀 먹고 나면 그제야 어떻게 수정할지가 보이기 시작한다. 시간을 들이고, 관찰, 생각을 해야 조금씩 나아진다. 대체로 항상 어제보단 내일 더 나아진다. 이렇게 일주일을 한 달을 일 년을 십 년을 보내고 싶다. 능숙해지고 싶다. 지나치게 능숙해져야만 진짜 미숙한 그림을 그릴 수 있다. 앞당길 수도 뛰어넘을 수도 없는 그 시간을 어서 만나고 싶다.

작업일지 41 2017. 2. 4.

애니메이션 스튜디오 입사에 합격했다. 기분이 이상하다. 정말 기분이 너무나 좋으면서 또 그만큼 불안하다. 돈을 번다는 것보다, 꿈꿔왔던 일에 동참한다는 것에 기분이 너무나 짜릿하다. 영화를 보기만 하던 사람에서, 영화를 만드는 사람이 된다는 것이 믿기지 않는다. 갑작스런 행운이 아니라 내가 살아온 것에 대한 보상으로 여겨지기에 더 기쁘다.

말을 아끼게 된다. 사기가 충만하다. 나는 좋아하는 일을 하면 거기에 흠뻑 빠져버린다. 주변도 둘러보지 않을 만큼 하나가 된다. 내 삶에서 일순위가 된다. 지금이 딱. 그렇게 될 것 같다.

21

애니메이션 스튜디오에 입사하다

스물여섯 살 때의 일이다. 학생운동도 정리했고, 대학교도 졸업했다. 내게 남아 있는 건 한 달에 한 번 하는 만화 연재와 카페 아르바이트. 그리고, 도대체 내가 무엇이 되어야 할지에 대한 고민이 끝나지 않은 채였다.

고민의 양대산맥은 '영화냐 그림이냐'였다. 영화를 만들기로 결심한다면 어서 영화학교를 들어가든가 스태프로 일자리를 알아봐야 했다. 그림을 그리기로 결심한다면 그림에 올인 해야 했다. 선택은 미뤄지고 머릿속만 무거워지던 차에 내가 내린 결론은 '그림으로 영화를 만드는 일'을 해야겠다는 것, 즉 '애니메이션 영화'를 만들겠다는 것이었다.

애니메이션 감독이 되고 싶다고 처음 생각한 건 고등학생 때의 일. 미야자키 하야오 감독의 〈센과 치히로의 행방불명〉이나 〈하울의 움직이는 성〉을 보며, 하나의 예술작품이 전 세계적으로 파급력을 지닌다는 것이 흥미로웠다. 그런 점에 이끌려 나도 나중에는 한국의 아름다움을 담은 애니메이션을 만들어야겠다는 생각을 했다. (그때는 왜인지 우리나라를 전 세계에 알려야겠다는 의무감을 종종 느끼곤 했다…….) 물론 아주 어릴 때부터 TV 애니메이션을 줄곧 봐왔기 때문에 마음이 끌렸던 것일 수도 있다.

그러다 2014년, 친한 후배가 나에게 어떤 링크를 보냈다. '언니가 아주 좋아할 것 같아요.' 어떤 애니메이션 영화에 대한 미니 다큐멘터리였다. 영화의 제목은 〈메밀꽃, 운수 좋은 날, 그리고 봄봄〉. 한국의 단편 문학 세 편을 엮어 하나의 애니메이션으로 만든 작품이었다. 영상을 보고 놀랐다. 우리나라에 이런 애니메이션 스튜디오가 있었다니! 서정적인 그림체, 우리나라 문학을 영화화하며 한국의 아름다움을 담겠다는 의지, 감독님의 온화한 분위기가 모두 나의 마음을 사로잡았다. 그 후로 '연필로 명상하기'라는 스튜디오를 쭉 주시했다. 홈페이지에도 자주 들어갔고, 네이버 블로그나 카페에 올라온 작업 후기와 만화도 하나도 빠짐없이 모두 봤다. 그림을 그리는 사람들이 모여 알콩달콩 하나의 작품을 만드는 모습이 보기 좋았다. 어떠한 하나의 장면을 만들기까지 감독님과 스태프끼리 어떤 대화가 있었는지, 어떤 생각을 거쳤는지 밝힌 비하인드가 무척 흥미로웠다. 이런 곳에서 일하면 좋겠다는 생각을 어렴풋이 했지만 실력이 모자라다 판단해 어영부영 미루고만 있었다.

한동안 애니메이션이라는 장르, 그중에서도 애니메이션 '영화'에 심취하여 여러 걸작들을 찾아봤다. 지브리는 당연하고 〈페르세폴리스〉와 콘 사토시 감독의 작품들에 강렬한 충격을 받았다. 세상에 어떤 걸작들이 있나 파도타기를 하다가 미셸 오슬로 감독의 〈키리쿠와 마녀〉를 만난 날, 그 어떤 영화보다 신선한 충격을 받았다. 현대인이 아니라 고대인이 만든 것 같은 배경 아트와 이야기에 나는 완전히 매료됐다.

'애니메이션 영화는 예술의 끝판왕이다.'

비슷한 시기에 〈사이드 바이 사이드〉라는 다큐멘터리 영화를 봤다. 할리우드를 중심으로 한 영화계에서 활동하고 있는 감독, 제작자, 촬영 감독들의 인터뷰를 모아 변화하는 영화 제작방식에 대한 그들의 생각을 담은 다큐멘터리였다. 영화의 메인 주제는 '필름'과 '디지털'의 경계에 대한 이야기였지만 나는 영화감독, 시나리오 작가, 음악감독 등이 하나의 영화를 만들기 위해서 어떻게 서로의 전문성을 바탕으로 의견을 주고받고 함께 창작해나가는지가 가장 흥미로웠다.

이런 일을 하고 싶었다. 혼자가 아니라, 각자 자기 분야에 재능 있는 사람들끼리 모여 이야기를 주고받으며 훌륭한 결과물을 만드는 일, 심장이 두근거렸다. 나는 늘 사람들과 회의하고 맞부딪히며 일하는 것에서 쾌감을 느꼈다. 내가 하면 잘할 것 같았다.

이런 생각을 갖고 있던 어느 날, 여느 때처럼 연필로 명상하기 홈페이지를 들락거리며 구경하다가 (드디어!) 채용공고가 올라온 것을 확인했다. 애니메이터와 배경 아티스트를 구하고 있었다.

그리고 또 새로운 소식이 하나 더 업로드 되어 있었다. 연필로 명상하기 스튜디오가 '남산'으로 스튜디오를 이전했다는 것! 20대 때의 내가 서울에서 제일 좋아하는 곳이 남산이었다. 힘들 때마다 나는 남산을 올랐다. 이 글을 확인한 당시에는 〈후암동 지도〉라는 일러스트 작업을 하며 항상 남산 근방을 들락거리고 있었고, 늘 그곳에서 살고 싶다고 생각했다. 터무니없게도, 나는 모든 다른 이유를 떠나 스튜디오가 '남산' 근처에 있다는 게시글을 보자마자 당장 이곳에 들어가야겠다고 결심한다. 인체는 잘 그리지 못하니 배경 아티스트로 들어가야겠다고 다짐한다. 결심 후 만화를 연재하고 있던 월간지의 편집장님을 찾아가 만화를 그만두겠다고 이야기한다. 편집장님은 걱정하며 내 의사를 한 번 반려하셨지만, 나는 눈물을 흘리며 이야기했다.

"이제는 애니메이션을 만들고 싶어요!"

포트폴리오랄 건 하나도 없었다. 입사 지원을 하기로 마음먹고 급하게 만들었다. 풍경을 그려본 적도 많이 없어서, 제대로 된 배경 그림은 하나도 준비하지 못했다. 펜으로 그린 골목길 드로잉과 색연필로 그린 인물 드로잉 그림을 겨우 모으고 모아 지원했는데, 서류에서 합격했다. 면접을 보러 갔는데, 또 합격했다. 일이 이렇게 흘러가도 되나. 일하고 싶다고는 생각했지만 스스로 자격이 있는지 의아했는데 정말로 합격해버렸다. 2주 동안 일해보고 잘 맞으면 합격이 확정이고, 안 맞으면 취소되는 반쪽짜리 합격이었는데, 일이 생각보다 할 만했다. 2주 테스트 기간을 거쳐 또 정식으로 합격했다. 감독님은 나의 잠재력을 봐주신 것이다. 하루하루가 벅찼다.

애니메이션 스튜디오에서 일하면서 내가 지망생 시절 갖고 있던 거의 모든 고민이 일순간에 해결되었다. 대학교도, 학생운동도 막 정리한 터여서 더 이상 그림이 아닌 다른 일에 신경 쓰지 않아도 되는 상태였으니 타이밍도 좋았다. 도대체 뭘 할지 고민이었는데 '애니메이션 감독'이라는 명확한 목표를 세우자 늘 막혀 있던 고민이 순식간에 사라졌다. 카페 아르바이트라는 불안정한 일을 더 이상 하지 않아도 됐다. 아침부터 밤까지 오직 그림만 그려서 내 한 몸 건사할 만큼의 월급을 받고, 다른 일은 거들떠보지 않아도 된다는 것이 만족스러웠다. 드디어 자립을 했다는 생각이 들어 좋았다.

무엇보다 배경 아티스트라는 일이 나와 너무 잘 맞았다. 일하는 동안 좋은 성과를 냈다. 스튜디오엔 감독님이 두 분 계셨는데, 감독님들은 시키는 일만 하는 사람이 아니라 스스로 배경 아트를 주도할 수 있는 사람을 원했고, 나 역시 시키는 일만 하는 것이 아니라 내가 내 일을 이끌어나가고 싶었다. 감독님 두 분과 배경 아트에 대해 건설적으로 이야기를 주고받으며 일을 했다. 일이 너무 즐거워 (평생 아침잠이 많은 나였지만) 아침에 눈이 바로바로 떠지고 뛰어가듯 출근했다. 심지어 일에 더욱 집중하고 싶어 회사 바로 앞 고시원으로 이사까지 했다.

나는 〈소나기〉와 〈무녀도〉라는 작품에 참여했는데, 두 작품 모두 나의 손길이 곳곳에 많이 남아 있다. 특히 〈무녀도〉에서 영화를 만든다는 일에 깊이 빠져들었고 성취감을 얻은 것은 물론 엄청난 성장을 했다. 늘 주눅 들어 있기만 했던 지망생 시절과는 완전히 달랐다. 천직을 만난 것 같았다.

실력도 눈에 띄게 성장했다. 9시에 출근하면 기본 퇴근시간이 저녁 8시였다. 애니메이션 회사 특성상 모두가 8시가 넘어선 10시, 11시까지도 야근을 한다. 물론 일반적인 관점에서 매일 야근을 하는 것은 좋은 것이 아니고, 나 또한 노동권을 중시했던 사람으로서 내가 나서서 야근을 하는 것이 아이러니하다고 생각했지만 사람의 노동력이 전부인 2D 애니메이션 제작현

장에서 6시 칼퇴근은 있을 수 없는 일이었고 나도 받아들일 수 밖에 없었다. 여튼, 매일 그렇게 그림을 그리니 실력이 늘지 않을 수 없었다. 거기다 '영화'를 만드는 일이니 일관된 퀄리티를 뽑아내야 했고 조명이나 연출에 대해서도 잘 알아야 했다. 출퇴근 시간에는 영화를 보며 빛과 조명에 대해 연구했다. 1년 동안 200편이 넘는 영화를 봤다. 틈이 날 때마다 명화를 연구했다. 구글 뮤지엄에 들어가 훌륭한 그림을 찾아다니며 어떻게 그려야 좋은 그림을 만들 수 있는지 나만의 연구 노트를 작성했다. 작업은 디지털로 해야 해서 디지털 아트에 대한 이해도도 급속도로 높아졌다. 의도하진 않았지만, 이렇게 실력이 좋아져 회사를 나오고 나서 프리랜서가 되었을 때 엄청난 도움이 되었다.

내 계획은 계속 회사를 다니며 커리어를 쌓다가 영미권의 애니메이션 스튜디오로 들어가거나 국내에서 애니메이션 제작을 계속하면서 내 시나리오를 만들어 감독이 될 기회를 노려보는 것이었다.

그런데 회사에서 일한 지 1년 후 모종의 회사 측 사정으로 회사를 그만두게 되었다. 정확히 364일 일했고 하루가 모자라 퇴직금도 받지 못한 채 회사를 나왔다. 너무 좋아했던 일이었기 때문에, 퇴사 후엔 마음의 상처와 충격으로 정신을 차리기 힘들었다. 감독님과 마지막 대화에서 눈물을 마음껏 쏟은 후, 나는

오직 그림그리기
만으로 먹고살 수
있게 되었다!!
2017년
배경아티스트로 근무하던 때

프리랜서가 되었다. 선택의 여지가 없었다. 다행히 일러스트레이터로 일이 잘 풀렸지만, 애니메이션에 대한 미련을 버리지 못했다. 회사를 나오고 나서 바로 애니메이션 관련한 수업을 들으며 제작방법을 공부했다. 여러 다른 회사를 물색했지만 적당한 곳을 찾지 못하는 사이 일러스트레이터로 더 자리를 잡아나갔다. 그 후로는 다시 회사에 들어가는 일 없이 혼자 애니메이션 뮤직비디오나 짧은 영상을 종종 제작하고 있다.

사실 다들 알다시피 우리나라는 창작 애니메이션 산업이 그렇게까지 활발하진 않다. 하고 싶어도 선택지가 넓지도 않다. 주변의 내가 존경하는 애니메이션 감독님들도 기존 회사에서 성장하기보단 스스로 고군분투하며 무에서 유를 만들며 자신의 길을 만드는 사람들이 많다. 만약 내가 다른 나라로 갔다면, 다른 나라에서 태어났다면, 다른 시대에 살았다면 지금과는 완전히 다르게 애니메이션 영화의 세계에 깊게 몸담은 인생을 살 수 있었을까? 상상해보곤 한다. 정말 좋아하고 나와 잘 맞는 일인데, 어째선지 자꾸 틀어졌다. 어째선지 늘 다른 분야에서 일이 더 잘 풀린다. 인생이 늘 계획대로 되지만은 않는다는 걸 알고는 있지만, 운명은 내가 애니메이션을 만들기를 허락하지 않는 것일까.

하지만 솔직한 마음으로는 회사를 나와 혼자가 되었을 때, 회사 것이 아니라 내 것을 그릴 수 있다는 데 설레기도 했다. 내 미래가 기대되기도 했다. 그리고 내가 생각했던 것보다 혼자 집에서 일하는 것이 나와 너무 잘 맞아 의아하기도 했다.

애니메이션 스튜디오에서 일하면서부터 나는 진정으로 그림 그리는 사람이 되었다는 느낌을 받았다. 그 이전까지는 지망생이었다. 회사를 기점으로 그림 그리는 사람의 커리어가 시작되었다. 잘한 선택이었다. 아직도 배경 아티스트였을 때의 기억을 종종 꿈으로 꾸곤 하는데, 꿈속의 나는 늘 행복감에 젖어 있다.

2012년 그림을 그리기로 처음 마음먹었다.

2018년 퇴사 후 프리랜서 일러스트레이터가 되었다.

그 후로 쭉 온전히 그림 그리는 일만 하면서 아무 탈 없이 잘 살아오고 있다. 공식적으로는 여기까지가, 내가 그림 그리기로 마음먹고 그림 그리는 사람이 되기까지의 이야기이다.

작업일지 42

2017. 3. 20.

한 달 하고 2주가 지나도 이곳에 있는 게 행복을 넘어 짜릿하다는 기분이 가라앉질 않는다. 그림으로 영화를 연출하는 일이라니. 빚을 내서라도 미대에 갈까 고민하던 차에 돈을 받고 현장에서 그림을 배우고 또 뱉어내다니. 출근길에 언제나 남산을 보다니. 조금만 걸어 나오면 명동, 을지로, 후암동이라니. 감독님과 영화에 대한 이야기를 하다니. 일주일에 이틀은 자괴감에 허덕여도 그것조차 마음에 든다. 하고 싶은 일들 200가지 중에서 도대체 무엇을 가장 먼저 시작할지, 그중 하나라도 선택해버리면 다른 것은 영영 전문적이지 못하게 될까봐 겁났었는데 오히려 오직 하나에 몸담고 그것을 시작하고 나니 그제야 다른 것에 대한 가능성이 보인다.

작업일지 43

2017. 4. 10.

요즘은 지하철을 타고 갈 때나 길을 걸을 때 눈이 꼭 나무를 향한다. 관찰해야 하기 때문이다. 나무를 그려야 하기 때문이다.
여태껏 나는 나무에 대해서 잘 알고 있는 줄 알았는데 그렇지가 않았다.

관찰을 하면 할수록 나무에 대해서 새로운 지식들을 갖게 된다.

작업일지 44 2017. 5. 27.

기다릴 줄 아는 여유! 어떤 생명이든 씨앗을 심어놓고 나서는 해가 들고 비가 내리고 바람을 맞는 시간이 필요한 것처럼, 예술가들의 씨앗도 저절로 자라날 수 있도록 적당한 시간과 온도와 휴식이 필요하다. 내 것이 농익도록 스스로 기다려주는 시간이 필요하다. 동시에 또 다른 씨앗을 만나기 위해 무한대로 열심히 그림을 그리고, 생각하고, 읽어야 한다. 이 기다림이 너무나 설레어. 아직은 내가 원한다고 싹이 날 때는 아니지만 양분을 주면 줄수록 어떻게 움이 탁 트일지가 기대가 된다. 품자마자 성급했던 때가 이젠 서서히 지나가네.

작업일지 45 2017. 11. 16.

결과는 세상의 몫

당분간 인터넷에서 그림을 꾸준히 올리면서 나대보기로 했는데 이런 각오를 한 지 하루 만에 부끄러워서 온 세상 뒤로 숨고 싶었다. 단순히 기술이 좋은 그림, 아무도 보지 않아도 되는 그림, 누구나 할 수 있는 그런 그림을 인터넷에 업로드하면서 내세울 것 하나도 없고 만족스러운 것도 없다. 단지 부끄러울 뿐이다. 누군가가 이미 이루어낸 것을 나는 손가락 근육으로 흉내만 냈을 뿐이다. 알맹이가 하나도 없다. 온갖 말도 안 되는 태그들을 달고, 내가 싫어하는 사람들이 하는 일들을 나도 똑같이 한다.

그래도 해야 한다. 내가 이 정도 기술은 있다는 것을 증명하고 또 다른 일거리를 찾기 위해, 내가 나 자신을 혼내고 일갈하기 위해. 부끄러움을 감수하고 이런 짓을 하는 게 자존심 상하더라도 미래의 자유를 위해 감수해야 한다. 어차피 내 것을 가지는데 10년은 걸리겠지. 그 전까지는 참고 다른 사람들처럼 한번 살아보는 거다. 내가 스스로 좋아하지 않는 그림이더라도, 누군가는 좋아할 수 있다. 누군가는 알아봐줄 수도 있다. 내가 그린 그림이 내 손을 떠나서 누군가에게 보여지는 순간, 그 그림의 의미는 내가 아니라 다른 사람들의 것이 된다. 내 마음은 중요하지 않을 수도 있다. 결과나 의미는 내 몫이 아니라 세상의 몫이다.

22

프리랜서의 시작 - 나만의 그림체 찾기

나는 아주 오래 스스로가 그림 그리는 사람이 아니라 복사기 같다고 생각했다. 무언가를 보고 똑같이 따라 그리는 것에 재능이 있었기 때문이다. 사진이나 눈앞에 보이는 것을 똑같이 그리는 것은 어렵지 않았다. 그런데 무언가를 독창적인 것으로 창작하는 것은 전혀 감을 잡지 못해서 그런 쪽으로 재능이 없다고 생각했다.

빈 종이에 드로잉을 하면 만화 캐릭터가 자주 튀어나왔는데 어디에서 본 듯한, 보편적인 스타일과 닮아 있었다. '나는 개성이 없구나, 사람을 못 그리는구나' 하면서 인물 그림에 자신이 없어져 더더욱 안 그리거나 그릴 때마다 괴로워하곤 했다. 만화를 싫어하는 것은 아니지만 그 당시에는 이런 그림 말고, 좀 더 카이 닐센이나 에드워드 호퍼 같은 그림을 그리고 싶었다.

무언가와 똑같이 사진처럼 그리는 것과 만화 같은 그림은 유일하게 내가 할 수 있는 것이지만 내가 그런 그림을 원하지 않았고, 독특한 그림을 그려보려고 요리조리 시도하지만 영 시원찮고. 내가 미술에 재능이 없는 것일까봐 두려웠다. 정확히 말하자면, 내가 '원하는 방향의 재능'이 없다고 생각했다. 이런 콤플렉스를 오랫 동안 가졌다.

내가 원하는 것은 내가 할 줄 아는 것 너머의 것이었다. 무언가를 똑같이 그리는 것의 다음 단계, 작가의 해석이 들어간 개성 있고 아름다운 그림을 그리고 싶었다. '그래 난 초보니까 아직이겠지. 그런데 도대체 얼마나 연습해야 원하는 그림이 나올까? 어디서부터 어떻게 시작해야 할까? 뭘 배워야 할 수 있을까? 내 그림이 나오려면 10년은 걸리려나?' 물음표가 가득했다.

♣♣♣

스타일이나 기법이 아닌 그림의 주제와 내용의 측면에서도 혼란을 겪었다. 내가 여러 주제들과 여러 스타일을 중구난방 오가며 연습하는 동안, 이미 활동하고 있는 작가들은 대부분 한 가지 주제에 몰입하는 것처럼 보였다. 하나의 주제로 자신을 소개하는 것이 정말 신기하고 부러웠다.

'나는 나만의 것이라고 할, 대표적인 주제나 표현 방법이 있을까? 나는 그리고 싶은 것의 스펙트럼이 너무 넓은데……. 억지로라도 정해야 하는 걸까? 그런 건 어떻게 만드는 거지?' 그런 문제가 정말 어려웠다.

특히 SNS를 통해 작가가 되고 싶고 SNS에서 그림을 보여줘야 한다는 목표가 있다보니, 더욱 강박을 느꼈다. 보통 그림 SNS는 한 가지 스타일에 정착된 경우가 많아, 나도 어서 빨리 하나의 스타일을 만들어야 한다는 압박을 느꼈다. '보여지는 그림'을 우선으로 놓고 그림을 대하다보니 내가 그림을 좋아서 그리는 건지 어떤 무언가가 되려고 그리는 건지 갈팡질팡했다.

♣♣♣

이런 고민을 정리하지 않은 상태에서 애니메이션 회사에 들어갔다. 그런데 처음으로 맡은 임무가 이미 다른 사람이 다 그려놓은 배경 아트를 참고하여 새로운 배경을 그리는 일이었다. 앞에서도 말했듯 무언가를 베껴 그리기만큼은 누구보다 자신이 있었다. 나는 내가 생각한 것보다도 뚝딱뚝딱 배경을 그려낼 수 있었다.

그 후로도 계속 비슷한 일을 했다. 다른 사람이 이미 다 완성해놓은 배경들이 레퍼런스였고 스타일을 그대로 이어받아 새

배경 그림을 그리면 되는 일이었다. 새롭게 뭔가를 만들어내지 않아도 됐다. 어렵긴 했어도 내 재능을 살리는 일인 것 같아 신나게 일했다. 일이 재미있었고 빨리 성장했다. 복사기 같은 재능만 있는 것이 콤플렉스였는데, 영화를 만드는 일에는 도움이 된다니. 참 잘 맞는 일이라 생각했다.

그러다 〈무녀도〉라는 작업에 들어갔을 때, 내가 직접 배경 아트 콘셉트를 만들 기회가 주어졌다. 앞서 배운 스킬들을 이용하고 영화나 명화를 보고 연구해가며 콘셉트 아트를 만들었다. 어렵지만 어찌됐든 해낼 수 있었다. 특히 영화와 명화를 분석한 것에서 많은 아이디어를 얻었다. 사진 자료들을 적극 활용하기도 했다.

회사에서 일하며 여러 가지 자료를 조합하여 새로운 것을 만들어내는 기술이 생겼다. 예를 들어 조선시대 시장 골목을 그려야 한다 치면 이런 식이다. 먼저 현존하는 자료를 모두 모은다. 그 자료들을 있는 그대로 그리면 저작권에 위반될 수 있기 때문에, 자료를 내가 흡수한 뒤 이리저리 내 나름대로 재배치하고 조합해서 새로운 공간을 만들어낸다. 전체 이미지의 색감이나 조명은 다른 영화나 명화를 조합하여 참고한다. 이런 식으로 그림을 그려나갔다. 입사 초기만 해도 이미 있는 것을 그대로 옮기는 것밖에 못했는데 일을 하면 할수록 이미지를 재구성하는 실력이 점점 좋아졌다.

오호라, 어쩌면 창작이란 이런 것일 수 있겠구나. 여러 가지 자료를 흡수하면, 그것이 나만의 데이터가 되어서 그 데이터로 인해 새로운 구성이 생겨났다. 즉, 복사기 같은 그림을 계속 그리다보면 그것이 데이터로 저장되고 머릿속에 3D의 가상 세계가 생성되는 기분이 들었다. 내 머릿속에 숲속 모습, 도시의 모습이 자세하고 구체적으로 생성되면 내가 나무나 건물을 그릴 때 머릿속 자료를 참고하면서 그림을 그리는 게 가능해졌다. (쓰고 보니 AI가 그림 그리는 방식과 비슷한 것 같다.) 창작은 무에서 유를 만드는 것이 아니라 유에서 유를 만드는 것이기도 하구나. 처음 알았다.

이런 방식을 회사 일이 아니라 내 그림을 그릴 때에도 적용할 수 있을 것 같았다. 1차로 마치 콜라주를 하듯 자료를 모아 새로운 이미지를 만들고, 2차로 그것을 다시 페인팅한다면 어떨까. 데이터를 최대한 많이 넣으면 결과물이 더 쉽게 도출되겠구나. 내 경험을 다양하게 응용할 수 있는 아이디어들이 떠오르기 시작했다. 이렇게 나만의 작품을 구축할 수 있겠구나, 회사에서 일하면서 그런 힌트를 얻었다.

♣♣♣

회사를 나오고 나서 프리랜서가 되었다. 먹고살려면 내가 어떤 그림을 그릴 줄 아는 사람인지 세상에 보여줘야 했다. 이제는 연습장에 끼적인 그림이 아니라 완성된 그림들을 꾸준히 내보여야 했다. '채색까지 마무리한 완성도 있는 일러스트를 매주 하나씩 무조건 그라폴리오에 올리겠다. 그리고 그 약속을 무슨 일이 있어도 지키겠다.'고 다짐했다.

다짐을 하긴 했는데 빈 캔버스를 보며 뭘 그려야 할지 몰랐다. 머리를 싸매고 걸으며 생각했다. 이미지를 만들 능력은 생겼는데 그림의 '주제와 내용'을 뭘로 할지는 생각해두지 않은 것이다.

'나는 뭘 그리고 싶지? 어떤 주제를 그려야 할까? 지금 제일 잘 팔리는 커플 그림을 그려야 잘 되는 걸까? 애니메이션 배경을 잘 그리니까 그런 걸 해볼까?' 스스로에게 계속 질문했다.

그때 TV에서 〈고등래퍼2〉가 방영되고 있었다. 귀엽고 매력적인 고등래퍼들을 열심히 응원하며 보고 있는데, 최종 우승했던 김하온의 랩에 유독 관심이 갔다. 김하온은 남들 다 하는 랩을 하지 않고 자기 이야기를 했다. 매력적이었다.

또 평창올림픽 기간이라 올림픽을 챙겨 보며 울고 웃곤 했다. 갑자기 김연아에 대해 이것저것 찾아보다 김연아의 인터뷰가 또 내 가슴에 꽂혔다. '왜 트리플 악셀 기술을 하지 않나요?'라는 기자의 질문에, 그녀는 '제가 잘하는 걸 더 잘하고 싶어요.'라고 답했다고 한다. 주변에서 트리플 악셀을 잘해야 최고의 선수라고 지속적으로 압박이 있었던 것으로 안다. 하지만 그보다 자기가 잘하는 것을 더 실수 없이 하고 싶다고 이야기하고, 그것만으로도 세계 정상에 오르는 모습, 정말 감탄했다.

김하온을 보며 예술가는 결국 '자기 얘기'를 하는 사람이구나. 김연아를 보며 결국 사람은 '자기가 잘하는 걸 더 잘해야 하는구나, 결국 답은 나 자신에게 있구나.' 하고 깨달음을 얻었다. 그럼 도대체 나는 뭐에 관심 있지? 나는 뭘 잘하지? 하고 스스로에게 물어봤다.

답은 너무나 가까이에 있었다. 나는 풍경이나 공간을 좋아했다. 그동안 내가 모은 사진들을 보면 죄다 풍경 이미지였다. 공간, 예쁜 건물, 날씨나 계절의 온도가 보이는 바깥 풍경들 그리고 그 안에서 살아가는 일반적인 사람들. 나는 산책을 좋아해서 산책하며 찍은 사진들을 이미 수만 장 갖고 있었다. 회사에서도 풍경이 좋아 배경 아티스트로 일했다. '이런 느낌의 풍경들을 내 그림으로 그릴 수 있다면 얼마나 좋을까?'라고 생각하곤 했었다. 그게 내가 그려야 할 주제였다.

예전에는 풍경을 내가 원하는 느낌으로 표현할 수 있는 기술이 없었다. 머릿속으로 이리저리 시뮬레이션을 굴려봐도 어떤 그림이 나올지 예상되지 않아 그리지 못하곤 했다. 몇 번 시도는 해봤지만 맘에 안 들어서 이내 실망하곤 했다. 그런데 회사를 다니면서 채색이나 구도 잡는 것이 충분히 단련되었다. 자료를 참고해서 그리되, 여러 가지를 조합하여 사진이 아니라 그림같아 보이게 장면을 재창조하여 그려봐야겠다는 생각이 들었다. 자료를 '보고' 그리는 것. 회사에서 일할 때처럼 이미 내가 갖고 있던 복사기 같은 재능을 살리면 됐다.

그래서 하나 둘 풍경 일러스트를 그려봤는데 좀 어색하긴 해도 나쁘지 않았다. 일단 핀터레스트에 떠도는 사진들 중 가장 마음이 가고 그리고 싶다는 생각이 드는 사진들을 골라서 무작정 그리기 시작했다. 내가 가장 관심 있던 주제들을 완성해나갔다. 나무, 골목길, 카페 정면, 밤의 서점, 길거리의 사람들을 그려나갔다.

인물을 그릴 때에는 만화 같은 스타일로 그렸다. 지망생 기간에는 이런 나의 그림 스타일을 싫어했다면, 이제는 받아들이기로 했다. 이것이 내가 할 줄 아는 것이니까. 받아들이면서도 최대한 내가 원하는 느낌으로 나오도록 노력했다.

그걸 매주 그라폴리오에 올렸다. 한 주도 빠지지 않고 올리기를 두 달 정도 했다. 그러자 전혀 모르는 사람들로부터 작업 문의

가 오기 시작했다. 이 주제가 나와 잘 맞는다는 걸 점점 느꼈다.

♣♣♣

그즈음 또 다른 아주 인상적인 경험이 있다. 도대체 내 스타일이 뭘까? 하고 머리 아파하며 페이스북의 '그림 그리는 사람들' 페이지를 구경하고 있었다. 사람들이 자신의 그림을 자랑하기도 하고, 또 고민을 나누기도 하는 공간이었다. '내 스타일이 뭘까'하고 고민하는 사람은 나뿐만이 아니라 정말 많았다. 그런 고민들을 훑고 있는데, 거기서 우연히 어떤 댓글을 만났다.

'스타일은 만드는 게 아니라 나오는 것입니다. 그리다보면 나옵니다. 계속 그리세요'

이럴 수가. '저절로 나온다'니, 그래 바로 이거다. 내가 너무나 듣고 싶고 찾고 싶던 말이 이거였다. 나는 이전까지는 스타일이란 억지로 만들어내는 것인 줄 알고 있었다. 남들도 다 그렇게 하는 줄 알았다. 그 개성 넘치고 누구와도 겹치지 않는 그림들은 치밀한 계산 아래 만들어진 것이라 생각했다.

그런데 그 댓글을 보고 나서 깨달았다. 나 역시 늘 나도 모르게 나만의 그림들을 내뿜어왔었다. 저절로 그렇게 되었다. 나는 내가 아닌 사람이 될 수 없었다. 그리고 스타일이란 게 내가 조급해한다고 해서 나오는 게 아니다. 계속 그리다보면 나오는 것이었다. 조금씩, 스멀스멀.

댓글을 만난 후 깨달음을 얻고 노력의 방향성을 달리했다. 예전에는 빈 종이를 보며 끙끙대는 시간이 많았다면, 이제는 죽이 되든 밥이 되든 일단 시작했다. 그리고 완성했다. 마음에 안 들어도 일단 그리고 봤다. 이렇게 자꾸 내뱉어야 나의 것이 언젠가 '나올' 테니까. 그 순간을 위한 징검다리라고 생각했다.

당시에는 풍경을 그리면서도, 풍경이라는 주제 안에서 표현 방법이 들쭉날쭉했다. 볼펜으로만 그리기도 하고 채색을 연한 채도로 하기도 하고 진한 채도로 하기도 했다. 회사에서 배운 것도 나만의 스타일이라고 할 수는 없기 때문에 그것으로부터 탈피하려 노력했다. 이때 그린 그림들을 보면 나만의 표현 방법이라기보다 어딘가로부터 영향을 조금씩 받아 모방을 하며 이리저리 시도해본 것에 가깝다.

아직은 내 것이 아닌 그림을 한 장씩 완성해나갈 때마다 무언가가 보일 듯 말 듯했다. 이 그림 안에 미래의 내가 있는 것 같기도 하고, 아직은 아마추어 같기도 했다. 눈을 감으면, 내 안 저쪽 끝에 나만의 이상적인 이미지가 보였다. 그런데 그 이미지가 아직 손으로는 나오지 않은 느낌이었다. 그럴 때면 새 그림을 처음부터 다시 그렸다.

완성된 그림을 찬찬히 뜯어보면서, 뭔가 거슬리는 부분이 있으면 다음 그림에선 다른 방식으로 바꿔서 그려봤다. 그래도 마음에 안 들면 다르게 그려봤다. 내가 좋아하는 작가들의 그림이나 사진을 참고하면서 얻어올 것은 얻어왔다. 마음에 드는 부분은 그림을 거듭하며 더욱 강화했다. **그렇게 내 시야에 거슬리는 부분을 제치고 마음에 드는 부분만 살리는 식으로 매번 그림을 '테스트'의 과정처럼 그려나갔다. 그러다보니 어느새 내가 좋아하는 구도, 내가 좋아하는 색감만 남게 되어, '나의 스타일'이라고 부를 만한 것이 조금씩 튀어나왔다.** 어디에서 절제하고 어디를 강조할 때 가장 내 마음에 드는지 알게 되었다. 누군가 알려준 방식대로 그렸거나, 스타일을 억지로 만들고 그림을 그린 게 아니라, 내 식대로 내 맘대로 그림을 그리다보니 조금씩 튀어나온 것이다.

정말로, 스타일은 만드는 게 아니라 계속 그리면 '나오는 것'이구나. 걸음걸이나 목소리 같은 것이구나. 이미 내가 가지고 있는 것을 살리는 것이구나. 계속 연습을 하면서 우연히 본 댓글의 의미를 몸소 깨달았다.

♣♣♣

예전에는 내가 복사기 같아서 스스로가 싫었는데, 실은 거기에 답이 있었다. 내가 이미 갖고 있는 재능은 내가 가진 귀중한 보물이었고, 사실 거기서부터 많은 것을 시작할 수 있다는 것을 뒤늦게 깨달았다. 만화 그림체도 마찬가지다. 이미 내가 가진 스타일을 받아들이면서 그것을 발전시켜보자고 생각하니 내 그림을 미워하지 않고 꾸준히 창작할 수 있었다. 이제야 정말 자신의 그림을 그리는 사람에 가까워진 느낌이 들었다.

내가 가장 좋아하는 동화작가 하야시 아키코는 '어떻게 다들 보지 않고 그릴 수 있을까요? 무엇인가에 의지하거나 기대지 않으면 그리지 못해요.'(『그림책 작가의 작업실』, 한림출판사)라고 말한 적이 있다. 그녀도 이렇게 그리는구나 하며 매우 안도했던 기억이 난다. 어떤 작가들은 자신이 재미있지 않으면 그리지 않는다고 하고, 어떤 작가는 사실적인 것보다 아이답고 추상적으로 그리기 위해 노력하기도 하고, 어떤 작가는 돈이 들어와야 그림을 그릴 마음이 생긴다고도 한다. 생각해보면 그림을 그리는 방식에 정답이 어디 있고, 마땅히 그래야만 하는 그림이 어디에 있을까? 다들 다른 방식으로 경계를 허물며 다양하게 작업하는 사람들이 많다. 그림이란 어떤 방식으로 어떻게 그리든 다 괜찮다. 결국 방법은 각자가 자기 자신에 맞게 만들어가는 것이다.

신기한 것은 예전 드로잉들에서 이미 나의 씨앗들이 보인다는 것이다. 독학할 때 그렸던 드로잉들을 가끔 생각날 때 꺼내보면 깜짝깜짝 놀라기도 한다. 완성도는 매우 성글지만 지금 내가 그리고 있는 그림들의 씨앗들이 거기에 있기 때문이다. '내가 이때부터 이런 걸 그리고 싶었다고?' 나는 이걸 할 수밖에 없는 사람이구나.

가령 요즘 내가 가장 많이 그리고 있는 '보통 사람들의 길거리 모습', '골목길', '나무', '오래된 집'을 드로잉한 모습이 군데군데 보인다. '책 읽는 여자의 모습'도 많이 그렸는데, 이는 내가 앞으로 다뤄볼 주제들 중 하나이기도 하다. 고양이도, 평범한 사람들의 느긋한 모습들도 보인다. 검은 선을 이용한 표현이나 인체와 인물의 표정을 너무 상세히 그리고 싶어하지 않는 태도, 빨간색이나 초록색의 대비를 좋아하는 것도 이미 예전부터 조금씩 드러나 있다.

그때의 그림들은 보여주고 싶은 것은 있는데, 표현 방법을 몰라서, 기술적으로 서툴러서 성글어 보이는 듯하다. 당시에는 '언제쯤 내가 원하는 느낌으로 그릴 수 있을까?' 하고 스스로 참 많이 궁금하고 절박했던 기억이 난다. 어떻게든 보여주고 싶지만 방법을 모르고 다듬어지지 않아 삐죽삐죽

미완으로 방치된 드로잉들. 이 드로잉들이 나의 다듬어지지 않은 원석들이구나. 이중에는 아직도 꽃을 피우지 못한 씨앗들도 여럿 보인다. 너희도 언젠간 새로운 그림으로 태어나겠지? 하고 설레는 마음으로 그림들을 보았다.

일러스트에 관해 거의 전문 직업인이 되어버린 지금은, '쓸모'가 없거나, '완성도'가 없으면 아예 그림을 그리지 않기도 한다. 하지만 당시에는 방황이었다 하더라도 다르게 보면 자유롭게 스스로를 탐구했던 것 같아 보여 좋다. 마음이 가는 대로, 마음이 좇는 대로 여러 가지 실험들을 했다는 것이 느껴진다. 어떠한 틀도, 타인에 대한 의식도 없이 마음 가는 대로 방황하듯 그리는 것도 좋은 일이구나, 하고 새로이 느낀다.

내가 미래에 어떻게 될지는, 이미 과거의 나와 현재의 나 속에 정해져 있는 것 아닐까. 바깥에서부터 찾을 필요는 없을지도 모른다. 나의 경우는 나 자신부터 깊게 천천히 들여다보는 것이 그 어떤 일보다 가장 중요했다. 이 깨달음은 앞으로도 절대 잊지 않을 것이다.

작업일지 46

2017. 11. 18.

요즘 하는 생각은 조명이 몇 개면 빛이 이렇구나, 낮에 빛이 이렇구나. 밤엔 빛이 이렇구나 하는 것들뿐이라 바보가 되는 것 같기도 하다. 분명한 건 몰입할 수 있고 행복하다는 사실 하나다.

작업일지 47

2018. 1. 23.

스스로 만족할 수 있는 그림을 그리게 되기를 너무나 염원하다 보니 아예 아무것도 그리지 않게 되기를 몇 년. 이렇게 사니 정말 바보는 바로 나 자신이라는 사실만이 남았다. 인스타그램에 관심을 끌기 위해 올리는, 내면이 아니라 오로지 바깥에서부터 온 그림들, 당장 찢고 싶고 절대로 내 이름을 한편에 적고 싶지 않은 그 그림들을 보면서 도대체 어떻게 할까, 사업을 위한 그림이냐, 내 내면을 탐구하기 위한 그림이냐를 놓고 나는 역시나 아직은 '예술가'가 아닌 '복사기'에 지나지 않는다는 것을 인정하지 않을 수 없었다.

결론은 이렇게 났다. **1만 장의 쓰레기들을 그리자는 것이다.** 그것이 나로부터 온 것이든 관습으로 부터 온 것이든 일단 어느 것이든 그리자는 것이다.

모두 다 버리겠다는 마음으로. 정말로 나 스스로 만족할 만한 것이 나오려면 어차피 오래 걸리니까. 일단 지금 당장 온갖 쓰레기들을 배출하자, 완성되지 못할까봐 종이 앞에서 쩔쩔매며 땀만 흘리는 것이 아니라, 내 마음이 가는 대로 쓰레기 1만 장을 그리면서, 그것에 대해 다시 질문하고, 다시 그림으로 답하면서 살자는 것이다.

당장의 결과는 하나도 중요하지 않다. 그림에 있어서 가장 중요한 단 한 가지는 오로지 그것이 순수하게 나의 속에서 나왔는가 하는 것이다. 그러니 그것 하나만을 위해서, 쓰레기를 1만 장 그리자. 어떠한 방향이라도 좋다. 일단 많이 그리자. 시작은 가볍고, 부담 없어야 한다.

작업일지 48 2018. 2. 23.

어떻게 그리는가, 보다는 무엇을 그릴 것인가.

무엇을 그릴지 계획하고 나자, 이젠 다시 어떻게 그릴 것인가.

작업일지 49 2018. 3. 6.

지하철에서 앞에 앉은 사람을 본다.

그 사람을 관찰하며 상상으로 그 위에 유화를 그린다.

그렸다가 지운다. 펜화를 그렸다가 지운다.

눈을 뜨고 있는 모든 순간에, 이런 일의 반복이다.

작업일지 50 2018. 3. 16.

내 인생에 내가 없으니 자꾸 다른 사람 것을 보고 흔들리나보다.

작업일지 51 2018. 3. 25.

칭찬을 들으면 따뜻한 장판에 눕는 듯한 안도감을 느끼지만

그것이 자신감으로 이어지는 것은 아니다.

작업일지 52 2018. 4. 2.

연구

사람들은 어떻게 생겼고, 그것을 어떻게 왜곡하여 그릴 때 가장 아름다운가? 단 하나를 깊이, 오래도록, 끈질기게, 반복적으로, 물고 늘어질 것. 인생에 대한 질문, 그리고 그것에 대한 답을 내리는 데에 마감기한 같은 것은 없다. 매일, 영원히, 수천 가지의 질문들을 뱉으며 살아감과 동시에 삶은 어쩔 수 없이 지속되는 것.

작업일지 53 2018. 4. 10.

고독하고 슬프다. 너무 멀리 있는 그림, 실력.

그냥 매일 매일 하는 수밖에 없겠지. 나아지겠지.

작업일지 54 2018. 4. 12.

연구

왜 원하는 대로, 처음 생각한 대로, 내가 꿈꾸는 대로 그림이 나오지 않는가? 나의 시선이 대상에 종속되어 있기 때문이다. "파란색 물감이 없으면 빨간색을 써라!"라는 색채에 대한 고흐의 어떤 방침, 그런 주체적인 해석력이 나에게는 없다. 나의 그림 레퍼런스들은 사진작가의 대상 해석 능력이 개입된 것이고, 그것을 내 두 눈으로 본 것이 아니기에 나는 결과물로서의 사진, 2차원을 보고 거기에 종속되어, 그 사진이 가진 색채 그 이상을 부여하지 못한다. 이에 대한 해결책은 1. 뫼비우스, 호퍼, 고흐, 우키요에를 모작하며 분석하는 것, 2. 모델을 구하여 실제로 내 맨눈으로 대상을 그리는 연습, 3. 그냥 최대한 다양하게 칠해보고, 시도해보고, 실패해보는 것이 답이다. 색채에 대한 발견, 성장은 노력으로 가능하다고 믿는다.

작업일지 55 2018. 4. 24.

자기만의 스타일

동일한 퀄리티로, 동일한 테마, 콘셉트를 가지고 꾸준히 올려야 나도 유명해지고 사람들이 내 그림을 좋아할 거라는 조언을 심심

찮게 듣는다.

그럼 나는 '저는 아직 다양하게 실험해보고 싶다.'고 답한다. 애초에 나는 '무슨 무슨 그림을 그리는 일러스트레이터'라고 불리려고 그림을 그리는 건 아니었다. 아직은 그럴 때도 아니고 그렇게 정착할 실력도 안 되고, 내가 그렇게 할 수도 없다고 생각했다.

그렇게 생각해도 속으로는 '나도 정착해야 하나? 시리즈를 그려야 하나? 내가 그렇게 개성이 없나?' 라는 강박이 생겨서 혼란스럽기도 하고 괜히 내가 모자란 사람인 것 같아서 그런 내 모습 때문에 자괴감도 많이 들었다.

그런데 얼마 전에 일러스트레이터들만 모이는 인터넷 그룹에 달린 댓글을 보고 알게 된 게 있다. **'스타일을 당장 신경 쓰지 마라, 그리다보면 자기 것이 나오게 되어 있다.'** 누군가 무심코 쓴 댓글인데, 그동안의 고민이 말끔히 정리되는 듯한 기분이 들었다. 이 말을 듣고 큰 위안을 얻었다.

돌이켜보면 그렇다. 일단 뭐라도 그리고 나니까 다음에 어떻게 할지가 보인다. 개성이나 스타일이란 것은 시간이 흐름에 따라 자연스럽게 나오게 될 것이다. 그렇게 자연스럽게 나오고 다져진 것이 진짜 나의 것이라고 믿는다. 나의 개성이란 게, 남들의 취향과 유행을 뒤죽박죽 섞어 기획안을 써서 억지로 만들어내는 그런 것은 아니라고 믿는다. '변화란 말이 아니라 온몸으로 밀고 나가는 것'이란 말이 생각난다.

작업일지 56

2018. 4. 24

---

① 소묘가 중요하다는 건 화가들의 책을 읽으면서 혼자 깨달았다. 여기저기서 교육법이 다 달랐다. 나는 오랜 시간 동안 '왜 나는 미술을 배우지 못했는가'라는 후회를 하며 깊은 수렁에 빠져 있었기 때문에 이제는 그런 생각 안 하려고 한다. 시간이 너무 아깝다. 해결책은 그냥 지금부터라도 오직 소묘를 꾸준히 하는 것이다. 나이도 생각 안 하려고 한다. '누구는 10대에 시작했는데 난 스물넷에 시작했다.' 이런 비교를 안 하려고 한다. 그냥 '몇 년차'인지만 생각하려고 한다. 난 너무 먼 길을 돌아왔고, 나한텐 그림이란 게 단숨에 나오는 그런 게 아니란 걸 이제는 아니까.

② 데이비드 호크니를 읽고 알게 된 건 연습의 과정에서 다른 화가의 의도와 묘사 방식을 관찰하고 흉내 내는 것이 진짜 중요하다는 것. 그걸 내 포트폴리오라고 올릴 수는 없다는 이상한 생각 때문에 그동안 내가 못했던 것. 추구하는 화가들의 것을 꾸준히 관찰하고 연구하는 것, 오히려 그 안에서 나의 것이 나

올 수 있다는 것이다. 그의 것을 가져오는 것이 아니라, 그야말로 노하우, 즉 그는 어떻게 그의 시선으로 그런 것을 배출해 낼 수 있었는가에 관한 것을 알게 되는 과정이리라 믿는다.

작업일지 57 2018. 5. 1.

내가 하고 있는 그림들 분류

① 애니메이션 배경 미술 (비슷한 건 콘셉트 아트)

- 애니메이션 연출을 위한 그림
- 직업이지만 동시에 나의 능력을 최대치로 발휘할 수 있음
- 영화적 이해

② 일러스트로서의 그림

- 돈을 위한 것
- 클라이언트의 요구에 따른, 나의 생각 이전에 어떤 것이 잘 팔리고 아름다울 것인가에 관한 것
- 이 안에서도 회화적 표현, 만화적 표현, 판화적 표현, 디자인적 표현을 모두 좋아하고, 표현 가능

③ 습작으로서의 그림

- 지금 내가 그리는 거의 모든 그림이 이에 해당, 기법적 실험, 구도적 실험
- 일러스트라는 이름으로 세상에 공개함

④ 소묘

- 3번과 동일하지만. 습작이 완성이라면, 소묘는 완성 이전의 그림.
- 나의 시선을 정리하고, 어떤 예술 작품을 지속할지에 대한 가이드, 기본기, 위의 모든 것을 할 수 있기 위한 토대 - 미술이라는 인생에서 밥을 먹고 운동하고 배설하고 숨 쉬는 것과 같은 것.

② 개인 창작물

- 순전히 그리고 싶어서 그린 내 작업이자 앞으로의 지향점.

나는 작업들을 다양하게 분류하여 사고한다. 각각의 목표, 방식, 태도 모두 다 다르게 생각한다. 그러나 저 모든 것들이 '그림과 미술' 이라는 넓은 테두리 안에 있고, 모두 발 담그고 있어서 나는 늘 갈팡질팡한다. 하고 싶은 것이 많고. 욕심이 많아 늘 발을 동동

구른다. 2번을 너무 많이 하면 정신건강에 해롭다. 3번은 그 자체는 좋지만, 나의 작업인 양 전시하는 것 역시, 정신에 해롭다.

1번의 경우 요구되는 디렉팅이 다르고, 값이 저렴하면, 정신건강에 해롭지만, 장기적으로는 이 일을 사랑한다. 1, 2, 3번은 모두 부분적으로 건강에 해롭지만, 돈이 된다.

4, 5번은 모두 내 본연의 존재에 도움되지만, 돈이 많이 들고, 돈이 안 된다.

장기적으로는 1, 2, 3번을 통해서, 4, 5번을 할 수 있게 되리라 믿지만 지금은 직업적인 그림, 돈이 되는 그림을 그리다가 시간이 다 간다. 재미도 있고 보람도 있지만 내 영혼은 영원히 분실된 느낌.

23

'그림 그리기'에 관한 생각들

온라인 클래스를 하며 많은 수강생들이 그림에 대해 공통적인 고민과 의문을 갖고 있다는 걸 알게 되었다. 이에 대해 내 생각으로 답변을 정리한 것들이 아래의 글이다. 대부분 책에서 봤거나 그림 그리며 직접 느낀 것들이고, 그리기의 '기술'보다는 '태도'에 더 중점을 뒀다.

1. 무언가를 똑같이 그리기 위해서는, 관념적인 형태를 그리는 것이 아니라 눈에 보이는 있는 그대로를 그린다. 이때 나는 기계처럼 관찰을 한다. 가상의 수직, 수평 선이 있을 때, 지금 보이는 사물이 갖고 있는 대각선은 몇 도 정도 꺾여 있는지를 파악한다. 컵을 그린다고 했을 때, 둥근 부분이 어떤 타원형인지, 두께가 어느 정도인지, 가로 길이에 비해서 세로 길이는 얼만한지, 대각선은 어느 정도의 각도인지에 대해 관찰을 한다. 또한, 사물

의 실루엣을 파악해야 한다. 이를 위해서 내부의 모양들보다 바깥 세계와 단절된 부분의 윤곽선 자체를 파악한다. 똑같이 그리는 것은 무수한 사물들을 계속해서 '측정' 해내는 것과 같다.

2. 내가 하고 있는 방식에 의문이 생기면 그만둔다. 색연필로 그림을 그리다가, 마음이 불편하고 그만두고 싶은 마음이 생긴다면 그건 내가 끈기가 부족해서일 수도 있지만, 오히려 나의 스타일이 아니라서 그런 것일 수 있다. 굳이 그것을 물고 늘어질 필요가 없다. 마음이 가는 방식으로 그리기에도 시간은 모자라다.

3. 비슷한 얘기로, 내가 무언가를 그리고 싶다는 느낌을 강하게 받는다면, 어떤 이유가 있더라도 일단 그것을 그려보아야 한다. 나는 오랜 시간 동안 '이 세상의 전체 이익에 도움 되지 않는 무의미한 그림은 그리면 안 돼.', '여성의 외모를 한 가지로 판단하는 그림은 그리면 안 돼.'와 같은 강박관념에 사로잡혀, 나의 자연스러운 결과물들을 멸시하고, 무시했다. 예술과 사상의 만남은 경이로운 것이지만, 예술에 항상 사상의 기준을 들이대느라 안에서 뿜어져 나오는 것을 가로막는 것만큼 멍청한 일도 없다. 그것을 그리고 싶은 마음이 든다면, 일단 그려야 한다.

'이렇게 하지 말아야 돼.' 같은 규칙은 없다. 마음이 동한다면 그려야 한다. 그림의 의미에 대한 반성은 그 이후에 해야 할 문제다. 위에서 했던 말이지만, 무언가를 그리기 싫은 마음이 든다면 그것을 억지로 완성시킬 필요는 없다. 나의 경우 내가 그려야 할 풍경 자료에 '자동차'가 나오면 '예쁘지 않다'는 이유로 그것을 빼고 그림을 완성해버린다.

4. '잘 그린다'라는 기준은 너무나 주관적이다. 똑같이 그린 그림이 잘 그렸을 수도 있고, 추상적인 데포르메(대상을 변형, 왜곡하여 표현하는 기법)가 강할수록 잘 그린 그림일 수 있다. 똑같이 그린 사람이 데포르메를 우습게 말할 수도, 데포르메를 그린 사람이 똑같이 그린 사람을 우습게 말할 권리도 없다. 그냥 다른 것이다.

5. 나의 의도대로 그리기란 말도 안 되게 어려운 일이다. 그림은 항상 이리 튀고 저리 튄다. 내 머릿속에 떠올리고 있는 것을 '그대로 구현시키기'란 불가능에 가까운 일일지도 모른다. 학생이거나, 연습 중에 있는 사람이라면 더더욱 그러하다. 결과물이 자신의 마음에 안 든다고 해서 매번 실망할 필요가 전혀 없다. 자신의 마음에 안 드는 것은, 지극히, 너무나, 당연한 '사실'

이기 때문에.

6. 프레이밍도 그림 그리기의 과정이다.

7. 스테레오 타입은 인기를 끌기 아주 쉬운 동시에, 매력을 갖기는 쉽지 않다.

8. 자기가 뭘 원하는지 점점 파악해나가고, 그 마음을 인정해야 한다. 내가 생각지도 못한 것을 좋아할 수도 있다. 내가 생각지도 못한 것을 그리고 싶어할 수도 있다. 가령, 내가 그림을 그리면서 알게 된 나는, 실제 세계의 모습을 좋아한다. 삶의 한 순간을 포착해내는 것을 좋아한다. 사진처럼 똑같은 그림을 싫어한다. 스테레오 타입을 싫어한다. 만화 그림체를 지양한다. 천천히 오랜 시간 그리는 것을 좋아한다. 강렬한 대비를 좋아한다. 판타지한 소녀의 세계를 좋아한다. 인간의 조용하고 고요한 모습을 좋아한다. 꽉 차 있는 그림이 좋다. 단순한 표현은 재미없다. 색채가 있는 것을 좋아한다. 라인을 그려야 한다면 최대한 정교한 이미지를 좋아한다. 빛을 그리는 것을 좋아한다. 이것이 내가 알게 된 내가 좋아하는 것들이다. 여기서 몇몇은 내가 예상치도 못했던 나의 모습들이다. 그 마음들을 전부 받아

들여야 한다. 그리고 실제로 실행해야 하고, '이게 나구나' 하고 점점 알아가야 한다. 이런 것은 단기간에 알게 되는 것이 아니라 그림을 그리면서 하나씩 발견되기도 한다.

9. 취미, 즐거움을 위한 그림 그리기에 재능은 필요 없지만 전문작가가 되려면 재능이 어느 정도는 있어야 한다.

10. 많이 그린다고 잘 그리게 되는 것이 아니라 자신이 못 그릴 것 같은 정도의 어려운 것을 계속 많이 그릴 때 실력이 늘어난다.

11. 그림 그리기에는 '제한'이 없다. 마음에 안 들면 다음 장에 그리면 된다. 마음에 안 들면 또 다음 장에 그리면 된다. 우리는 언제나 지금 당장, 할 수 있는 만큼만 그릴 수 있다. 그러니까 이상한 결과가 나오기도 한다. 그렇지만, 그림 그릴 기회와 '종이 수'는 무제한으로 제공된다. 언제나 다음이 있기 때문에, 아쉬운 것은 다음 그림에서 기대해도 좋다. 당장 눈앞의 종이를 걸작으로 만들고 싶은 강박은 가지지 않아도 된다.

12. 모든 그림은 보는 것에서부터 시작한다. 보는 게 다다. 관

찰을 자세히 해야 한다. 생각지도 못한 부분까지 눈으로 봐야 한다. 그리고 눈으로 본 것을 인식해야 한다. 눈을 뜨고 있으니까 보는 것이 아니라, 눈앞에 있는 것을 작정하고 뜯어 보아야 한다. 자세히 볼수록 세상을 보는 눈이 아예 달라진다. 때로는 세상이 레이어로 보이기도 하고, 기억력이 높아지기도 한다. 남들이 발견하지 못하는 것을 찾아내기도 하고, 집중력이 높아지기도 한다. 단순히 그림을 그리기 위한 관찰력이 좋아지는 것이 아니라, '본다'는 행위는 그 어디에서도 적용되어 우리의 '인식'을 바꾼다. 놀랍게도 보는 능력은 가꿀 수가 있고, '잘 본다는 것'도 하나의 능력이다.

13. 사진이나 실제 사물을 보고 그리는 것만큼, 기억을 떠올리며 그리는 것, 다른 사람들의 '그림'을 모작하는 것 역시 중요하다. 기억을 떠올리며 그리면 내가 몰랐던 부분(내가 기억하고 있지 않은 부분)을 알게 된다. 가령, 오늘 아침에 사용한 로션통을 그려보라고 했을 때, 못 그린다면 나는 그 부분을 모르는 것이다.

14. 다른 사람들의 그림을 모작하는 것이 중요한 이유는, 그 사람이 로션통을 그릴 때 무슨 색을 사용했는지 무슨 라인을 사

용했는지 바로 배울 수가 있기 때문이다. 관찰만으로 파악이 힘든 부분까지 한번에 이해가 된다. 때로 그런 '스킬'들은 조금씩 변형되어 나의 그림에 바로 적용되기도 한다.

15. 그림은 때로 암기다. 머릿속에 알고 있는 것이 많을수록 아무것에도 의존하지 않고 그릴 수 있는 것이 많아진다. 만약 나의 방을 3D로 내 머릿속에 지어놓고 있다면 나는 언제든 그 세계를 바라보고 어떤 각도에서든 그릴 수가 있다. 사물의 2D 윤곽을 기억하는 것이 아니라, 내가 지금 살고 있는 이 공간 자체, 그 사물의 모습 그 자체, 인물의 모습 그 자체를 통째로 기억하는 것이다. 그러면 언제든 나는 머릿속에서 그곳에 방문하여, 그것을 머릿속에서 관찰하고, 그것을 그릴 수 있게 된다.

16. 절대 자책하지 말자. 우리는 미술 시간의 수행평가나, 이름 모를 익명의 사람들로부터 너무 많은, 불필요한 평가와 조언들을 들어왔다. 이제 더 이상 그런 말을 들을 필요가 없다. 내 그림은 내 것이다. 내가 그림을 그리면서 즐거웠는가? 즐거운 마음이 잠깐이라도 존재했다면 거기에 의미가 있는 것이다. 노래방에 가서 사람들은 노래를 부르며 흥을 느끼고 감정을 쏟아내며 즐거움을 느낀다. 노래가 끝난 후 나오는 점수에 마음 아파

하는 사람은 없다. 노래를 부르는 순간 즐거웠기 때문이다. 그림도 마찬가지다. 결과에 대해서 자책할 이유도 필요도 없다. 누구도 어떤 사람의 아름다운 낙서를 평가할 권리는 없다. 낙서는 그 자체로 즐거운 행위이다. 그림을 낙서처럼, 노래방에서 부르는 노래처럼 대해보자. 취미 미술을 하는 사람들에게 해주고 싶은 말이지만, 직업으로 그림을 연습하고 훈련을 하는 사람들에게도 필요한 말이라 믿는다. 괴로움을 완전히 말소할 수는 없다. 하지만 괴로움보다는 즐거움에 집중할 때 그림을 오래 그릴 수 있고 오래 그려봐야 성장할 수 있다.

17. '맞는 방식', '정답'은 없다. '이렇게 그려야 한다.'는 것은 없다. 그림만큼 자유로운 세계는 없다. 정답도, 추구되는 방식도 없다. 모든 것은 그림 그리는 그 사람 마음이다.

18. 아무리 나를 자책하지 않으려 하고 마음을 놓으려 해도, 결국 각자는 자신의 취향이나 지향이라는 게 있기에 우리 모두는 잘 그리고 싶다는 욕심을 갖고, 재능을 갈망하고, 부족함을 한탄할 수밖에 없기도 하다. 붓을 내려놓지만 않는다면 그런 욕심은 너무너무 멋진 것이다. 잘 그리고 싶은 그 마음은 장기적으로 놓지 않아야 하는 꿈이나 우리가 올라야 할 영원한 산인

것 같다. 마지막 펜을 놓는 순간까지 추구해야 할 인간의 아름다운 갈망인 것 같다.

19. 때로 '자신의 것'은 스스로 개발시켜야 하는 것이기도 하지만, 저절로 나오는 것이기도 하다. 자기도 모르게 자신이 원하는 도구, 원하는 색을 선택한다. 나는 지금 검은색을 쓸 것인가 파란색을 쓸 것인가, 명암을 빗금으로 넣을 것인가 채색으로 넣을 것인가, 모든 색을 살릴 것인가 몇 가지 색으로만 포인트를 줄 것인가 등등…… 이런 질문에 대해서 의식적으로 답을 하며 그리는 사람이 있는 반면 무의식적으로 마음 가는 대로 선택해가며 그리는 사람도 있다. 그림 그리는 과정은 자신이 자신의 것을 의식, 혹은 무의식적으로 컨펌해나가는 것과도 비슷하다.

20. 자신이 그려야 하는 한 가지 스타일을 정해놓고, 그 스타일을 반복하지 않아도 된다. 자신의 스타일이 빨리 찾아질 리 없고, 자신이 억지로 정할 수도 없다. 때로는 A처럼 그리다가, 때로는 B처럼 그리고 싶을 수도 있고, 매일매일 A처럼 그리고 싶을 수도 있다. 이것은 역시, 사람마다 다른 것이다.

21. 한번에 오랜 시간 그리는 것도 중요하겠지만 꾸준히 매일

하는 것이 중요!

22. 지금 당장 미워 보이는 그림이라도, 일주일 뒤에 보면 조금 예뻐 보일 수 있다. 그리고 있는 와중에는 자신이 그 과정을 모두 보아서인지, 자신의 그림이 새롭거나 대단해 보이지 않을 수 있다. 그러나 남이 보면 새롭거나 놀라기도 하듯, 그린 직후에는 자신의 그림이 제대로 보이지 않을 수 있다. 어느 정도 시간을 두고 나중에 다시 보면 그때 느끼지 못했던 단점이 보인다든가, 그때 느끼지 못했던 매력이 보이기 시작한다. 조금은 천천히 나의 그림을 바라보아도 괜찮다.

23. 멋진 그림을 볼 줄 아는 능력도 그림 그리기를 향상시킨다. 새로운 그림, 멋진 그림, 혁신적인 그림, 클래식을 보면 그림에 대한 안목이 높아진다. 그림이 아무리 주관적인 영역이라 하더라도 '걸작'은 분명히 존재한다. 이런 것들을 자주 보면 볼수록 안목이 생기고, 보는 눈이 생기며, 이 '보는 눈'은 나 자신에게도 적용되어 분명히 그림 그리기에도 영향을 미친다. '걸작 보기'를 적극적으로 할수록, 더, 영향을 받는다.

24. 그림 그리기는 재능 있는 사람의 전유물이 아니다. 가수

가 아닌 사람도 노래방에 가서 노래를 부르며 신나게 놀고, 댄서가 아닌 사람도 리듬에 맞춰 춤을 추면 즐겁다. 요리사가 아닌 사람도 요리를 하며 즐거움을 느끼고, 트레이너가 아닌 사람도 운동을 하며 자신의 몸을 가꾼다. 철학자가 아닌 사람도 책을 읽고 지혜를 쌓으며 자신의 정신을 가꾼다. 그림도 마찬가지로, 전문인의 것이 아니다. 모든 사람이 그림을 그리기 시작할 수 있고, 그릴 수 있고, 그것을 즐길 수 있다. 재능 있는 사람들이 '저절로' 해내는 것이 그림이 아니다. 그림 그리기에도 '방법'이란 것이 있다. 그런 방법을 알고, 흉내 내고, 계속한다면 그림 그리기를 '자기 것'으로 만들 수 있다. 누군가의 전유물이 절대 아니다.

25. '쉽다, 어렵다'는 사실은 '어색하다, 익숙하다'의 다른 말이다. 멋진 요리의 레시피를 통달하고 있어도, 단 한 번도 칼질을 해본 적이 없는 사람이라면, 칼을 든 첫날 멋지게 채썰기를 해낼 리가 없다. 그 행위가 처음이라서 '어색'하기 때문이다. 그러나 칼질을 하면 할수록 금세 채썰기를 멋지게 해낸다. 이제는 그 행위가 '익숙'하기 때문이다. 악기, 젓가락질, 자전거 타기 등 많은 행위들이 처음엔 어려운 것이 아니라 어색한 것이다. 나보다 잘 그리는 사람들은 재능이 아니라 단지 나보다 '더 일

찍 시작'하여 '익숙'해진 사람들일 수도 있다. 처음부터 잘하는 사람은 없다. 대단한 작가들도 처음엔 엉터리로 그렸을 가능성이 높다. 어색함과 익숙함의 문제는, 복잡한 부분은 빼고 단순하게 말하자면 '시간'의 문제다. 그래서 계속 그려보는 게 중요하다. 점점 익숙해지기 위하여.

26. 빨리 잘 그리게 되는 지름길은 없다.

작업일지 58

2018. 5

내 그림에 대해서 절대 시니컬해질 수 없다. 뜨거울 뿐이다. 이건 자존심의 문제, 생존의 문제, 존재의 문제, 사랑의 문제이기 때문이다. 조금만 어긋나도 큰 상처를 받고, 때론 천국을, 때론 지옥을 왔다갔다 하게 된다.

그럼에도 시니컬하게 굴려고 한다. 이건 긴 여생의 문제, 역사의 문제, 인간의 문제이기도 하기 때문이다. 상처 받기 싫어서가 아니라, 상처 받을 이유가 없기 때문에. 천국과 지옥의 조울증이 싫어서가 아니라, 그 천국과 지옥이 의미 없기 때문에.

개별 작업엔 뜨거우면서도 전체 작업엔 최대한 차가우려고 한다.

작업일지 59

2018. 5. 13

그림과 나의 우정, 믿음

일어나서 잠들 때까지 그림 그림 그림 생각밖에 안 한다. 정규직으로 스튜디오에서 근무할 때는 아침 9시부터 밤 9시~11시까지 스튜디오 작업만 하니까 일 년 정도 내 그림이 거의 없었는데, 요즘은 슬슬 내 것을 찾을 시간이 생겨서 행복하고 좀 살 만하다.

하여간 뭘 그릴지, 어떻게 그릴지, 뭘로 색칠하고 인간의 머리 크기는 어떻게 그려야 하고, 예쁜 여자만이 아니라 할머니, 할아버지, 어린아이도 잘 그리고 싶다고, 스튜디오에서 찍은 모델 사진 같은 그림이 아니라, 내 시선으로만 걸러낼 수 있는 그런 그림을 그리고 싶다고 하루에 수천 번도 넘게 생각한다. 때론, 지극히 탐미적인 걸 그리고 싶고. 그림에 대한 그런 모든 마음이 너무 진지해서, 울기도 하고 답답하기도 하다.

하지만 하고 싶은 게 너무 많고, 울 시간도 없다는 걸 나 스스로 굉장히 냉정히 잘 알고 있다. 늪에 빠져 있는 게 싫어서 요즘은 그냥 무조건 앉아서 일단 그리고 본다.

그림 그리는 시간을 매일매일 분 단위로 기록하고 있다. '좀 열심히 한 것 같아.'라는 추상적인 기억에 의존하고 싶지 않아서다. 기억은 멍청하고 자기 보호적이라서, 1시간 연습한 것도 마치 세 시간 열심히 한 것처럼 스스로 착각시킨다. 이제는 기록된 수치만 믿는다. 그 기록된 시간의 양과 내 행복이 비례하는 걸 보면서, 그림이 내 삶의 일부가 아닌, '그림=삶'이라는 걸 알아가고 있다.

그림과 나의 관계를 에로스적 사랑보다는 정, 의리, 좋아함, 우정, 혈연 같은 관계로 여기려고 한다. 너무 사랑하게 되면 기대가 생기고, 기대는 반드시 무너질 것이고, 그러면 결국 나만 상처 받는다. 만족스럽지 못한 그림과 나의 관계에 울분만 나게 되고 헤어지고 싶어지게 되므로, 사랑이어선 안 된다. 믿음이고, 끈끈함이고, 기다려줄 수 있는 관계여야 한다.

작업일지 60

2018. 5. 30

고민은 할 수 있지만 스트레스는 절대 받으면 안 된다. 조금이라도 내가 나를 억압하려는 순간 그것을 관둬야 한다. 대부분의 스트레스는 내가 정한 이상으로부터의 열등감에서 오는 것이므로 불필요하다. 세상이 어떻게 굴러가든, 세상이 날 어떻게 대우하든, 얼마를 벌든, 나는 일단 존중 받아야 한다. 내 안위와 정신건강, 나 자신의 소중함이 누가 뭐라든 가장 중요하다. 세상에서 내가 몇 위를 해야 한다든가, 대단한 사람이 돼야 한다든가 어떤 명칭이나 정체성을 가져야 한다든가. 이런 생각하는 순간 망한다. 그냥 최대한 즐겨야 한다. 내 마음이 즐겁지 않은 그림은 결코 잘 나오지도 않고, 즐겁지 않은 그림은 애초에 그림이라고 할 수도 없다. 내 맘대로 할 거다. 그렇게 나온 그림이 바로 나 자신 그 자체이다.

스트레스 받지 않는 것과 고민하지 않는 건 다르다. 고민에서 오는 고통은 당연히 감내해야 할 것.

작업일지 61 2018. 8. 6.

날이 더워 산책을 오래는 할 수 없어 아직 꼼꼼히 살펴보진 못했지만, (문래동) 작업실 주변을 하루에 한 블록 정도는 관찰하고 있다. 너무 재밌고 이쁘다. 오랜 세월이 만들어놓은 붉은 벽돌에 자기 색을 입히는 예술가들이 곳곳에 있고 철근들이 쿵쿵하는 소리도 물리적이라 좋다.

작업일지 62 2018. 8월

그림책을 그리다가 '조지 곤잘레스'라는, 우리나라엔 잘 알려지지 않은 한 아티스트의 코믹을 보았다. 천재적인 색감, 로렌조 마토티, 데이지 므라즈코바, 올림피아 르탱, 츠지야 호지를 만났을 때의 충격, 아득함. 공부를 한답시고 예술의 세계를 돌아다닐 때마다 좌절 또 좌절.

그러나 그런다고 어쩌겠나. 위축된 채 살아오며 숨겨지고 묻혀 있는 나의 순수한 감각을 어떻게 해서든 나는 나대로 되찾으려 노력할 수밖에 없다. 내 길을 갈 수밖에 달리 할 수 있는 것이 없다. 이렇게 다짐을 또 한다. 이럴 땐 낙천주의자로 태어나 천만다행이다.

작업일지 63

2018. 9. 8.

프리랜서가 되고 좋은 것

1. 더 다양한 수입원이 열려 있다.
2. 눈치 보지 않고 화장실에 갈 수 있다.
3. 원할 때 산책할 수 있다.
4. 9시까지 무조건 안 가도 된다. (제일 좋음.)
5. 원할 때 자도 된다.
6. 영화제, 행사, 공연, 상영회 보고 싶을 때 갈 수 있다.
7. 보고 싶은 시간대에 영화 볼 수 있다.
8. 원하는 수업 들을 수 있다.
9. 작업 흐름을 끊지 않을 수 있다.

10. 내 그림 그릴 수 있다.

11. 해외로 갈 수 있다!

12. 바깥 음식 안 먹어도 된다.

13. 지옥철을 안 타도 된다!!!

생각보다? 생활적인 부분에서의 장점이 더 많았다. 나만의 작업 시간과 속도와 흐름을 점점 이해해가고 있다. 퇴사하고 나서, 쉬고 놀고…… 다시 프리랜서로 돌아온 지는 사실상 이제 갓 두 달째에 들어선다. 내일은 알람 없이 푹 자는 날.

덧붙여보는 단점

1. 마감 전 3일은 다른 일을 전혀 못 한다.

2. 밤새기 일쑤라 건강 망칠 조짐이 보인다.

3. 매번 상사, 사장이 바뀐다.

4. 불안정한 수입.

5. 4번으로 인해 원하지 않는 일도 해야 한다.

6. 5번으로 인해 개인 작업할 에너지가 소진된다.

7. 혼자 이겨내야 한다. 종합하여 결과적으론 아직까지 난 프리랜서가 잘 맞는 듯해!

세상 돌아가는 뉴스를 하나도 모르고 있었다. 하루에 수천 번 아니 거의 항상 그림에 대한 생각만 하는 것 같다. 내가 그림과 나에 대한 이야기에만 갇힌 좁은 인간이 돼버리는 건 아닐까. 순간 겁이 덜컥 난다.

하지만 오히려 이것을 풀어씀으로써 나는 다시 세상과 만나볼 작정이다. '무엇을', '왜' 그리는가?에 대한 답은 여전히 쉽지가 않다. 이런 것 때문에 그림을 시작하고 나서 늘 괴롭고 난감했었다. 그저, 손가락을 움직일 수 있을 때부터 나에겐 아주 자연스러운 놀이였고, 당연한 것이었고, 꿈이었고, 재능이었고, 기질이었고, 일이었고, 즐거운 것이었고, 좋아하는 것이었고 또 배워야 할 것이었고, 돈이었고, 기술이었고, 늘 모르겠는 것이었고 날 가장 행복하게 하는 것인데 그 모든 게 목적이 됐었다.

아주 많은 생각을 밟아 낸 지금은 딱히 이유나 목적을 날카롭게 정하고 싶은 마음은 없다. 앞으로도 어떻게 될지 정해두지 않았고, 모르겠다. 단지 오직 '나를 위해서', '나답게'라는 단 한 가지만 마음에 새기고자 한다. 반드시 지양해야 할 것이 있다면, 절대로 나 스스로가 공장이나 공산품이 되고 싶진 않다는 것이다. 그것만은 원하지 않는다.

'생각' 때문에 손을 움직이지 못할 때가 많지만, 결국, 나는, 이런 사람이기에 종국에는 이런 내 기질이 도움이 될 거라 믿는다. 지금의 나는 자괴감이나 무거운 걱정들로부터 점점 해방되어 가고 있다. 그래서 작정하게 되었다. 나의 뒤엉키고 복잡해진 생각들이 정리되고 밝혀져서 언젠가 사람들과 만날 수 있을 거라는 믿음을 말이다. 어떤 방법이 될지는 모르지만 그런 날이 올 것만 같다. 잃어버린 시간을 찾아야 하고 그걸 찾을 수 있는 방법은 나에겐 오로지 창작밖에 없으니까.

작업일지 65 2019. 3. 4.

미래 따위 정해두지 말고 과거도 잊자.

작업일지 66 2019. 4. 17.

해가 갈수록 좋아하는 일의 영역과 능력을 늘여가면서 스트레스가 줄어든다.

연남동에 이사 오고 나서 구석구석 연남동을 산책하는 재미로 산다.

작업일지 67

2019. 5. 6.

내 작업의 진행 상황에 대해서 다른 사람들과 얘기하고 싶지 않다. 어떻게 잘 되고 있다든가, 무엇이 더디다든가 하는 얘기도 혼자 판단하고 일지에 쓰고 관찰해나가는 것을 좋아한다. 그림은 나에겐 궁극적으론 상품을 만들고자 하는 게 아니라 단지 관찰을 담아내고 세계를 담아내기 위한 목적이므로 이 작업은 고독한 나만의 세계일 것이고, 그렇기에 조언이 필요하지 않은 것이다. 이러한 그림이나 창작은 나무가 자라는 것과 같아서 씨앗을 심고 해와 흙과 비가 있으면 때가 되면 자라나는 것 같은 일이기 때문이다. 다른 사람들과 말을 더 많이 한다고 해서 내일 당장 더 좋은 그림이 나오지는 않는 것 같다. 나에게는 분명히 순서가 있고 나만의 흐름과 나의 세계라는 속도가 있다. 나는 그것을 기다리기 때문에 너무 많은 말이 싫다. 영화작업이라면 다르겠지만.

작업일지 68

2019. 5. 10.

내가 생각하는 예술가는 그 어떤 제약도 받지 않는 가장 전위적인 존재여야 하는데 가족이나 나이, 성별, 역할, 전통적인 문화 때문에 예술가가 자기 자신이 되지 못하면 안 된다. 나는 너무 많은 방해를 받아왔다. 눈치 보지 않고 자유로워지고 싶다.

작업일지 69 2019. 6. 20.

나의 다른 한쪽 면에는 알폰스 무하, 뫼비우스, 토시오 사에키, 초기 〈보그〉 커버들, 타카토 야마모토, 마루오 스에히로, 제임스 진, 로렌조 마토티, 카이 닐슨과 같은 자들의 탐미적인 피도 흐른다. 그런 그림들도 그리고 싶다. 정말.

작업일지 70 2019. 6. 25.

인간이기 때문에, 어쩔 수 없이 나는 뒤틀린 속내를 갖고 있다고 생각한다. 공부와 멀어질수록 못나고 치졸한 인간이 자꾸 자라난다. 핑계 대고 싶고 도망가고 싶어진다. 그래서 평생 공부하고 싶다. 공부하면 공부하는 순간마다, 치졸하고 작은 인간을 잠재울 수 있다. 내가 아주 단단한 현자로 영원히 굳어질 수 없다면, 매일 다독이고 매일 정신 차리고 매일 새로이 배우면 된다. 그런 자

세로 내 작업을 만들어나가고 싶다. 작업이란 것도 사람처럼 생生을 가지고 있기 때문에, 어느 날 정착할 수 있는 성질의 것이 아니다. 매일 변화하고 매일 자라고 그대로 두면 매일 작아진다. 그래서 매일 새로이 생각하고 갈고 닦아야 한다.

작업일지 71 2019. 7. 5.

좋은 그림, 성공한 스튜디오에 대한 이야기를 너무 많이 보고 읽어서 그만큼 지쳐 있었다. 기준이 너무 저 멀리, 저 위에 있으면 '지금' 아무것도 못한다. 내가 할 수 있는 건 그냥 '지금 그릴 수 있는 만큼 그리는 것'뿐이다.

작업일지 72 2019. 7. 21.

처음 그림을 시작할 땐, 그림이라면 장르를 가리지 않고 전부 너무 좋아했기 때문에, 그림의 큰 세계 안에서도 만화가, 애니메이션 감독, 콘셉트 아티스트, 프로덕션 디자이너, 동화작가, 일러스트레이터, 순수 미술화가 중 무엇을 해야 할지 당최 스스로 알 수

가 없었다. 심지어 하나의 분야 안에서 여러 장르와 스타일도 다양하게 너무 많이 사랑했다. 헷갈리고 벅차면서도 '그림'의 본질을 다루는 '화가'라는 역할을 가장 기본적으로 수행해야 하는 것 아닌가 생각했다. 무엇을 하든, 일단 '잘' 그려야 한다.

그런데 정작 그림만 그렸다 하면 종이 위엔 어릴 때 봤던 만화영화, 순정만화의 캐릭터 같은 그림체가 나왔다. 뭔 고집인지 그런 인물 그림 스타일은 개성적이지도, '화가'답지도, 아름답지도 않다 생각했고 너무 너무 싫어서 아예 사람은 그리지 않은 채로 몇 년을 보냈다. 그렇게 당분간은 영화 배경 아티스트를 하고 일러스트를 그리고 풍경과 조명을 위주로만 공부하게 됐다. 그런 중에도 계속 이렇게 지내다가는 아예 사람을 안 그리게 되는 것 아닌가, 걱정이 돼서 따로 공부를 해야겠다고 마음먹었을 때 만화를 시작하게 됐다.

만화를 그리고, 사람을 그리고, 세상을 좀 덜 딱딱하게 보게 되는 사건들이 생기고, 애니메이션에 대한 확신이 점점 커지면서 지금은 내가 갖고 있는 만화 그림체의 인물을 받아들이게 되었다. 그리고 아예 그리지 않는 것보단 맘에 들지 않더라도 계속 그려야지 발전할 수 있다고 생각했다.

그러면서 동시에 여러 욕망이 확신으로 바뀌었다. 더 많은 연구를 거쳐 미래에는 애니메이션을 만드는 데에만 모든 힘을 쏟고 싶다고 말이다. 올해는 아니지만 곧 그렇게 될 것 같다고 느낀다. 중학생 때에도 대학생 때도 2017년에 연필로 명상하기에 있을 때에도 늘 애니메이션이라는 꿈이 있었지만 어쩐 일인지 항상 빗나가고 엇갈렸다. 이제는 구체적으로 뭔가를 하고 싶다. 사람들, 그리고 그들이 사는 모습을 그리는 것이 너무 재미있다. 내가 본 사람, 만난 사람들의 모습으로 애니메이션을 만들고 싶다. 살다보면 언제 또 무슨 기회와 새로운 일이 생길지는 두고 봐야 할 일이지만 지금의 마음은 너무도, 너무도 그렇다.

작업일지 73

2020. 1. 26.

주기적으로 게을러지고 뭔가를 하지 않는 시기가 온다. 이제 나는 그런 나를 그냥 그렇게 내버려둔다. 절대 자책하지 않는다. 나는 내가 시간이 조금 지나면 다시 일어나서 시작한다는 것을 알고 있다. 나 자신을 관찰해본 결과 나는 늘 그래왔다. '나는 알아서 오뚝이같이 일어날 거란 걸 아니까!' 그냥 기다려준다. 나는 늘 누군가가 나의 잠재력과 속도를 믿어주길 바랐다. 지금은 바로 나 자신이 나에게 그렇게 해준다. 할 수만 있다면, 순간순간 무너질 것 같은 암흑에도 나는 나를 썩히고 싶지 않다. 너무 오랜 시간

그렇게 했었기 때문에 이제는 나를 기다려주고 용서해주고 싶다.

작업일지 74 2020. 5. 2.

지금 내가 가진 게 너무 많다.

내가 그토록 갖고 싶다 염원했던 것들인데,

막상 가지니 오만해질까봐 겁이 난다.

이렇게 많이 손에 쥐려고 했던 것이 아닌데,

가졌다고 생각할수록 잃어버릴까봐 걱정해서

작은 행동, 작은 생각들을 하게 된다.

덜 노력하게 된다.

나를 위한 행동이 아니라

나의 것을 지키기 위한 행동을 하게 된다.

내가 가졌다고 생각한 것들이

어떻게 내 것일 수 있을까?

그게 사람이라면 어차피 남은 내가 될 수 없는 거고

돈이라면 써서 없앨 거고, 죽으면 다 놓고 갈 것들이고,

재능이라면 갈고닦지 않으면 사라지게 되는 건데……

어떻게 그것들을 모두
지금 이미 가졌다고 생각하게 된 걸까.

지키려고, 잃지 않으려고 하는 생각들이
나에게 선택을 하지 못하게 하고,
찌질하게 하고, 이해하지 못하게 한다.
차라리 아무것도 지키지 않아도 되는 상태가 낫다.
전부 다 결국 잃어버릴 것이라고 생각하는 것이 낫다.
애초에 무언가를 가질 수 없다고 생각하는 것이 낫다.
정신적인 것을 갈고닦는 것이 낫다.
아집이나 욕심으로부터 멀어지는 것이 낫다.
이 세상에 잠깐 머물다 가는 것이라고 생각하는 것이 낫다.
감정으로부터 멀어지는 것이 낫다.
생이나 생계로부터 멀어지는 것이 낫다.

할머니가 될 때까지 산다면
앞으로 남은 시간이 짧게는 40, 50년은 더 남았을 텐데……
하루하루 가지려고 할수록 나는 아마 거꾸로 자랄 것이다.
욕심을 가지는 것은 좋다.
하지만 욕심이 나의 목표가 되는 것은 원하지 않는다.

그림을 향해 정말 뜨겁게 구애한 나날들이었다. 머릿속이 매일 그림으로 꽉 차 있었다. 지나치게 염원했다. 너무 사랑했기 때문에 상처 받았다. 사랑이 깊었기 때문에 상처도 깊었다. 꿈을 구체적으로 그릴수록 실망도 구체적이 되었다. 나의 괴로움은 그렇게 일일이 다 구체적이어서 문제였다. 선명한 아픔이었다.

하지만 하기 싫은 일을 하면서 살고 싶진 않았다. 행복을 미루고 싶지도 않았다. 하기 싫지만 해야 하는 일을 할 수 있을 만큼 어른스럽지 못했다. 그 정도의 담대한 정신력을 갖고 있지 않았다. 내가 원하는 것에 대해 알아차린 후 늘 예민스러웠다. 그 예민함으로 직감했다. 차라리 그림을 사랑해서 상처를 받는 쪽이 훨씬 덜 아프고 오히려 행복할 것이라고. 내 예민함은 정말 무언가를 직감하고 있었던 것일까? 스스로에게 절대 포기를 허용하지 않았다.

포기하지 않는 동안 그림을 향한 내 짝사랑은 점점 성숙해졌다. 지금은, 그림을 짝사랑하지 않는다. 요즘, 그림과 나는 분명 서로를 지탱하고 사랑하고 한몸이 되어가는 듯하다. 오히려 그림으로부터 많은 사랑을 받고 있다고 느낄 때도 있다. 연인들이 서로 처음 만났을 때 불타는 사랑을 하다 시간이 지나 신뢰를 쌓으면 단단하고 안정적이되 미지근한 관계가 되는 것처럼, 나 역시 그림을 그리는 일이 이제는 꽤나 미지근해졌다. 의심이나 불신을 가질 필요가 없어졌다. 예전처럼 불끈불끈 솟아오르듯 살아가진 않는다. 다만 아직도 애틋하다. 늘 그림을 내 곁에 두고 항상 그림 생각만 하는 내 모습에는 변화가 없다. 그러다 옛날 앨범을 보면 가슴이 따끈해지고, 좋은 그림이 나오는 날은 행복함이 안정된 모양으로 온몸에 퍼진다. 뜨겁기보다 미지근하고, 종종 따뜻한 온도가 되는 지금 이 순간은 고요하고 편안하다. 그리고 행복하기 그지없다.

나 자신에게 고맙다는 말을 참 많이 했다. 집에서 커피를 만들어 자전거를 타고 새 작업실에 출근할 때, 매일 밤새가며 애니메이션 뮤직비디오를 만들 때, 고요한 밤에 내가 사랑하는 그림이 가득한 화집을 가득 펼쳐놓고 바라볼 때, 그림 그리기가 막히지 않고 즐거운 마음만이 술술 가득할 때, 온전히 그림만으로 내 인생이 유지되고 있다는 것을 느낄 때마다. 내가 좋아하는 것이 삶 곳곳에 들어 차 있는 이 모양 그대로 앞으로 계속 살면 좋겠다고, 더 이상 바랄 것이 없다는 생각이 절로 들 때마다. 그림을 그리기로 선택하고, 또 노력해서 정말 고맙다고 스스로에게 말했다. 그럴 때 나 자신이 사랑스러웠다.

좋아하는 일을 하면서 살아가고 있다고는 하지만, 먹고사는 일이 되는 순간 좋아하지 않는 그림을 그려야 하는 순간도 아주 많다. 어디 가서 말 못 할 안 좋은 일들이나 사건들이 쉬지 않고 생긴다. 이 세상은 나 혼자 사는 것은 아니라서, 이해가 충돌하다보면 부끄러운 일, 기분 나쁜 일, 손해 보는 일은 절대 인생에서 사라지지 않는다. 해방될 수도 없다. 때로는 다 던져놓고 도망가고 싶을 때도 많고 운명이 시키는 대로 살다가 끝날까봐 답답하기도 하다.

그럼에도 불구하고, 내가 선택했을 뻔한 모든 인생의 경우의 수 중에서는 아마 이 삶이 가장 나을 것이라고 직감한다. 좋아하는 일을 한다고 해서 괴로움으로부터 도망칠 수 있는 것은 아니다. 하지만, 내가 체험할 수 있는 내 인생 중에서는 그나마 그림을 그리는 내 모습이 가장 덜 괴로울 것만은 확실하다. 그걸 느낄 때마다 또 스스로에게 고맙다.

세상은 혼자 사는 것이 아니라서 좋은 일들도 있다. 타인들이 나의 그림을 사랑해준다는 점이다. 다른 사람들이 있기에 내가 먹고 살고, 칭찬도 사랑도 응원도 받을 수 있다. 내 그림이 못났다고 생각해 자괴감에 빠져 있을 때 오히려 다른 사람들이 내 그림의 장점을 찾아주고 나에게 일일이 말해주었던 때가 생각난다. 그들을 생각하면 앞으로도 좋은 그림을 계속 보여드리고 싶다는 생각이 우뚝 선다.

그림을 그리기로 마음먹고 지난 11년 동안 믿을 수 없을 정도로 좋은 일들이 많이 있었다. 많은 사랑을 받았고 많은 일을 쉬지 않고 할 수 있었다. 오래전 어린아이였던 내가 꿈꾸던 미래로 놀러온 것처럼 살아가는 기분이다. 정말 감사한 일이다. 하지만 아직 내가 가진 것의 1퍼센트도 보여주지 못한 느낌이다. 앞으로 보여드리고 싶은 것, 하고 싶은 것이 정말 많이 남았다. 꼬부랑 할머니가 될 때까지 이렇게 계속 그림을 그리면서 살고 싶다.

작업일지 75

2019. 6. 17.

좋은 일이 너무 많아서 너무 행복하다. 애니메이션도 만화도 수업도 이사 온 동네도 재미있고 애니메이션 영화가 자꾸 손아귀에 잡히고 아른거린다. 방법도 길도 가능성도 점점 보일락 말락 하는 이 감정이 신난다. 이 물꼬가 내가 예상한 결과였다는 것도 마음에 든다. 나는 정말, 그동안 내가 이렇게 되기를 기다렸다.

앞으로 또 나는 3년 아니 5년 아니 10년을 더, 무엇도 가지지도 보지도 알지도 못한 채로 기다리게 될 것이란 것도 알고 있다. 영원히 작업에 묻힌 채 바쁘고, 바쁘게 살고 싶다. 결과의 세계는 오로지 저 하늘에 맡겨버리고 단지 과정의 세계에서만 살고 싶다. 누가 나를 좋아하든 얼마를 벌든 중요하지 않다. 매일 작업하는 그 과정에서 행복함을 느낀다.

작업일지 76

2020. 2. 28.

가끔은 하늘에다 대고 '감사합니다' 한다. 내 인생이 사랑하는 남편과, 좋아하는 일들로 너무나 가득 차 있어서. 비로소 내가 된 것 같아서. 나 자신에게도, 감사합니다.

에필로그 2

독자님들께.

그동안 예비 일러스트레이터들에게 조언을 부탁한다는 말을 끔찍이 두려워했습니다. 감히 내가 타인에게 이러쿵저러쿵 말을 얹는 게 주제 넘는 일 같아서였습니다.

하지만, 이 책은 애초에 '전공이 아니지만 그림을 그리기로 선택한 것'에 대해 궁금해하시는 분들에게 답변하기 위해 쓴 책이니 만큼, 지금 떠오르는 하고 싶은 말을 하겠습니다.

새로운 길을 가려고 고민 중이신가요? 직업이든 취미든 여행이든 뭐라도요. 그렇다면 시도하세요. 어쩌면 순탄치 않을지도 모릅니다. 실패할지도 모릅니다. 하지만, 그만한 가치가 있다고 믿습니다. 좋아하는 일에 빠져들어 더 나은 삶을 살고자 하는 일은 그 자체로 충분한 가치가 있다고 생각합니다. 적어도 저는 그랬습니다.

새로운 선택을 하는 자들은 이단아들입니다. 이단아는 외롭습니다. 응원을 받지 못할지도 모릅니다. 그럴 때 이 책이 당신에게 친구가 되어준다면 좋겠습니다. 이 책은 당신의 선택을 지지하고 있습니다. 당신의 용기가 아름답다고 말하고 싶어합니다. 당신의 고통을 이해하고 싶습니다. 공감하고 있습니다. 이 세상 어딘가에서 한 사람 정도는 당신을 응원하고 있다는 것을 꼭 잊지 말아주세요.

내면의 목소리에 귀 기울이고 그 목소리를 믿으시라고 말씀드리고 싶습니다. 무엇을 할 때 행복한지 사람들은 이미 스스로 잘 알고 있다고 믿어요. 마음이 뜨겁고 움직인다면 다른 사람 말은 믿지 말고 본인의 선택을 믿으라고 말씀드리고 싶어요. 저도 예전에 이런 말을 가장 듣고 싶었거든요!

내가 간절히 듣고 싶었던 그 말들

_이연 (〈매일을 헤엄치는 법〉 저자, 유튜브 크리에이터)

작가가 20년만 일찍 태어나 이 책을 썼다면 내가 방황을 조금 덜 했을까? 괜히 소용없는 원망을 해본다. 이 마음은 그도 마찬가지였을 것이다. 꼭 미술을 전공하지 않아도 화가가 될 수 있다는 말, 절대 늦지 않았다는 말, 그림이 참 근사하니 계속 그려보라는 말. 꿈이라는 이름의 불안을 안고 살던 시절, 가장 간절히 듣고 싶었던 말들이다. 그 말들이 다정한 문장이 되어 한 권의 책이 됐다.

미술관에는 방황이 전시되지 않는다. 완벽한 결과물만이 전시된 세상을 볼 때의 이질감이 있다. 물감 냄새가 넘치고, 바닥이 지저분한 어느 화가의 작업실에서 이 그림이 어렵게 포장되어 넘어왔을 것이다. 그런 것들은 모두가 비밀로 한다. 그렇다고 그 세계가 존재하지 않는 건 아니다. 그렇듯 작가의 고난은 언제나 캔버스 뒷면에 있어 앞에서는 잘 보이지 않는다.

당연히 미술을 전공했을 거라 생각했던 그녀가 사실은 정치외교학과였다니, 스스로의 재능을 의심했다니, 몇 년을 방황했다니…… 전부 믿기 어려운 얘기들이라 감히 꺼내놓을 수도 없다. 하지만 이 모든 이야기는 사실이다. 그래서 더욱 위로가 된다.

이 책은 누군가에게 뜨거운 불길이 되어줄 것입니다

_재수(만화가)

이 책을 읽는 동안 막연한 열망에 이끌려 심장이 터질 듯이 뛰던 몇몇 순간들이 떠올랐습니다. 주로 그림, 만화를 업으로 삼은 사람들을 목격할 때마다 그랬습니다. 나조차 내 꿈을 모르던 그때, 불이 일고 애가 타는 일이 반복되며 가슴속에는 새까만 길이 생겼습니다. 그 길에서는 이런 소리가 났습니다. '나도 저렇게 되고 싶다!' 그때 주운 불씨 하나를 들고 여태 그 길을 걷는 중입니다. 가슴이 더 뜨거워지는 쪽으로.

이 책을 통해 정치외교학과를 거쳐 일러스트레이터로 자리잡기까지 반지수 작가님이 거쳐온 치열한 흔적들을 생생하게 목격할 수 있었습니다. 가슴속에서 발견한 불씨를 불꽃으로 피워내기까지 작가님의 여정은 많이 둘러온 것처럼 보입니다. 하지만 방황의 궤적은 곧 자신만의 저력이기에 반지수 작가님은 남들보다 더 큰 저력을 가진 사람이라고 말씀드리고 싶습니다.

작가님은 쏟아지는 생각을 글로 써내며 스스로를 끊임없이 검토합니다. 자신을 속이고 속박하는 존재가 다름 아닌 자기 자신임을, 글로 쓰며 알아채고 또 떨쳐냅니다. 단단해지고 유연해지는 도약의 순간들을 함께한 것 같기도 합니다. 그렇게 자신이 열망하며 그려온 삶이라는 그림 속 피사체가 되기까지의 여정이 적힌 이 책은, 분명 누군가에게 뜨거운 불길이 될 것입니다.

아름다움을 추구하는 길 위에서 종종 마주치며 인사 나눌 동료를 알게 되어 반갑습니다.

다시 그림이 그리고 싶어졌어

1판 1쇄 발행 2024년 6월 14일

지은이 반지수
펴낸이 김송은
편집 김여름
디자인 송윤형
펴낸곳 송송책방

출판등록 2011년 5월 23일 제2018-0002443호
주소 (03057) 서울시 종로구 창덕궁길 84, 102호
전화 070-4204-7572
팩스 02-6935-1910
전자우편 songsongbooks@gmail.com

ISBN 979-11-90569-76-7 03810